CB055254

# Senhoras da Guerra

*Orlando Paes Filho*

# SENHORAS DA GUERRA

EDITORA RECORD
RIO DE JANEIRO • SÃO PAULO

2008

CIP-BRASIL. CATALOGAÇÃO-NA-FONTE
SINDICATO NACIONAL DOS EDITORES DE LIVROS, RJ

---

P143s

Paes Filho, Orlando, 1962-
Senhoras da guerra / Orlando Paes Filho. - Rio de Janeiro : Record, 2008.

ISBN 978-85-01-07419-5

1. Romance brasileiro. I. Título.

08-0008. CDD: 869.93
CDU: 821.134.3(81)-3



Créditos:
*Supervisão editorial:* Amanda Höelzel e Patrícia Arima
*Direção de arte:* Orlando Paes Filho
*Ilustrador principal:* Orlando Paes Filho
*Ilustradores:* Angus Productions com Daniel Ching, Deiverson Santana, Rodrigo Pereira, Ana Carolina Zugaib e Toni Caputo
*Capa:* Orlando Paes Filho, Daniel Ching e Rodrigo Pereira
*Projeto gráfico, diagramação e encarte:* Glenda Rubinstein


Editora Record Ltda.
Rua Argentina 171, Rio de Janeiro, RJ - 20921-380 - Tel.: 2585-2000

---

Impresso no Brasil

ISBN 978-85-01-07419-5

PEDIDOS PELO REEMBOLSO POSTAL
Caixa Postal 23.052 - Rio de Janeiro, RJ - 20922-970

Grã-Bretanha
século IX
CAITHNESS
SCOTS
PICTAVIA
Strathclyde
Nortúmbria
Reged
Deira
Dique de Offa
Degannwy
Lindsey
Elmedsaete
Pecsaete
Cymru
Gwynedd
Llangollen
Bangor- is- y- Coed
(cidade do monastério
de Nennius)
Reino de Rhodri Mawr
Powys
Wreocensaete
Anglia do
Leste
Mércia
Rhwng Gwy
A Hafren
Seisyllwg
Dyfed
Gwent
Morgannwg
Brycheiniog
PRINCESAS
SEWYN
Kent
Haestingas
Saxões do Oeste
Wessex
Saxões do Sul
CORNUALHA
Gales Ocidental
Wiht

# Sumário

# Prólogo

Aquela parecia ser a mais fria das manhãs que Gwyneth já vivera. O ar estava pesado. A vida em si havia parado ao seu redor. Seu corpo parecia feito de madeira encharcada da chuva fria da madrugada, pois estava sem forças para sustentar seu próprio peso; sua cabeça latejava, parecia ter um sino badalando lá dentro. Um vento gelado batia em seu rosto e açoitava os cabelos vermelhos, trazendo junto uma nuvem de garoa que fazia com que suas lágrimas se misturassem à água. Não queria ser vista em prantos. Secou o rosto em silêncio com a manga de um vestido rasgado, sujo e sem cor, de tantas estradas que percorreu.

"Ah, Senhor, às vezes acho que não conseguirei suportar", pensava com angústia, "preciso de Sua força." Olhou à volta, viu o monte de escombros em que sua vida havia se tornado em tão pouco tempo e viu como o brilho de tempos antigos tinha deixado sua memória. Jogada como um trapo, ao lado, estava sua irmã gêmea Gwenora, os cabelos ruivos se soltando do coque malfeito, com frio, o corpo cheio de marcas. Ambas estavam acorrentadas ao antigo muro de uma construção romana, ao relento, por ordem de seu captor, o gigante viking chamado Oslaf, um *jarl* temido e odiado até por alguns de sua própria raça. Era um animal carniceiro que só pensava no próprio benefício, vindo de terras longínquas e selvagens para capturar escravos e negociá-los nos mercados de Sigtuna, Birka ou Hedeby.

Gwyneth encostou a cabeça em uma pedra úmida e olhou para as extensas planícies verdejantes, assunto dos estrategistas dos invasores. O cheiro molhado da terra se erguia no ar, trazendo-lhe o cheiro de casa; a garoa fria jogou um manto brilhante na vegetação, iluminando as charnecas e, ao fundo, tempestades distantes escureciam imponentes montanhas, enquanto raios cortavam as nuvens altas. Os olhos de âmbar da guerreira ruiva se voltaram com saudade em direção à sua terra, sua Cair Guent, cidade aconchegante, calorosa, cheia de tradições, e que fora abandonada à própria sorte sob os cuidados dos invasores.

Com os pulsos feridos pelos grilhões pesados, Gwyneth mal conseguia erguer os punhos para rezar e pedir que o suplício acabasse. Estava cansada, esgotada. Não agüentava mais ser humilhada e usada como objeto de diversão do homem asqueroso que estava levando sua irmã à beira da loucura e que fazia crescer nela sentimentos de ira e de revolta. Havia dias em que mesmo durante suas orações ela achava difícil sentir a presença do Espírito Santo, mas somente Ele conseguia lhe dar a força necessária para se pôr de pé e mostrar do que o povo de sua amada terra era feito: de força, de esperança, de honra, de coragem, de quem não se rende facilmente à espada ou ao machado bárbaro. Ela pedia ao Senhor, todas as manhãs como aquela, que Ele lhe desse uma luz. Às vezes, nos momentos em que via sua irmã Gwenora quase enlouquecendo, fazia com que se lembrasse dos ensinamentos de Nennius, o venerável abade com quem haviam aprendido tantas lições quando crianças. Alisava o rosto choroso da irmã que, já desesperada com as humilhações, não agüentava mais tudo aquilo, e sussurrava:

— A fé existe para nos fazer entender...

— Eu não posso mais... não posso! — Gwenora sussurrava de volta.

— Minha irmã, às vezes precisamos descer aos abismos para compreender as montanhas... — e a abraçava para poder dormir.

Com os pensamentos em sua casa, temia pela vida de todos que conhecia, pela vida das crianças que viu nascer, inclusive daquelas que havia ajudado a vir ao mundo. Temia pelos mais velhos, pelas senhoras, pelas donzelas, e via rostos conhecidos passando à frente de seus olhos como se não existissem mais. Penou durante todos os dias daquela viagem angustiante, pensando em como estavam abandonadas ao destino e o que seria feito delas. Serviriam para sempre àquele monstro nórdico? E onde? Eram tantas perguntas que não tinha mais como raciocinar.

Nas conversas que ouviu dos invasores nórdicos, entre uma bebedeira e outra de hidromel, Gwyneth entendeu que em breve seriam encaminhadas para a cidade de Sigtuna na Suécia, onde seriam vendidas no mercado de escravos. Os navios partiriam cheios de mulheres e crianças em direção a terras tão frias e desoladas quanto os corações deles, partindo de sua base segura em Duiblinn, base nórdica fixada em 841. Mas não. Elas não. Não Gwyneth e Gwenora, sobrinhas do rei Rhodri ap Merfyn, conhecido como Rhodri Mawr, o Grande, rei de Cymru, Powys, Gwynned e terras até a Ilha do Homem, irmão de Ewain, o Nobre, filhos de Merfyn Frych. Elas seriam espólios valiosos demais para serem jogadas num mercado qualquer.

Talvez Gwyneth preferisse esse destino a ser usada e tocada mais uma vez por aquele homem grotesco, de hálito podre, que se deitava sobre ela e sua irmã. Seu estômago revirou só de pensar nisso, de relembrar o momento em que perdeu sua inocência e esperança. Uma lágrima dolorida escorreu por sua face. Ao longe, ouvia os nórdicos comendo e bebendo como animais, os melhores pedaços para os melhores guerreiros. Logo, um deles traria os restos da mesa para que se alimentassem e viriam se divertir com as mais belas mulheres de Cair Guent, totalmente bêbados.

Encostada no muro frio, ela barrava parte da garoa que cairia em Gwenora, que adormeceu sentada após tanto chorar, recostada na parede velha e caída, suja de limo. Havia marcas de dedos já arroxeadas na sua cintura, nas costas, e marcas de mordidas que o selvagem lhe desferia sempre que se deitava com ela. Por alguma razão, ele preferia sua irmã. Talvez o lado selvagem e combativo de Gwenora, que em Cair Guent já despertava ardentes paixões, fosse o motivo que o excitava tanto. Ela se contorcia e se debatia, revidava os tapas e bordoadas, mordendo, enquanto ele ria e grunhia babando, pedindo para que fizesse mais; de tanto esforço, Gwenora mal ficava de pé quando era jogada na lama e acorrentada.

Para Gwyneth, sobrava servir Oslaf e seus *jarls*, e ceder a seus caprichos doentios enquanto ele lhe apalpava o corpo e sussurrava em sua orelha que torturaria e mataria todas as crianças se não fizesse nada daquilo, se não o tratasse bem. Mesquinho. Sórdido. Indecente. "Por que, Senhor?", Gwyneth chorava em silêncio, o que o Senhor pode querer de mim? Mais uma vez secou as lágrimas. Um trovão distante chamou sua atenção. As nuvens pesadas de chuva caíam na direção de sua cidade, na direção de Cair Guent. A cidade agora estava tomada por nórdicos invasores, bárbaros e pagãos, tão longe de seus pensamentos como de seus olhos.

Viu então os cavalos no cercado, agitados ao sentirem a aproximação da tempestade. Dentre os fortes e robustos estava lá o seu próprio cavalo, um belo animal, dócil, que devia se sentir tão triste quanto Gwyneth. Às vezes seu olhar a confortava, como se ele dissesse que tudo acabaria bem. Um viking saiu da tenda de suprimentos e se dirigiu ao cercado dos cavalos carregando um grande e pesado balde de madeira, cheio de água fresca, ainda mastigando as iguarias do banquete que ocorria na tenda logo abaixo da colina. Encheu o cocho e relanceou para as duas cativas jogadas não distante dali. Duas chamas cor de âmbar o observavam, com olhos de falcão.

Temeroso, ele olhou para a tenda festiva em que os nórdicos estavam e se dirigiu em passos calculados até o muro despedaçado. Carregando o balde de madeira com um último gole de água fresca, ele chegou devagar e abaixou-se, atento a qualquer barulho ou risada mais alta que viesse dos guerreiros já bêbados na tenda. Gwyneth nunca entendeu por que ele a tratava bem. Diferentemente de outros que acompanhavam Oslaf, que pareciam ser irmãos na selvageria e na barbárie, este apenas pegava seus espólios materiais. Ele se negava a violência e matanças injustificadas e falava muito pouco o que resultava em olhares raivosos dos outros.

Em uma das festas de Oslaf, ela havia sido jogada no colo deste estranho viking. Seu *jarl* dizia que poderia fazer com ela o que quisesse. Gwyneth sentia que era algum tipo de teste para o nórdico. Esperando ser cruelmente abusada, Gwyneth recebeu apenas um beijo quente e molhado no rosto. A desculpa dada pelo nórdico aos presentes era de que estava bêbado demais para fazer qualquer coisa enquanto ria e bebia um generoso gole de hidromel. Ele a manteve no colo e somente a soltou quando estavam quase inconscientes. Tudo para que Oslaf não mais a tocasse durante a noite. De alguma maneira, aquele gigante era diferente dos outros nórdicos. Gwyneth já o havia visto levar bons pedaços de carne às crianças e idosos acorrentados, muitos morrendo de frio e expostos à chuva e ao vento. Não entendia como nem por que um inimigo declarado faria isso. Apenas esperava que um anjo de Deus estivesse soprando em seu ouvido para ajudar aquelas almas, para ter caridade extrema e bondade. Talvez em sua barbárie ele não entendesse o conceito de Deus, ou de todas as virtudes, já que seus companheiros de armas executavam todos os pecados em demasia, mas bastava ter humildade e respeito para ganhar o apreço de Gwyneth. Aquele homem de longa barba castanho-clara trançada e dois pequenos olhos azuis, de face muito rígida, porém nunca selvagem, com jeito de bonachão, vigiava a entrada da tenda enquanto deixava que ela bebesse rapidamente da água. Antes de se levantar, olhou para Gwenora e, ao notar que ela dormia, retirou-se sem incomodá-la.

Aí estava uma amostra de que Deus não a havia abandonado. Ele caminhou em silêncio e voltou para dentro da tenda. Gwyneth respirou fundo e soltou o ar devagar como se procurasse forças para enfrentar mais uma noite de humilhações após o término do banquete. Passou as mãos ainda molhadas no rosto, agradecendo ao nórdico em silêncio pela bebida e pediu que Deus abençoasse aquele homem.

O cheiro dos deliciosos assados a fez lembrar de sua infância. De como ela e sua irmã corriam pelas cozinhas, trançando as pernas das cozinheiras que tentavam pegá-las durante suas brincadeiras, em especial sua querida Arduinna. As irmãs roubavam nacos de pão e frutas e deixavam todas as serviçais para trás. As lembranças a fizeram voltar para tempos que pareciam distantes e felizes, em Cair Guent.

# Primeira Parte

# 1. AURORA

Logo nos primeiros raios da manhã, quando a bruma orvalhada ainda cobria as pastagens de Gwent e os animais acordavam junto com a cidade, Gwyneth e Gwenora se punham a cantarolar sentadas na cama que dividiam em um quarto, enquanto penteavam os vivos cabelos cor de fogo e os trançavam. Assim que terminavam a tarefa de pentear os cabelos, que ficariam embaraçados novamente no final do dia, saltitavam até o lado de fora da casa, onde as gêmeas colhiam pequenas flores brancas, amarelas e azuis, enfiando os talos entre os fios vermelhos trançados.

Somente depois corriam para dentro da casa em resposta ao chamado do pai, o príncipe regente da cidade e irmão do rei Rhodri, o Grande. As irmãs punham-se a comer apressadamente seus mingaus e pães quentinhos. Seus irmãos também vinham comer com o rosto enevoado de sono, mal-humorados como sempre pelas manhãs. Criadas pelo pai viúvo e pelos cuidadosos irmãos mais velhos, as gêmeas participavam ativamente de sua educação e treinamento.

O pai sabia que a criação de meninas era de grande responsabilidade, ainda mais para um homem sozinho. Entretanto, Gwyneth e Gwenora eram meninas diferentes, não se interessavam por bordados, cozinha, nem casamento, para horror da família, e sim por lutas, lanças, espadas, cavalos e a educação usual dos garotos. Como não conseguia negar os pedidos insistentes das filhas, o príncipe acabou por instruí-las como fazia aos filhos. Todos tinham aulas sobre combate, luta, manejo de espadas, lanças e arcos. Algumas mulheres da cidade achavam um absurdo que duas meninas, que seriam lindas moças quando crescessem, recebessem tal tipo de ensinamento. De alguma maneira, seu pai achava que isso seria útil e cedia aos seus desejos. Em algumas situações da vida, táticas de combate podem ser necessárias, dizia Rhodri rindo, enquanto observava as sobrinhas correndo com os cachorros.

— Como para escapar dos maridos, por exemplo — Rhodri ria e deixava seu irmão ainda mais preocupado.

Quando as gêmeas saíam de casa com os cabelos arrumados, tudo o que se podia ver eram as manchas que formavam pela cidade enquanto corriam para encontrar crianças da mesma idade, seus vestidinhos bordados, azul e branco, com dourado nas mangas. Em pouco tempo, porém, voltavam sujas de lama por terem rolado na terra com os cachorros e os amigos. Seu pai apenas lamentava o estado em que voltavam e as encaminhava para o banho. Quando as via assim, temia estar equivocado quanto à educação das duas. Elas não chegaram a conhecer a mãe, que morreu no difícil parto do último filho do casal, que também morreu logo após o nascimento. O cotidiano masculino impôs outro ritmo às gêmeas e o príncipe temia que isso influenciasse negativamente suas vidas.

Para contrabalançar essa educação tão singular, o pai pediu que um amigo de longa data, que tanto o iluminou em momentos difíceis, tal como após a morte de sua esposa, o ajudasse a passar ensinamentos de que talvez elas precisassem. Uma vez por mês, o bom e paciente abade Nennius, de sorriso e olhar gentil, vinha de bom grado trazer os ensinamentos às gêmeas e

aos filhos mais velhos, mesmo que alguns deles prestassem pouca atenção.

Nennius, de fato, gostava das meninas e as julgava inteligentes, perspicazes e ativas como garotos, ambas com um grande sentimento de liderança, mas com o lado delicado e refinado das mulheres, tão sensíveis e gentis. Às vezes achava difícil prender suas atenções e também responder às perguntas cada vez mais numerosas. Apenas cofiava a barba já grisalha, como se pensasse no que dizer, mas sempre havia um anjo sobre sua cabeça lhe trazendo inspiração divina para dar resposta a todas. Curiosas e ativas, elas gostavam de contar histórias típicas de criança ao abade, que ria divertido com sua inocência.

Por vezes o pai das meninas temia que elas dissessem besteiras, mas Nennius, sempre bem-humorado, garantia-lhe que adorava a tarefa da qual fora incumbido. Na sua ausência, o abade local chamado Mabon assumia a tarefa, este muito mais jovem, mais animado e alegre que o velho Nennius, austero em sua sabedoria, mas apreciador da alegria. Ensinava-lhes História, um pouco de Geografia, idiomas, Matemática, falava das virtudes, que pouco a pouco ele conseguia introduzir na vida das meninas, e ensinava sobre a história de Cristo e de seu martírio pelo povo pecador que o julgou e condenou. Nennius admitia que elas, mesmo tão arteiras, tinham muito mais paciência para ouvir os ensinamentos do que seus irmãos mais velhos, que pensavam em duelos, espadas e combates gloriosos. Estes achavam que libertariam toda a ilha dos invasores antes do almoço e que teriam tempo de invadir outras terras ao pôr-do-sol.

Toda essa aura de valentia patriótica dos irmãos de Gwyneth e Gwenora se devia ao período que atravessavam, época difícil para todos os reis da região, inclusive para o próprio rei Rhodri. A onda de otimismo vinha já desde o ano do Senhor de 856, momento de glória do rei e de orgulho para todo o povo, quando ele



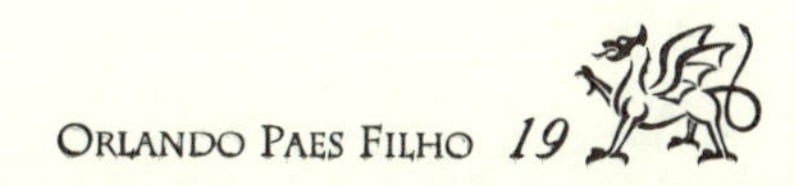

derrotou o rei viking Gorm, o Astuto, e toda a sua armada com a ajuda do irmão Ewain. Anos antes, em 850, sua esposa Arthia, em Cair Guent, dava à luz as gêmeas em um parto dificílimo que a exauriu fisicamente. Ewain lutava no exército do irmão, combatendo piratas vikings que nada queriam a não ser espólios e escravos. Lutou posteriormente na vitoriosa batalha que varreu os nórdicos do território de Gwynned e Powys, enquanto Arthia morria no sexto e último parto. Poucos meses antes ele havia retornado para resolver uma contenda entre dois nobres locais, dominando a cidade novamente sob sua mão e deixando a esposa grávida e as gêmeas que ele viu só de relance nas poucas vezes que voltou à cidade. Arthia sentiu uma tristeza profunda enquanto assistia à partida da comitiva do marido, pois temia não vê-lo mais. Oito meses depois, as dores do parto começaram. Quando o último menino da linhagem nasceu, debilitado e fraco, Arthia já agonizava, apesar dos cuidados rigorosos de sua irmã e de sua criada pessoal, a adorável Arduinna, mulher forte e sábia que foi de vital importância na educação dos filhos do casal.

Ewain olhava as filhas que corriam atrás dos passarinhos para descobrir seus ninhos e se lembrou da noite gelada em que chegou em Cair Guent; as pessoas na cidade comemoravam e cantavam o retorno triunfante dos irmãos guerreiros, o próprio rei Rhodri, agora nomeado pelo povo como o Grande devido à vitoriosa campanha. Ao entrar em sua casa, faminto por uma boa comida e a companhia da família, a cena era triste. Sua esposa estava disposta em uma mesa, coberta por um lençol branco sob a suave penumbra das velas acesas em todo o recinto. Os cachos de cabelos ruivos pendiam para fora do tecido. Os filhos estavam em pé ao lado da mãe, o mais velho deles de dez anos, também chamado Rhodri, segurava Gwenora no colo, que dormia em seu ombro. Gwyneth, também adormecida, jazia no colo da tia. Ainda empunhando a espada, Ewain caminhou direto para a mesa e descobriu o corpo para ver-lhe o rosto. Lá estava Arthia, sua amada esposa, o rosto sardento já pálido e os olhos arroxeados nas pálpebras, os lábios sem vida. Uma flecha parecia ter acertado seu coração, e sua alma vazava pelo ferimento.

— Mas o que aconteceu aqui? — Ewain procurava explicações, já entregue às lágrimas.

— Seu último filho, meu senhor, também está morto — disse Arduinna.

Ewain ainda não havia reparado que ao lado do corpo da esposa jazia o pequeno corpo gelado de um menino. Perturbado, olhou para todos os filhos. Estavam de cabeça baixa sem olharem para o pai que naquele momento de infinito pranto foi consolado pelo irmão. Rhodri tocou seu ombro e lhe pediu calma. Ele tinha muito pranto para derramar. Nesta noite de chuva gelada, o homem que mais acalmou seu coração revoltado pelas injustiças da vida foi o abade Nennius, que se tornou seu amigo e confessor. Ambos, mais o rei Rhodri, oraram durante toda a noite e realizaram um funeral digno de uma mulher tão nobre quanto Arthia.

Ao se lembrar de fatos como esse, Ewain lamentava que batalhas e guerras existissem apenas para separar famílias e fazer homens enterrarem filhos e esposas. Desde aquela fatídica noite, agarrou-se aos filhos e passou a temer por um futuro sangrento, em que não haveria segurança ao dormir. Os nórdicos foram derrotados naquele ano glorioso dado por Deus, mas eram muitos e sua ganância, proporcional ao seu número. Cresciam mais que ervas daninhas e em breve voltariam para consumir o trigo como uma nuvem pestilenta, destruir as casas, violentar as mulheres e escravizar o que restasse do povo. Noites muito mais duras do que aquela em que retornara estariam por vir. Esperava apenas que Deus tivesse misericórdia.

Parado na escada que levava à entrada de sua grande casa real — o grande palácio —, orgulho da cidade, erguida sobre uma antiga construção romana, Ewain conseguia avistar não só suas garotinhas, então com oito anos, brincando de roda com as amigas, e os mais velhos encenando lutas e batalhas com espadas de madeira, como via toda a planície de Cair Guent e os arredores verdejantes como esmeraldas, pontilhados por pastores e seus rebanhos. Poucas nuvens velejavam pelo firmamento profundamente azul. Aquele foi um verão ameno e fértil. Ele podia ver a estrada que conduzia visitantes até o portão de entrada. Ewain tinha orgulho de admitir que sua cidade era uma bela e impressionante fortificação, com rampas de terra que protegiam íngremes muralhas de difícil dominação com fossos seguindo toda a sua circunferência. Atrás da parede larga, a muralha possuía uma massa construída de blocos entremeados de vigas presas por hastes de ferro e um espaço livre de habitações usado para soltar o gado. Uma segunda muralha encontrava-se logo após a primeira, durante a subida. Esta era mais simples, feita com madeira e pedras. Nesta segunda barreira, comportas gigantes abriam-se para estábulos, lojas de ferreiros, capelas. Altos estandartes mostravam o animal-símbolo da cidade, o javali, sacudindo com o vento.

Quem olhasse a fortificação de fora não imaginava que fosse tão próspera e antiga. Os muros altos tão bem desenhados no monte pareciam fazer parte da vista e sua silhueta sempre ficava obscurecida por neblina em noites frias. Nennius dizia que toda a fortificação descendia de um povo conquistador, o povo romano, que tentara conquistar a ilha mas nunca chegou a se impor de fato, deixando construções por toda parte. Os romanos haviam caído misteriosamente centenas de anos atrás, mas ainda exerciam sua influência no modo de vida. A ocupação, porém, era muito mais antiga, de tempos imemoriais, e tinha relação com povos envoltos em mistérios que até mesmo o grande Nennius, tão sábio e conhecedor de tradições, não saberia precisar quem

foram. Ewain sentia que pisava em solo antigo, e que portanto já presenciara momentos de guerra, de paz, de prosperidade. Era um solo de forte tradição, conhecido pelo domínio da metalurgia, pois suas armas eram insuperáveis, pela domesticação do cavalo, esta considerada a melhor de Cymru, e por seus habitantes serem excelentes caçadores, em especial de javalis, o que conferia o símbolo à cidade.

O orgulho maior de Ewain, o Nobre, entretanto, eram seus filhos e fazia questão que todos soubessem disso. Rhodri era o mais velho. Seu nome havia sido escolhido em homenagem ao tio e rei de Cymru, Rhodri, o Grande, que tinha como família seu irmão mais novo, que se casara tarde, e seus três filhos homens. Ambos dedicaram quase toda a sua vida a defender o povo e as cidades de invasões dos nórdicos. Depois do filho Rhodri vinha Donn, calmo e comedido, muito tímido, que não podia olhar para ninguém sem corar; sua vontade era ser monge e ir para o monastério de Bangor-is-y-Coed, onde ficava Nennius, por quem tinha grande admiração. O terceiro era Dimas, que sonhava em participar de batalhas ao lado do pai e do tio e possuía uma arrogância desproporcional ao seu tamanho. Depois dele, vinham as gêmeas, admiradas pelo tio, fortes e decididas, e o bebê que nasceu morto, nomeado Patrick, no batizado antes do funeral. Ewain pedia todos os dias pela manhã a bênção sobre todos eles e que tivessem vida longa e próspera.

Ewain respirou fundo e soltou o ar sem pressa. Olhou novamente para o horizonte, receoso de ver despontar centenas e centenas de linhas de guerreiros nórdicos. Só de imaginar seus *drakkars* aportando logo ao sul, um arrepio o percorria. Toda a terra de Gwent era o portal de entrada para a conquista do sul de Cymru, e os nórdicos consideravam toda a região como ponto fraco do território dos *cymry*. Informações seguras diziam que eles preparavam uma vingança sangrenta para todos aqueles que riram com a queda do rei Gorm, o Astuto. Tal fato enchia Ewain, o Nobre, de profunda apreensão. Esse povo era rancoroso, passional e primitivo, nada impedia sua sede de ganância de pilhar e destruir milenares cidades, monastérios e escravizar populações.

Do alto, ele avistou uma carroça se aproximando e permitiu que seus pensamentos de apreensão sumissem por alguns momentos. Pelo passo demorado do cavalo cinzento que a puxava julgou ser o abade Nennius chegando de mais uma viagem. Muitas e muitas vezes Ewain ofereceu um de seus excelentes animais para substituir uma montaria companheira e já bem velha, mas o abade sempre recusou a oferta, dizendo que o seu era o animal mais fiel que poderia querer, e que não precisava da robustez de um cavalo treinado para propósitos de guerra. Além do mais, seu cavalo já estava acostumado a ouvir os resmungos de um velho abade sacolejando na estrada e desacelerava o passo sem que pedisse. Ewain chamou à parte um dos guardas da cidade e ordenou que recebessem o abade com calorosas considerações e levassem seu animal para os estábulos. Quanto a Nennius, que o conduzissem diretamente à sua presença.

Ewain apresentava-se como um robusto homem na casa dos quarenta, alguns fios de cabelo já grisalhos misturados ao castanho-avermelhado. Rhodri era seu irmão mais velho, com uma diferença de mais de dez anos entre ambos. Quase todo o povo do reino de Rhodri apresentava as mesmas características: altos, inclusive as mulheres, de ombros largos, pele branca, corpo musculoso e bem constituído, cabelos que iam do loiro-escuro aos avermelhados e ruivos.

Desceu a escadaria que levava ao palácio e sentiu o joelho repuxar devido a uma velha ferida em combate, uma de tantas outras. Mesmo sendo nobre e irmão do Grande rei, Ewain gostava de se misturar às pessoas nas ruas, conversar nos mercados e ouvir pessoalmente elogios e reclamações. Assim poderia mostrar que

estava lá para servi-las, e essa era a maior impressão que deixaria nas filhas, que sempre o acompanhavam.

O guarda recebeu a carroça do abade, que mesmo na sua idade sempre viajava sozinho, logo na subida da rampa para a primeira entrada.

— Abençoado seja, abade.

— Amém — ele sorriu, já lhe entregando as rédeas.

— Seja bem-vindo mais uma vez.

— Obrigado — disse-lhe. O abade desceu da carroça e sentiu os ossos das costas estalarem.

— Meu senhor já o aguarda. Vou levá-lo até lá.

— Não se preocupe, meu filho. As pernas deste homem são velhas, mas robustas. Eu vou andando — sorriu e pegou uma sacola de couro repleta de pergaminhos enrolados em seu interior.

O guarda sorriu em resposta, mandou que se fechassem as comportas e levou o animal e a carroça para os estábulos, onde um bom cocho de água e comida fresca aguardavam o velho animal cansado.

Nennius bateu a poeira da roupa, passou a mão nos já menos numerosos cabelos esbranquiçados na tentativa de colocá-los no lugar, o topo calvo da cabeça úmido de suor. Subia a estrada de pedra com seus passos lentos e sentiu quando a primeira gota de suor lhe desceu pela testa. Era uma gostosa tarde quente de meados de julho e raios de sol passavam por entre as árvores, entregando a cidade à penumbra calma e tranqüila. Continuou subindo e foi cumprimentado por todos no caminho. Seus sermões sempre inspiravam fé e esperança, trazendo alegria em noites frias. Nennius acreditava que fé era muito mais do que ir à igreja e assistir à missa. Era preciso ter um espírito muito forte para poder seguir o mesmo caminho de Cristo e trilhar todas as suas verdades, e esse era o pecado que todos cometiam, achando que o fato de Ele ter sido crucificado havia curado as mazelas do mundo, isentando os indivíduos de sua obrigação nesta terra. Mal sabem ou percebem os homens tolos que suas ações não podem ser totalmente redimidas e que um coração imerso em trevas não se iluminará se for mudado de lugar. Dessa maneira, Nennius sempre dizia que não bastava dar esmolas aos pobres na saída da igreja e chutar o cachorro que lhe pedisse comida no caminho. São nossas ações que nos distinguem. O homem é o lobo do homem, ele dizia, e Deus, tendo criado a vida, que toda ela é sagrada e merece cuidados.

Após uma exaustiva subida — afinal, não era mais nenhum noviço que conseguia carregar quatro baldes cheios de água de uma só vez —, Nennius avistou Ewain, o Nobre, na companhia de suas filhas, Gwyneth e Gwenora. Quando elas viram o abade correram para abraçá-lo.

— Aí estão vocês.

— Nennius, você vai contar mais sobre os romanos para nós?! — Gwyneth puxava seu manto.

— Conte-nos, por favor! — Gwenora implorou.

— Deixem meu venerável amigo respirar, meninas.

— Não se preocupem, pois tenho muitas histórias para contar a vocês — sorriu pacientemente. — Todas as histórias do mundo não seriam suficientes para saciar sua curiosidade.

— Abençoado seja, Nennius — Ewain lhe beijou a mão. — Como vai?

— Amém, Ewain. Sacolejei bastante na estrada mas enfim consegui chegar. Pior do que um velho cavalo faminto é um velho abade faminto também. — Os dois riram.

— Que tantos pergaminhos são esses, meu bom amigo?

— Ah, o velho hábito de leitura não me deixa — disse, ajeitando a alça no ombro. — São histórias e textos antigos que vim lendo pelo caminho e uma coleção de dados sobre a Bretanha que venho organizando ultimamente.

— Será um documento valioso quando estiver pronto.

Ewain pediu a bolsa de pergaminhos do bom abade e entregou a Gwyneth, que se sentiu importantíssima ao carregá-la, deixando uma ciumenta Gwenora emburrada vindo logo atrás com passos duros. Arduinna, na cozinha, já havia preparado um gostoso pão fresquinho recheado de frutas e aguardava o abade com a taça do melhor vinho de Gwent. Era sempre uma visita ilustre e ela adorava ouvir os ensinamentos dele às crianças, mesmo que muitos deles não entrassem em suas cabeças. Com a mesa posta, ela o cumprimentou e Ewain puxou uma cadeira para que sentasse ao seu lado.

— Que bons ventos o trazem neste ano do Nosso Senhor de 858? — Ewain agradeceu Arduinna e se serviu do vinho.

— Visitei o rei Rhodri recentemente na ordenação de alguns sacerdotes. Aproveitei para chegar um pouco mais cedo antes de voltar ao monastério. Santa idéia de Arduinna! — suspirou Nennius, ao provar do bolo.

— É verdade sobre Kenneth MacAlpin? — Ewain perguntou. Seu tom de voz ficou pesado, enquanto olhava para as próprias mãos.

— Parece que sim — Nennius disse preocupado. — Pictos e escotos estão de luto pelo rei. Tempos difíceis...

— Fico pensando quantos reis veremos morrer junto de seu povo para que esses nórdicos sanguinários se satisfaçam...

Analisando o rosto de Ewain, o abade notou que o Nobre tinha uma ausência de brilho, como se uma luz estivesse apagada, como se sua última frase tivesse outro sentido. Nennius pousou o pedaço de bolo no prato e bebeu um gole de vinho. Aquela era a data da trágica morte de Arthia. Fazia exatamente dois anos, e seu bom amigo não esqueceria jamais a dor terrível por aquela perda. O abade apenas o advertia para que a dor não se transformasse num rancor doloroso, que germinaria a semente de vingança e a busca por sangue.

— Filho...

— Eu sei, Nennius. — Enfiou os dedos nos cabelos e respirou fundo. — Por quê, meu Deus, por quê?

— Deus tem motivos misteriosos. Sua esposa está ao lado do Senhor agora como um anjo bondoso, velando por vocês.

— E por que não aqui ao meu lado? E por que não cuidando dos nossos filhos, que também são anjos... e que sentem a falta dela? Especialmente Gwyneth e Gwenora... Sabe, às vezes elas me perguntam como era a mãe delas, pois não conseguem mais ver seu rosto. Lembrar de tudo o que aconteceu, dia após dia, é como revolver a terra que cobre sua sepultura — falou com amargura.

— Filho, não se culpe, nem culpe os nórdicos. Ninguém tem culpa nem deve questionar os motivos do Senhor, pois Ele é maior do que todos nós. Nós, mortais, não podemos abarcar toda a sua grandeza. Arthia está ao lado dele, em imensa felicidade.

— Um dia após o outro eu espero pela batalha para poder extravasar esse sentimento doloroso que carrego. — Seus olhos estavam cheios d'água.

Com sua experiência, Nennius viu nos olhos do atormentado Ewain um verdadeiro sentimento negativo que poderia tirar seu juízo e seu julgamento: vingança. Era difícil entender como a morte da esposa o havia deixado tão perturbado e como atrapalhava seus pensamentos. Porém, ele se voltava para o lado mais perigoso deste sentimento, um lado rancoroso que poderia resultar em mais perdas.

— Se for mesmo se vingar, o que será de seus filhos? Eles precisam de você. — Nennius queria colocar alguma luz em sua vida.

— Eles são meu tesouro mais precioso, mas essa mágoa me acompanha desde o dia em que voltei da última batalha. — Fechou os olhos como se não quisesse enxergar as cenas que se passavam diante deles. — Juro que vingarei sua morte ou morrerei tentando.

Tal afirmação entristeceu o abade. Dois anos de pacientes conversas sobre virtudes, bondade, misericórdia e caridade nada tinham valido. Um compatriota e um invasor podem se confundir, se ambos mostrarem quem realmente são...

— Prudência, Ewain. Prudência. — Tocou seu braço e ele o olhou com os olhos vermelhos pelas lágrimas que rasgavam sua alma. — Ou perderá mais do que está disposto a arriscar.

— Sabe tanto quanto eu que essas cobras peçonhentas dos nórdicos estão voltando — falou Ewain, e Nennius ouvia com atenção. — Virão pelo norte como sempre fizeram, da terra dos pictos e dos escotos, e descerão até nós brandindo seus machados e gritando do lado de fora de nossos portões. Ou então atacarão Cymru, subindo pelo rio Severn. E às vezes me sinto totalmente impotente quando chegam, de toda a ilha, mais e mais notícias sobre invasões.

— Ninguém disse que são tempos fáceis. E temos que sobreviver a eles. Mas a vingança apenas envenena nossa alma aos poucos, matando os bons frutos que carregamos.

As portas da sala ensolarada onde estavam abriram-se com violência e as meninas irromperam, interrompendo a conversa, contentes com a chegada do abade. Rapidamente Ewain enxugou o rosto e esboçou um sorriso enquanto via suas meninas sedentas de informação, de nomes e de heróicas batalhas. Elas puxaram cadeiras e colocaram a bolsa com os pergaminhos sobre a mesa. Com um sorriso gentil, Nennius olhou para todos os rolos e escolheu um em particular. Seus dedos enrugados desenrolaram o suficiente para que se pudesse ler o título. Chamava-se *Dos Reis e Imperadores*, uma nova cópia que ganhara de um amigo também abade e que ansiava ler para as meninas.

O texto falava especialmente sobre as virtudes de um rei e de um imperador e principalmente sobre os erros que devem evitar. Apenas porque Deus, em sua infinita sapiência, o colocou em


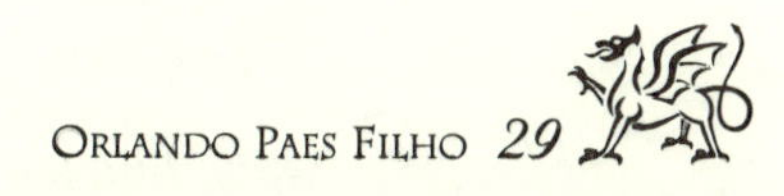

uma posição poderosa, não significa que não possa perder de vista o que é certo e o que é errado. Muitas vezes o povo tirânico sofre nas mãos de um líder igualmente tirânico. E acima de tudo, um soberano sem fé, sem o verdadeiro entendimento do que significa sua posição, nunca poderá ser chamado de rei, nem liderar os outros. A fé é a chave primordial para a composição do homem, já que atua como a guardiã de todas as virtudes que se opõem ao mal, que se alastra por entre os corações das pessoas.

— Mas, Nennius — começou a perguntar-lhe a pequena Gwyneth —, um pagão, que peca, como os nórdicos, nunca pode ser perdoado, já que não tem as Virtudes?

— Filha — ele dizia pacientemente —, o simples fato de reconhecer seus erros terríveis e pedir perdão a Deus Todo-Poderoso já é uma virtude. É a principal, saber reconhecer que errou. — E sorriu.

Enquanto estava ali sentado, ouvindo a brilhante instrução de Nennius misturada a histórias antigas sobre reis e imperadores, a voz monocórdica ao infinito, Ewain concordava com o irmão quando este dizia que as informações e ensinamentos do velho abade seriam de muito mais valor do que qualquer técnica de luta ou forja de espada. O que mais valoriza o homem é seu caráter, sua inteligência, sua coragem e sua fé. Mas... se era assim mesmo, Ewain pensava, então por que ele não conseguia lidar com a morte da esposa de maneira pacífica e por que sentia sede de sangue quando pensava em uma nova invasão dos nórdicos? Seu coração gritava de dor todas as noites e pedia a Deus em suas orações que lhe desse forças para sobreviver ao dia em que enfrentaria os selvagens daneses novamente. Deixou perder os olhos nas pedras do chão da sala onde se encontravam, banhados pelo sol daquela tarde iluminada. Enquanto ouvia o abade, Ewain, de cabeça baixa, olhava para as linhas em sua mão já calejada de tanto manejar a espada, notando como se encontravam e se partiam. Assim era a vida, ele pensava. Pontos de encontro e despedida.

# 2. O Destacamento das Evas

De toda Cair Guent, as filhas de Ewain eram as mais bem treinadas em defesa e ataque. Eram excelentes amazonas. Afinal, fazia parte da tradição da cidade transformar a luta em uma arte, além de um dever de honra. Meninos e aquelas duas meninas eram treinados desde muito jovens no manejo da espada, da lança e da funda. Sabiam tirar bom proveito do escudo para se defender. Alguns questionavam ao Nobre se aquilo era sensato; afinal, armas e morte não combinam com moças e muitos rapazes perderiam o gosto de cortejá-las. As mães da comunidade se horrorizavam só de pensar em ter que buscar os corpos de suas filhas nos campos de batalha, massacradas pelos inimigos, caso esse exemplo inspirasse as outras. A resposta dura de Gwyneth era que se um homem sente orgulho de ver seu filho na batalha, por que não sentiria alegria com sua filha guerreira? Ela seria menos capaz? O pai se orgulhava da argúcia de uma menina de doze anos. Gwenora, por sua vez, chegava a chamar os meninos da mesma idade para provar que não tinha medo de suas provocações e chegou a quebrar o dente incisivo de um deles. Nennius as visitava com menos freqüência do que antes, mas admirava que existisse alguma sabedoria por trás de palavras tão afiadas. Seu esforço não fora inútil.

As outras mulheres da cidade apenas não sabiam que elas ensinavam às colegas tudo o que aprendiam com os irmãos. Era sempre assim. O capitão da guarda de Cair Guent e Ewain em pessoa passavam horas ensinando aos meninos a se defenderem, a atacar com diversas armas, a reconhecer a traição nos olhos do inimigo e, mais importante, a nunca baixar a guarda, pois até mesmo o soldado mais despreparado sabe quando pode atacar livremente um oponente descuidado. Ensinavam a conhecer seu inimigo de modo a conhecer a si próprio; afinal, poderia cometer os mesmo erros ou usar de suas estratégias.

— Derrotar o inimigo é uma valiosa informação que o próprio inimigo fornece — dizia Govannon, experiente soldado e homem de confiança de Ewain, com os jovens à sua volta no alojamento dos soldados. — É a partir dos erros dele que aprendemos a maior arte de guerra: a tática. Mas nunca se deve pressionar demais o inimigo que já se encontra desesperado, pois não podemos prever as reações daquilo que não conhecemos. Às vezes, inimigos íntimos acabam adquirindo características comuns, e pode ser valioso saber disso. E não se esqueçam jamais de que, ao aceitar uma briga, será preciso lutar sempre e sem medo.

Gwyneth e Gwenora ouviam maravilhadas todas as palavras, sorvendo o máximo de dados que pudessem guardar. Govannon sabia que elas se interessavam pelo assunto, mais até do que os irmãos. Donn passava o tempo todo auxiliando o padre na capela local, a cabeça voltada para o sonho de peregrinar até Roma. Rhodri ficava metade do ano com o tio em Degannwy, e já corriam boatos de que seria preparado para sucedê-lo. E Dimas era o único que comparecia às aulas junto das irmãs, o que, entretanto, passava longe de ser satisfatório para Govannon, que achava que o garoto não tinha capacidade para erguer uma flecha e afiar uma espada, quanto mais defender seu povo. Cada vez que recebia um afazer que deveria ser encarado como ritual pelo guerreiro, ele reclamava, batia o pé e se fazia desgostoso.

Com o tempo, Govannon deixou de se importar com sua educação, pois compreendeu que ele jamais saberia empunhar uma espada e passou a selecionar as gêmeas para as lições mais difíceis. O próprio Ewain concordava com isso e abriu espaço na escola de armas do capitão para todas as meninas que quisessem participar das aulas com suas filhas. Não tardou para que elas chegassem, sob o constante choro de suas mães. Os pais, não todos, encaravam isso como um ensinamento a mais, já que a elite era do Exército. E aqueles que eram contra simplesmente se negaram a misturar suas filhas com as "Evas de armas até os dentes", como diziam. Era contrariar a lei divina, descartando qualquer tradição familiar. Como o Nobre podia permitir que meninas de dez, onze, doze anos lidassem com assuntos masculinos? Em resposta, Ewain conseguiu a discórdia entre seus compatriotas. Ele dizia que enquanto ele e seu irmão Rhodri se feriam e sangravam para defender suas vidas em frios campos de batalha, eles se escondiam em suas casas e debaixo de suas cobertas quentinhas, pedindo que Deus os ajudasse.

Viúvas começaram a comparecer às aulas, para serem treinadas caso fosse necessário agir num ataque. Jamais Cair Guent tinha visto tanta agitação quando suas mulheres e crianças foram para as charnecas treinar com os soldados. De alguma maneira Ewain achava que era certo, já que ele próprio estava temeroso por um futuro incerto e nebuloso. As crianças se divertiam muito. Torneios eram realizados entre elas em Cair Lion, cidade que já fora um forte romano perto do rio Usk com tradição de gerar guerreiros. Em diversas ocasiões, quando as gêmeas se enfrentariam por falta de oponentes, era preciso declará-las campeãs.

Certo dia, dos doze para os treze anos, Gwyneth se levantou ainda sonolenta e não encontrou a irmã deitada ao seu lado. A


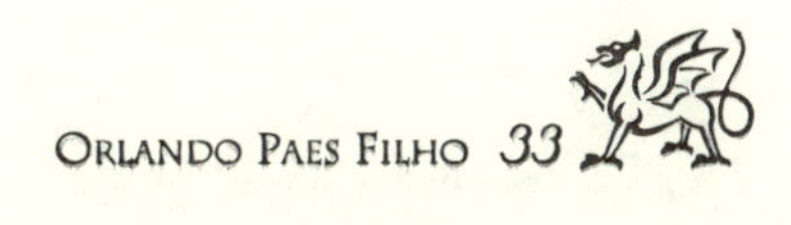

cama ainda estava quente. Silêncio no quarto. Mas quando levantou a coberta, viu um pouco de sangue no lençol. Assustada, ela se pôs de pé num pulo e logo pegou um punhal que vivia escondido embaixo da cama, já que seu pai tinha proibido o uso de armas em casa. Ela tirou os cabelos ruivos da frente dos olhos, olhou pelo corredor e não viu ninguém. Farejou o ar tentando sentir o cheiro do tempo, como se caçasse. Então sentiu algo molhado entre as pernas e viu que sangrava também.

Seu grito assustou Arduinna na cozinha, que subiu aos tropeços limpando com a barra do vestido as mãos sujas de massa que sovava na mesa de madeira.

— Menina, o que foi? Está bem? — Ajoelhou-se para olhá-la melhor.

— Nós fomos atacados! Cadê o meu pai?! Quero ver o meu pai!

— Querida, como assim?

— Estou ferida! Acho que vou morrer! — chorava Gwyneth compulsivamente.

— Do que está...?

Arduinna então viu a camisola manchada e sorriu aliviada. Passou as mãos no rosto da menina, enxugando-lhe as lágrimas, e pediu que se acalmasse, não estava ferida. Tinha acabado de acontecer o mesmo com Gwenora, que estava no banho, depois de acordar assustada e sair correndo desesperada em busca do pai. Com a paciência que lhe cabia pelos anos acumulados, Arduinna explicou que aquele era um sinal. O sangue indicava que ela estava se tornando uma mulher. Muito em breve em seu peito cresceriam seios, sua cintura tomaria forma, pêlos apareceriam pelo corpo e ela sangraria uma vez por mês.

— Mas eu não quero!

— Querida, isso é uma dádiva de Deus. — Arduinna sorriu, enquanto penteava a menina. — Isso quer dizer que você pode ter um bebê.

— Sou uma guerreira! E guerreiras não têm bebês!

— Não seja tola, Gwyneth. Você é uma moça agora — disse com mais firmeza. — E acredite, sangrar todo mês indica que você tem saúde e que pode ter filhos. Antes de ser uma guerreira você é uma mulher. Quando crescer, será tão linda que os homens ficarão a seus pés.

Arduinna sabia que para algumas crianças essa passagem era extremamente difícil. Não mais poderia nadar com os amigos no rio ou fazer tudo o que quisesse, mas a vida sempre recompensa de alguma maneira. Ter filhos é um presente, repetia a ela. Deve ser encarado como tal.

— Dizem que vocês são as Evas da Arena, não dizem? — Arduinna falou.

— Dizem...

— Eva também teve filhos. E ela também sangrava. — Seu tom de voz parecia verdadeiro.

— Posso continuar sendo uma guerreira, então?

— Eu nunca disse que não poderia ser — sorriu.

— E quanto a Gwenora? Vai acontecer com ela também? — Enxugou o rosto molhado.

— Aconteceu esta manhã pouco antes de você acordar. Venha, um banho quente vai relaxar você e tirar essa preocupação da sua cabeça. Pode parecer estranho agora, mas você vai se acostumar e vai pensar nisso de outra maneira.

Naquele dia, as irmãs não foram treinar com os colegas. Seu pai ficou orgulhoso com o acontecimento. Em breve teria que se preocupar com o casamento delas, mesmo que houvesse muita relutância. E sabia que teria.

O capitão Govannon começou a notar em jovens moças com grande habilidade na espada e lança um porte de amazonas e de guerreiras como nunca vira antes. Seus movimentos eram elegan-


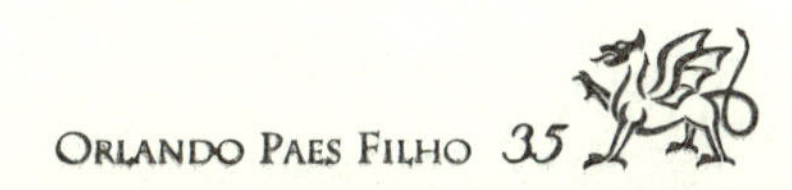

tes, sistemáticos, e o principal: precisos. Imaginou se elas não seriam excelentes soldados em uma batalha e se poderia aplicar-lhes um treinamento mais pesado. Porém tinha que admitir que mulheres em guerra soava como um sacrilégio. Ele mesmo tinha um filho que, por motivos de saúde da mãe, morava com ela no litoral sul de Gwent e temia ter que colocá-lo para lutar. Enquanto as assistia treinando, pensava numa forma pouco gentil de torná-las ainda melhores, de exaltar suas incríveis habilidades. Apenas precisava expor sua sugestão ao líder Ewain, o Nobre.

Enquanto as observava, começou a tirar suas conclusões e a comparar aquelas que mais se destacavam das outras. Cyssin era a que menos se parecia com um soldado, parecia mais um anjo com seus cabelos cacheados e dourados e dois grandes olhos azuis emoldurados pelas sardas de suas bochechas. No começo do treinamento, seu pai viúvo achou um disparate ver a filha treinando como homem, usando calças, empunhando armas mortais e caindo no chão enlameado nos dias de chuva. Cyssin se tornou excelente espadachim, e já era uma grande amazona na época. Era sua incumbência ensinar às crianças mais novas como montar primeiro em potros e depois em cavalos.

— O erro do cavalo também é o seu. Quando estão juntos, viram um ser único, com as mesmas ações — ela dizia, para a admiração de todos com sua voz fina e quase inaudível.

Vivia batendo de frente com o espírito genioso de Gwenora, que se dizia a melhor amazona de Gwent. Quando as duas resolviam mostrar suas habilidades a cidade inteira parava para assistir à disputa.

A segunda era Alwine, dois anos mais velha do que as gêmeas e portanto mais forte e experiente. Sabia usar a lança e o arco e flecha como se tivessem nascido grudados em suas mãos. Montada a cavalo, de cima de uma torre, ajoelhada, Alwine fazia disparos certeiros. Mostrou-se também uma lanceira talentosa, que, mon-

tada no cavalo, arremessava sua lança sobre alvo móvel sem nunca tê-lo errado. Às vezes tentava fazer mira na cabeça de Dimas, um menino que todos achavam insuportável. Alwine era muito quieta e não gostava de falar mais do que o necessário. Era costume, nos intervalos do treinamento no campo, vê-la calmamente trançando os cabelos avermelhados, num tom que podia mudar do laranja forte para o vermelho-fogo com a luminosidade, olhos verdes como da cor das charnecas. Quando as colegas tinham problemas com mira e pontaria, ela não se recusava a ajudar e havia se tornado grande amiga de Gwyneth, outra excelente arqueira e amazona.

Syndia era expansiva, gostava de rir alto, de fazer brincadeiras e mesmo para sua pouca idade não dispensava um gole de hidromel que roubava dos tonéis do pai. Ela era grande, de corpo robusto, seios grandes já para a idade, mas muito ágil com a espada e com a lança curta. Era capaz de arremessar uma delas na cabeça de alguém a boa distância. Seu golpe era o mais pesado entre todas elas. Também era muito boa em armar catapultas, já que era a mais forte das alunas e sabia calcular muito bem as distâncias. Além disso, conseguia subjugar Dimas quando treinavam juntos. Ele já a temia quando via seu cabelo castanho cacheado despontando na entrada e o capitão apostava que ele tinha pesadelos durante a noite com seus grandes olhos azuis a encará-lo.

Kara tinha todas as habilidades de um bom guerreiro. Sabia se defender com o escudo e atacar com todas as armas existentes, em especial a espada. Sabia identificar falhas e elaborar estratégias, mas a vantagem primordial era que seu pai era ferreiro e mestre conhecedor de ligas e metais. Por isso ela sabia como fundir o ferro, trabalhar o lingote e fazer espadas melhor do que ninguém. Seu pai vinha de uma linhagem cujos ancestrais na antiga Roma já conheciam a arte de armar as legiões. Kara possuía um vasto conhecimento adquirido de séculos de história, o que a tor-


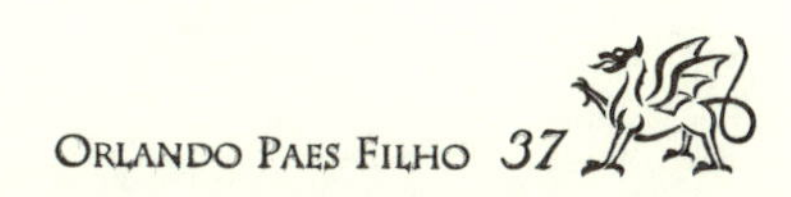

nava uma peça valiosa da equipe que o capitão tinha em mãos. Olhar para Kara era uma experiência avassaladora. Seus olhos eram de um azul tão claro, tão puro como água da fonte, que pareciam cinzentos. Ela às vezes tinha vergonha de erguer o olhar para estranhos, pois eles certamente se espantavam. Além disso, seus longos cabelos ruivos e finamente cacheados lhe davam uma aura de mistério. Não tinha quem não reparasse ou se espantasse com sua aparência.

— O que olha, senhor?

Quem a encarava era Idwal, um rapaz metido a valente que sabia lutar bem e que fora posto como seu imediato por indicação de Ewain. O capitão nunca entendeu o porquê. Seus cabelos amarelos eram curtos e ele tinha um ar principesco no nariz empinado, o que irritava Govannon, que nada podia fazer para tirar-lhe do rosto o sorriso lustroso e falso. Já o vira várias vezes admirando de forma luxuriosa as moças em treinamento e nessas ocasiões o mandava sair imediatamente. Sabia que conseguia cortejar algumas, e apenas pedia que Deus as protegesse. Pediu que um homem de confiança chamado Gladwyn, conhecido por sua barba negra sempre bem aparada, ficasse de olho no rapaz cujo sangue parecia estar em ebulição quando via uma mulher passando. Ele tentou se aproximar justamente das gêmeas Sewyn, conhecidas assim pelo sobrenome da mãe. Govannon apenas coçava a barba bem cortada e passava seus olhos azuis profundos pelo corpo do rapaz, pensando em um bom lugar para lhe transpassar sua espada.

— Não mandei que fosse verificar os muros? — Govannon nem se mexeu, recostado num pilar enquanto observava o treino das moças com lanças.

— Estão de pé. — Idwal virou um gole de hidromel sem se importar muito com a ordem do capitão.

— Pois volte e os observe com atenção. — Pegou em seu ombro e o virou de qualquer jeito, derramando hidromel no

chão. — Quero saber de avarias e danos. Não volte para cá sem essa informação.

Era dessa maneira que o capitão o mantinha fora dos alojamentos dos soldados enquanto as moças lutavam em batalhas imaginárias, girando as espadas e arremessando as lanças. Idwal tinha em sua mente a idéia deturpada de que mulheres deveriam servir aos homens de todas as maneiras e que lhes deviam obediência. Eis a resposta de Govannon:

— Elas servem ao rei Rhodri, o Grande, e a Ewain, o Nobre. Que por acaso são seus senhores e elas, sendo sobrinhas e filhas, também são suas senhoras. Quem deve obediência agora?

Surpreendido por tal pergunta que mais parecia uma armadilha, Idwal preferiu calar-se, já que não conseguia pensar com clareza nem com muita inteligência. Pelo que o capitão sabia, aquele parvo era parente de alguém ligado ao nobre Ewain e que, por pedido desse alguém, o tinha colocado na guarda ao se mostrar bom guerreiro. O quão bom ele se dizia ser, Govannon, o Forte, nunca tinha visto. Apenas o via bailando com lança e espada nas arenas de treinamento. Ele precisava avaliar em batalha, em meio ao terror.

Naquela manhã nebulosa, Govannon chegou bocejando ao palácio, que estava em reformas nas escadarias, na fachada e nos pilares internos. Quando contornou os artesãos, encontrou Ewain, que descia as escadas para o salão nobre.

— Bom dia, senhor — acenou com a cabeça.

— Bom dia, capitão. Está tudo bem?

— Sim. Gostaria de expor uma idéia que tive, se me permite.

— Claro. Sente-se à mesa comigo — e indicou o caminho.

O grande salão estava iluminado pela quente luz da manhã que entrava pelas janelas em arco no alto. Um tapete vermelho que costumava estar na entrada havia sido retirado para que os artesãos pudessem trabalhar. A mesa de madeira estava servida e farta, com pães recheados com frutas, mingau de aveia, frutas de todos


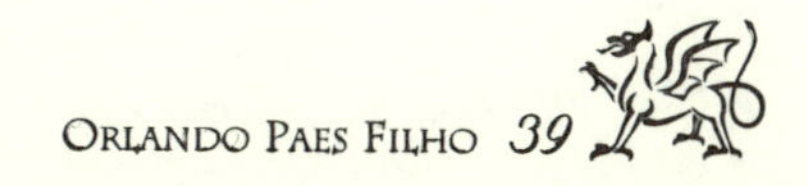

os tipos e Ewain indicou com um gesto que ele se servisse. Era chamado de Nobre justamente por tratar a todos da mesma maneira, sem distinção de posto ou de idade. Serviu-se apenas de uma ameixa doce e suculenta e então o capitão disse:

— Tenho notado que as moças que iniciaram o treinamento com os soldados têm se destacado entre todos os outros. São mais espertas, mais resistentes e trabalham melhor em equipe.

— Inclusive as minhas meninas? — Ewain sorriu, orgulhoso.

— Sim, senhor. Todas elas se mostram mais disciplinadas, atenciosas. Seguem todas as rotinas de um soldado. Tenho de admitir que estou impressionado — falou com surpresa na voz. — Não era algo que eu esperava.

— E qual foi sua idéia? — ele mordeu um pedaço de pão.

— Iniciar um treinamento um pouco mais pesado para que elas tenham um desenvolvimento completo. Isso vai exigir mais delas fisicamente, todo treinamento de soldado é assim, mas creio que dará resultados positivos. Mais moças chegaram na semana passada, vindas de Cair Lion, e até duas que fugiram de Morgannwg para receber treinamento aqui.

Ewain ergueu as sobrancelhas, admirado, sem deixar de se preocupar. Mastigou pacientemente o pedaço de pão e o engoliu. Coçou a testa e se recostou na cadeira alta e imponente na cabeceira da longa mesa de madeira. Tudo o que se podia ouvir eram os pássaros do lado de fora.

— Que Bran ap Rhys não saiba disso. — Bran era o líder de Morgannwg, fortificação com que Cair Guent mantinha uma frágil paz, e fez Ewain dar um suspiro pesado.

— Entende, senhor, que quero apenas fazer meu trabalho...

— Não se preocupe, Govannon — ele o tranqüilizou. — Não seria conhecido como o Forte por alisar cabeças. Agora entendo por que Gwyneth e Gwenora insistem para ser treinadas no exército de Rhodri. Elas querem mais aprimoramento.

— Não seria mais sábio fazer esse aprimoramento aqui? — Ele também se recostou.

— Seria. E se você garante que as moças estão se destacando, então tem razão. Pode continuar. — Ele ponderou por um instante. — Faça o seguinte: nos exercícios que consistem em treinamento mais pesado faça alguma adaptação. Elas são muito jovens, talvez quando ficarem mais velhas possamos voltar ao ritmo usual. E realize torneios para que elas se exercitem. Isso fará com que causem o barulho de sempre sem irritar ninguém. — Ele bem sabia o que era barulho com suas duas filhas intransigentes.

— Elas vão gostar de saber disso. — O capitão sorriu de lado e preparou-se para ir embora. — Também posso iniciar recrutamento, existem outras moças querendo entrar no destacamento e os pais não deixam.

— Algo também me preocupa — Ewain ainda não terminara a conversa.

— E o que seria, senhor?

— Informações seguras chegaram de Strathclyde. Ao que parece, há muita movimentação viking na área, todos indo para Duiblinn. — Sua voz agora tinha uma tensão firme de preocupação. — Se o mercado anda mais agitado do que de costume, boa coisa não é.

— Eles estão reunindo forças — pensou o capitão em voz alta.

— Tenho uma firme certeza de que, quando voltarem, atacarão o sul de Cymru, principalmente. Nós, em Gwent, somos a porta de entrada para a conquista de todo o sul do território, ponto de partida para a Mércia e Wessex, importantes demais para sofrerem um ataque.

— E por onde eles viriam? Se vierem por Strathclyde, isso nos daria tempo para que nos organizássemos.

— Eles já subiram o rio Severn e sabem que é um ótimo caminho, vai deixá-los dentro da Mércia. Eles serão mais gananciosos. —



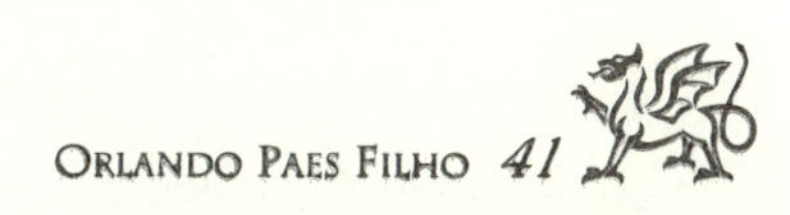

Ewain conhecia a perfídia dos daneses. — Eles virão sim pelo sul, por Morgannwg e também pelo norte, possivelmente abrirão caminho por Degannwy. Farão duas frentes. — Olhou para seu astuto capitão. — Assim ganharão tempo, tentando nos enfraquecer.

— Se eles já estão em movimentação, meu senhor, então a força deles é enorme, pois logo entraremos no inverno e duvido que queiram combater logo no começo do outono.

Apoiando a cabeça no punho fechado, Ewain sentia o coração bater pesado, ao lembrar das cenas das batalhas que travou contra os nórdicos. Viu as cabeças cortadas de seus compatriotas e soldados voarem campo acima sobre o urro dos nórdicos ensandecidos. O rosto de Arthia no dia de sua partida o assombrou mais uma vez.

— Eles virão, Govannon. E serão muito mais destruidores do que foram antes. Algo me diz, e espero estar errado, mas sinto que eles virão até nossos portões para nos derrubar. Querem vingar o rei Gorm de qualquer jeito.

— Creio então que devo colocar todos os meus homens... e mulheres — completou a tempo — para treinar? Com a sua permissão...

— Concedida, Govannon. Sabe que confio na sua destreza — disse ele humildemente.

— Obrigado, senhor. E obrigado pela ceia, com licença.

O Nobre tinha razão. Os nórdicos voltariam. Portanto, durante a tarde e a noite daquele dia Govannon montou um esquema de treinamento que envolvesse todos os aspectos de condicionamento de um guerreiro para poder aplicar juntos às moças, em quem depositava grandes esperanças. Não queria que combatessem no esquema homem a homem, apenas queria que de seus cavalos ou de suas posições elas conseguissem o maior número de baixas. Se a luta corporal fosse necessária, estariam bem treinadas também.

No dia seguinte, logo que o primeiro raio de sol beijou a terra ainda adormecida e aqueceu o orvalho, Govannon já estava a caminho do palácio onde Arduinna o atendeu. Seu pedido era muito estranho. Queria que as gêmeas fossem acordadas, pois tinham um longo dia de treinamento pela frente. Assim ele fez em todas as casas, convocando as meninas, que no total somavam cerca de cinqüenta. Todas estavam bem instruídas e algumas se destacavam em funções e armas diversas. Mesmo com sono, todas elas se apresentaram à arena de treinamento de Cair Guent e Govannon explicou-lhes o que queria fazer. Sua intenção era transformá-las em excelentes cavaleiros, arqueiros, lanceiros e espadachins, com total domínio de suas artes e de seu cavalo. Não queria apenas resultados. Queria caráter, firmeza, rigidez e fé. Fé, como dizia o abade Mabon, seu amigo e confessor. Nela residiam todas as outras forças e sem fé não poderiam lutar.

Em tempos de paz entre as cidades, Govannon chegou a passar várias estações com a esposa e o filho Aldwyn em Morgannwg. Ainda era bem-vindo lá, mas, desde que se tornou o capitão da guarda de Cair Guent, seu tempo estava totalmente restrito. Lá conheceu um forte líder guerreiro chamado Owain, já bastante famoso na região por suas habilidades e que lhe passou algumas delas. Imaginou que na situação em que estava, instruindo mulheres na arte da luta, mulheres que não passavam de moças, algumas com rosto de criança, elas seriam valiosas para conseguir o que queria. A primeira lição foi entregar um pedaço de pano para cada uma. O capitão viu o desapontamento no rosto de Gwenora, mas mostrou às guerreiras que elas teriam de ter destreza e leveza ao movê-lo, sem deixá-lo cair. No começo, vários deles caíram. E se caíam, ele dizia, não era porque eram simplesmente pedaços de pano, mas porque elas não tinham o total domínio do que faziam e não sabiam segurar o pulso. A atividade servia para mostrar que se não sabiam como o pano estava se movimentando, também não saberiam onde estaria a ponta da espada. Era alguma inclinação natural que as mulheres tinham de quebrar o pulso, coisa que os homens não faziam. Mandou que continuassem por toda a manhã, sem descanso. Enquanto ele tomava água fresca de um barril, elas prosseguiram com o treino sob o sol ardente do meio-dia. Cyssin não agüentou e se ajoelhou na terra macia, ofegante e com o rosto escorrendo suor.

— O que foi, Cyssin? O pano é pesado demais?

— Preciso descansar. Meu braço já nem mais me responde! — disse, esbaforida.

— Eu também não agüento mais! — gritou Syndia.

Sentindo-se quase ofendido, o capitão olhou no rosto de cada uma com severidade, o que as deixou encabuladas.

— Só quando acertarem. Levante-se, Cyssin — disse friamente.

As outras se entreolharam espantadas, mas não fizeram qualquer comentário. O capitão Govannon, que antes parecia tão sereno, tranqüilo em suas ordens e na sua paciente instrução, estava agora tomado por uma força mobilizadora que mais parecia ser a de um líder viking. Que obstinação animal seria essa?

— Voltem ao treinamento. Cyssin, levante-se — e voltou a conversar com Gladwyn.

Os movimentos repetidos prosseguiram sob silenciosos protestos. Govannon as mandava fazer tudo de novo se alguma delas errasse o movimento ou deixasse o pano cair. Ele as rodeava, falando sobre equilíbrio, paciência, fortaleza, e mandava refazê-los novamente com mais firmeza. Ele precisou dispensar Idwal, que estava assistindo à cena, admirado. Do alto da torre do palácio, Ewain observava, com um orgulho que não conseguia disfarçar, suas meninas em treinamento na arena dos soldados. Os guardas que assistiam evitavam qualquer olhar ou palavra que pudesse despertar a ira do capitão, conhecido como o Forte não por acaso. Govannon era um homem alto, de postura imperial, os ombros

largos, as omoplatas bem definidas sob o colete, cabelos avermelhados de um castanho diferente, um misto de marrom com vermelho vivo e barba bem aparada de cor igual à do cabelo.

Na ração dos soldados, que as moças também comiam, ele começou a introduzir algumas mudanças para moldar seus corpos. Muitos grãos e ovos, em especial os de pata, que se dizia serem fortificantes.

No segundo dia de treinamento, sob um sol ainda mais forte do que o do dia anterior, os pedaços de pano continuavam bailando sob o ar abafado e sob a constante vigilância de suas portadoras, que agora conheciam o modo como deviam balançar os braços para que os lenços as obedecessem, flutuando como pássaros diante de seus rostos. Seus olhos atentos seguiam os movimentos leves que eles realizavam.

— Vocês só podem vencer o inimigo se não cometerem erros. É quando ele já está derrotado.

Para sua surpresa, no final do segundo dia elas já eram hábeis com os lenços, metade do tempo que um homem normal levaria. Assim, ele achou que era hora de passar para a segunda etapa, a preparação do corpo, a estrutura primordial para o sucesso de qualquer homem, ou, neste caso, mulher, em um campo de batalha. Os corpos seriam seus templos, precisavam estar saudáveis e, acima de tudo, rígidos como o metal de suas espadas. Se não forem hábeis e fortes, dizia ele às moças, não terão como segurar uma espada, como se defenderem com um escudo nem correrem atrás do inimigo. Seu pedido inusitado pela manhã foi que cortassem lenha em toras médias para serem postas nos fogos domésticos e abastecer a cidade. Cada uma recebeu um machado e puseram-se a cortar as toras que rodeavam a fortificação. Ewain e Arduinna observaram a movimentação delas por um tempo, orgulhosos por verem que não reclamavam. O Nobre imaginava que quando elas percebessem qual era a verdadeira intenção de Govannon


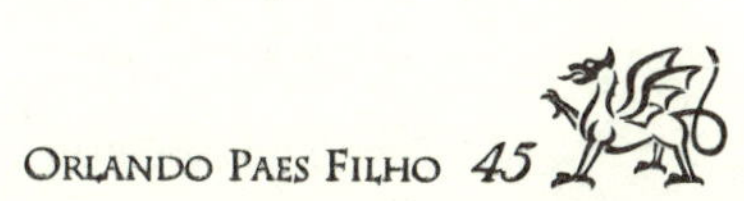

entrariam em acordo com seus planos e iniciariam a cooperação, sabendo que no futuro teriam êxito.

O ruído seco e rápido dos machados continuou por toda a manhã e parte da tarde. Uma chuva suave começou a cair logo depois de comerem os grãos e os ovos e de tomarem generosos goles de água que pareciam apagar um incêndio. Isso resfriou os ânimos de quem já achava que não agüentaria erguer mais o machado no ar pelo resto do dia e deu fôlego para continuarem. Quando encheram as duas carroças de pequenas toras, mesmo que algumas estivessem um pouco menores do que as outras, elas obtiveram permissão do capitão para regressar à fortificação. Era bonito vê-las carregar as peças sobre os ombros, erguendo-as e jogando-as, repetidas vezes. Os guardas dos portões ficaram admirados. E em compensação, não havia uma só tora largada do lado de fora, o campo estava limpo. Antes de liberá-las, o capitão indicou mais treinamento com os lenços e pôde ver como estavam trêmulas devido ao peso dos machados e dos exercícios repetitivos. A destreza que haviam adquirido antes ao movê-los havia desaparecido. Seus braços tremiam, não tinham precisão, os lenços não mais dançavam como antes, pareciam querer fugir de seus punhos. Mandou que fossem todas para suas casas. O dia seguinte não seria mais fácil. Arduinna precisou fazer compressas nos braços inchados pelo esforço das duas irmãs.

A segunda tarefa, no dia seguinte, logo cedo pela manhã, ainda sob névoa de garoa, era tirar as pedras da estrada que passava por Cair Guent e retirar troncos caídos perto dela. Assim os visitantes podiam chegar mais rápido e os inimigos poderiam ser emboscados em terreno limpo e conhecido. Com o auxílio de pás e ceifas, elas apararam todo o mato alto, cortaram os troncos em pequenas toras e com elas carregaram as carroças. Criaram valas em boa extensão da estrada, que serviriam para posicionar soldados armados. Rolaram pedras que atrapalhavam a passagem e

preencheram buracos na terra úmida causados pelo casco dos cavalos. Govannon andava por entre elas, admirando sua força e seu espírito. Nenhum soldado homem cumpriria ordens tão estranhas sem reclamar. Com os braços já cansados, elas treinaram um pouco de pontaria com lança. Não estavam tão ruins, sinal de que os braços se acostumavam ao treino.

Com o tempo, as moças guerreiras se tornaram excelentes cortadoras de lenha. Manhã após manhã, a mesma rotina. E mais uma vez, no fim do dia, ele lhes entregou os pedaços de pano para recomeçarem os movimentos lentos, depois rápidos. Desta vez elas pareciam mais controladas, sabiam onde estava o pano o tempo todo, sentiam sua flutuação e começaram a esboçar sorrisos. Govannon estava orgulhoso. Elas começavam a mostrar o resultado que ele queria: autocontrole.

Outros dias foram dedicados a este intenso trabalho de disciplinar os músculos com atividades como cortar lenha, pegar pedras e até mesmo tosquiar as ovelhas. Com os braços rígidos, elas agora conseguiam controlar melhor o cavalo e antigos erros de condução foram corrigidos. Não importava se fazia sol ou se estavam sob forte chuva, o capitão saía com sua tropa de moças para cavalgar e realizar exercícios no campo. Ele dispôs balizas por toda uma charneca irregular e alguns alvos pelo caminho, para que elas seguissem um caminho preestabelecido. A primeira a partir foi Cyssin. Ela teria que conduzir o cavalo contornando balizas feitas de troncos, que elas mesmas cortaram, tirando o máximo proveito do animal. Ao longo do percurso, deveria pegar uma espada do chão e abater os dois alvos de palha que surgiam por entre as balizas. Seria preciso controlar muito bem as rédeas para não cair e não ser atropelada pelo cavalo. Depois, a guerreira deveria alcançar um arco e uma aljava dispostos sobre um dos troncos e acertar três alvos fixos na clareira. Só então podia retornar. Uma após a outra, todas as mulheres fizeram o percurso indicado. Inicialmente houve bastante dificuldade, mas o retorno para dentro da fortificação só aconteceria depois que todas realizassem o trajeto com perfeição. O ponto mais difícil era pegar a espada do chão. Várias caíram de seus cavalos e, neste momento, Govannon interrompia e dizia:

— Esse é o seu veículo de guerra. É nele que precisarão combater. Precisam saber onde ele está o tempo todo e como segurá-lo.

Quando parecia que nenhuma das guerreiras teria sucesso na tarefa, Govannon fez uma demonstração. Ele recuou até a linha de partida e começou a galopar. Segurando-se no pescoço do animal, apertou as pernas no lombo, curvou-se, e com a cabeça quase roçando a grama, pegou o cabo da espada e se endireitou jogando o corpo para a esquerda. Parecia fácil. Quando as moças partiram, outras quedas aconteceram, mas foram ficando menos freqüentes, até que todas conseguissem realizar o feito. Gwenora tinha excelentes competidoras agora.

Foi um ano de treinamento exaustivo. Em certas horas, Govannon temia exagerar. Mas logo percebeu que elas estavam sendo disciplinadas e algumas até se tornaram instrutoras de alguns jovens rapazes que buscavam carreira no exército. O Destacamento das Evas, como acabou sendo apelidado, treinava de dia para decorar o terreno e a postura dos oponentes, e de noite para adaptar os olhos à luz fraca e saber distinguir as sombras. Avanço e retrocesso com espada, defesa de escudo. No início elas caíram quando Govannon descia a espada com toda a fúria sobre seus escudos redondos de madeira grossa. Ele repetia constantemente que precisavam se soltar, ser leves, deviam flutuar com as armas e não simplesmente carregá-las, deviam ser extensões de seus corpos, não uma bagagem. Com o tempo, elas passaram a resistir aos fortes golpes por mais tempo e Govannon sabia que estavam no caminho certo da harmonia quando Gwenora acertou seu nariz com o escudo e conseguiu derrubá-lo.

— Muito bem — ele murmurou, enquanto limpava o sangue com as costas da mão.

Giravam a espada como se fossem as inventoras de tais técnicas, faziam piruetas com elas no ar, utilizavam lanças certeiras, que não erravam o alvo, e atiravam flechas precisas, feitas com madeira específica. Parecia ser um dom natural calcular o ponto exato de curvatura de um arco. A maneira singular como se contorciam em combate devia ser um atributo unicamente feminino. Govannon só viu tamanha destreza em se esquivar com o próprio Owain em Morgannwg. Talvez o fato de terem cintura mais fina e quadril mais rebaixado fizesse com que sua segurança em movimentar-se fosse maior.

No primeiro torneio de caça realizado para testar realmente o que haviam aprendido, na lendária cidade-arena de Cair Lion, elas superaram o grupamento de homens montado por Govannon no número de abates e nas técnicas de caça. Da tribuna de honra, Ewain batia palmas, orgulhoso, enquanto pétalas de flores caíam sobre as vencedoras felizes e emocionadas. Foi um momento glorioso. Com isso, a rigidez do treinamento começou a ser exigida pelos jovens que buscavam se igualar em força e astúcia às moças, enquanto outras meninas, já com alguma compreensão dos pais, pediram para entrar no destacamento. Os rapazes sentiram-se rebaixados e Govannon sorria de lado.

O treinamento dos homens passou a contar com elementos do treino das mulheres, graças ao torneio, mas o único a reclamar de ter que carregar toras e limpar trilhas foi Idwal. Ao menos assim ele deixou de lado seus comentários mesquinhos e carregados de soberba. O capitão admitia que ele era um bom guerreiro, mas sua arrogância o manteve bem ocupado enquanto a raiva passava com os treinos. Govannon apenas gostaria de contar as boas novas a Owain se não fossem agora inimigos por acasos da vida.

As gêmeas estavam então com catorze anos, formosas como boa parte das colegas, e algumas mais velhas já tinham feições de belas mulheres maduras, despertando paixões e suspiros pela cidade. Suas cinturas se afinaram, os quadris e os seios despontaram e elas ganharam altura. Algumas delas chegaram a ter alturas comparáveis com o próprio Govannon. Ele viu sua tropa se renovar com a beleza e força que aquelas moças trouxeram para sua arena. Sua disciplina acabou servindo de exemplo e a cidade tinha belas guardas nos muros e nas ruas. Entretanto, como eram apenas oitenta, e seus homens reunidos não passavam de trezentos, talvez alguns mais, Govannon temia não resistir a ataques duradouros sem a ajuda de outros reinos e talvez fosse impossível pedir socorro caso o ataque fosse rápido demais.

Deixando as preocupações de lado, era semana de festa. O rei Rhodri convidou Cair Guent e Cair Lion para uma competição, um grande torneio com a participação também de guerreiros de Degannwy. Os desafios seriam diversos: lutas com espadas, escudos, lanceiras, corridas de cavalo, arco e flecha. Uma grande celebração seria feita. O capitão pensava que aquela talvez fosse uma forma de colocar os homens para lutar a fim de exercitarem-se, de tirar a poeira das espadas.

As notícias não paravam de chegar. Em Duiblinn, o maior entreposto comercial de escravos dos nórdicos, a movimentação continuava. Mais e mais homens chegavam da Noruega e Dinamarca, sedentos de sangue e espólios. Navios estavam em construção, como informavam os reis de Erin em cartas de aviso. Era impossível que o rei Rhodri, o Grande, não tivesse conhecimento de tais ações por parte do inimigo. Os nórdicos instalados na terra dos escotos estavam quietos por enquanto, mas com certeza desceriam a ilha varrendo pelo caminho, e Erin era mais próximo de Gwent. A dificuldade maior seria Rhodri impor sua soberania aos outros líderes, que muitas vezes discordavam dele publicamente.

Foi sob esse clima que as comitivas começaram a chegar em Cair Lion. A cidadela era rodeada por enormes muros de pedra que cercavam alojamentos, lagos artificiais do tempo dos romanos, que serviram antes à guarda de elite de algum imperador, mas ninguém sabia precisar quem. Uma chuva delicada de pétalas de flores de todas as cores caía sobre os competidores que se aproximavam e passavam pela entrada. A organização era grandiosa e as moças divertiam-se, alegres e confiantes, chegando em seus cavalos rajados, cinzentos e acobreados. Alguns homens também competiriam, entre eles Idwal, sob constante vigilância de Govannon, pois teimava em tentar se aproximar da indomável Gwenora. Idwal gostaria que eles se enfrentassem na arena para que ela mostrasse suas habilidades e possivelmente o machucasse.

No meio de tanta gente chegando com os preparativos para o banquete que oficializaria a abertura do torneio, um jovem muito bonito, que aparentava não mais de 17 anos, entrou sorrateiramente, observando a multidão alvoroçada no centro da cidadela. Muitas mulheres bonitas de cabelos vermelhos como chamas, vestidos marcando os corpos virtuosos, andavam para lá e para cá. E, para a surpresa do rapaz, havia mulheres vestidas como guerreiros, com roupas de couro, portando espadas nas cinturas. Os corpos bem marcados pela roupa apertada atiçavam a imaginação dos homens e com o rapaz não foi diferente.

Uma ruiva em especial lhe chamou a atenção, o que praticamente o fez esquecer o que tinha ido fazer ali. Seu rosto tinha um desenho perfeito, como se Deus o tivesse criado para competir com os anjos; os olhos tinham qualquer coisa de bestial, assemelhando-se aos de um falcão por serem amarelos e intimidantes. Ele tirou o capuz da cabeça e continuou a observá-la. Os cabelos eram de um ruivo fogoso, tão intenso que parecia queimar diante de seus olhos, a chamá-lo, e se avolumavam no alto da cabeça presos por um coque e ondulavam conforme desciam até os qua-


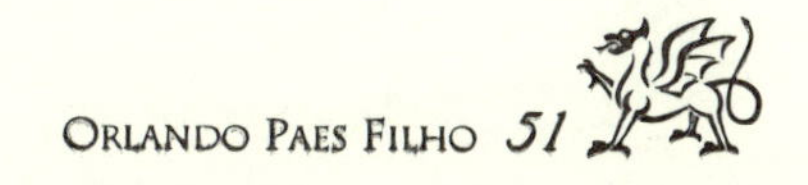

dris. De início ela andava como se não tivesse rumo e, naquele instante derradeiro, seu olhar cruzou com o do rapaz que, abobado, continuava parado com seu cavalo no meio de tanta gente. Encabulada, ela desviou o olhar e prosseguiu com destino a um quartel onde Govannon havia instalado seus guerreiros. Ele somente foi acordar do transe, ainda sob o efeito hipnótico do olhar de rapina da moça, quando viu outra igual, diferente apenas no modo como prendeu o cabelo. "Gêmeas?", ele se perguntava, maravilhado.

— Estou falando com você, rapaz!

Somente então ele despertou para a realidade e viu um homem de barba escura à sua esquerda, já com a mão na rédea de seu cavalo. Gladwyn notou que o jovem vinha com uma montaria robusta, típica dos cavaleiros de Morgannwg, e queria saber quais seriam suas intenções, já que o viu parado, observando o movimento logo na entrada de Cair Lion.

— Quem é você e o que quer?

— Meu nome é Aldwyn — disse gentilmente. — Estou procurando por Govannon, o Forte.

— E o que um rapazote como você pode querer com ele? — Gladwyn não lhe dava crédito, pois achava que o moço tinha o rosto delicado demais para ser um guerreiro.

— Sou o filho dele. — Seus olhos pareciam sérios e incomodados com o tratamento que lhe havia sido dispensado.

Ao compreender a situação, Gladwyn pediu desculpas pela rudeza e o acompanhou até o quartel, enquanto um guarda levava seu cavalo para os estábulos a fim de ser tratado e alimentado. Deixou-o perto da porta. O rapaz era observado por algumas moças, inclusive por aquela que lhe chamara tanto a atenção, mas estava oculta por uma cortina vermelha com o símbolo de Cymru, o dragão, e ele não a viu. Gwyneth devia admitir que era um lindo rapaz, alto, de peito bem definido, olhos profundamente azuis como o mar do verão e cabelos vermelhos quase em tom de laranja. Seu sorriso, quando viu o capitão Govannon se aproximar, era capaz de fazer a primavera perder a temporada de desabrochar as flores apenas para observá-lo.

— Meu filho! — Govannon o abraçou com saudade e quase o partiu em dois. O capitão tomou seu rosto já levemente coberto por barba. — Olhe para você! Nem parece um garoto! Já tem porte de homem!

— É muito bom vê-lo, pai — disse Aldwyn, emocionado.

— Senti tanto a sua falta, garoto. Venha! Vamos brindar com um pouco de hidromel.

— Pai...

Ele não conseguia dizer o que queria e precisava falar. Foi puxado pelo pai, que abria caminho em meio aos homens e mulheres até o fundo do alojamento. Pai e filho sentaram-se na ponta de uma mesa de madeira, onde se encontravam duas taças com hidromel. Govannon sentia saudade do filho, mas sempre achou que lugar de criança era ao lado da mãe. O capitão perguntou-lhe, então:

— E como está minha querida Morrigain?

Aldwyn baixou os olhos, repousou a taça na mesa e lambeu o hidromel que ficou preso em seu bigode. O capitão não compreendia. Baixando sua taça também, perguntou o que havia acontecido.

— Ela começou a sangrar muito, tinha febres terríveis, se recusava até a comer. Não puderam fazer muita coisa por ela. Então, numa manhã, ela não acordou mais — disse Aldwyn com pesar.

Desconcertado, ele deu um sorriso incrédulo por um segundo. Então, observou os olhos chorosos do filho e enfim acreditou que sua esposa, doente desde antes ter dado à luz Aldwyn, tinha de fato morrido.

— Desculpe, meu pai! Nada pude fazer. E, como Morgannwg pareceu vazia e sem sentido, resolvi voltar.


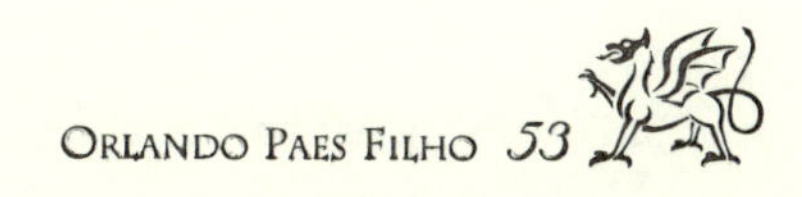

— Tudo bem, meu filho. Só espero que ela enfim encontre a paz e que possa correr nos campos sob a chuva como gostava de fazer. Sinto apenas não ter estado ao seu lado nesta hora. — Uma lágrima pendeu de seus olhos, algo que não acontecia havia anos.

— A tensão entre as duas cidades já é o suficiente para alimentar discórdias e iniciar brigas. Ninguém lá, a não ser Owain, sabia que nós éramos de Cair Guent e eu não queria sair deixando contendas.

O caráter de Aldwyn sempre o impressionou. Nascera com um senso de justiça, de caridade, possuía uma força de caráter maior do que a de qualquer guerreiro que ele havia conhecido em sua longa trajetória de soldado. Nunca pesava sua espada sobre alguém que lhe pedisse perdão e jamais deixava que injustiças fossem cometidas.

Idwal, já alegre e com a língua solta devido ao hidromel, se aproximou de pai e filho sem saber da relação existente entre eles e anunciou alto e bom som:

— Vejam! Um novo guerreiro se junta a nós! Levante-se e apresente-se, rapaz, conte seus feitos!

As atenções se voltaram para a mesa ao fundo, quase invisível, e para o sorriso hipócrita de Idwal, com todos os seus dentes à mostra, que esperava por uma reação do garoto para que pudesse começar uma briga. No entanto, quem se ergueu e se agigantou sobre ele foi Govannon.

— Saia daqui ou vai conhecer o Criador antes do tempo - ralhou ele entre dentes, apenas o suficiente para que Idwal o ouvisse. Os demais voltaram suas atenções para as bebidas e manjares.

Incomodado, Aldwyn apenas o observou se retirar e se misturar novamente entre os outros, contrariado. Ouviu de seu pai um conselho: que não atravessasse o caminho daquele homem, ou teria problemas. Embora fosse hábil na espada e na lança, exce-

lente cavaleiro, faltava-lhe caráter. Seria melhor evitar brigas, especialmente em sua primeira noite depois de anos distante. Mesmo com a aura de tristeza, eles celebraram seu retorno.

Govannon apresentou seu filho a Ewain e ao rei Rhodri, que alegremente o convidou para participar do banquete comemorativo, o que deixou o rapaz nervoso por estar na presença de tantas personalidades. Após tirar a poeira dos dias na estrada e trocar de roupa, Aldwyn juntou-se ao pai e entraram juntos no grande salão, agitado com a presença de alguns convidados. Acostumado com uma vida simples, regrada pelos costumes de aldeões e camponeses, Aldwyn não estava preparado para a pompa que encontrou quando cruzaram a pesada porta de carvalho em arco, feito de pedra finamente decorada e entalhada com o dragão de Cymru.

Guardas postados na entrada, enfileirados e portando lanças, se mexiam apenas o suficiente para respirar. Tochas iluminavam o lugar suavemente, o que conferia a todos um semblante pacífico e a alguns deles até sonolento, pensou Aldwyn, divertindo-se como nunca antes. Inúmeros tapetes rubros, como se tingidos com sangue, guiavam os convidados de honra na direção de cinco mesas de madeira repletas de iguarias e com taças já dispostas demarcando os lugares. Uma mesa ficava na horizontal, dois degraus mais acima das outras, onde se sentavam o rei, seus familiares e aliados mais próximos, com uma grande bandeira vermelha pendurada atrás, o dragão estampado.

Nada no lugar deixava de lembrar ao visitante que ali era um território de Cymru. Govannon e seu filho se sentaram nos primeiros lugares da segunda mesa, quase tocando a taça de Ewain, o Nobre. Govannon notou que seu filho perscrutava o salão, ansioso, relanceando os olhos de todas as moças que passavam. Bonitas, ele admitia, usavam vestidos de todos os tons que o arco-íris podia fornecer, com os cabelos ora penteados e presos em


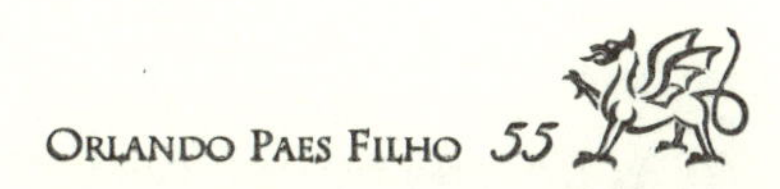

tranças, ora em coques ou desfiados. Algumas eram de fato mulheres atraentes, Aldwyn não podia mentir, mas a sua guerreira angelical não estava entre elas.

— O que procura, meu filho?

— Nada. Apenas uma moça que vi hoje mais cedo.

Eis que ele a viu novamente, parada próxima a uma porta que dava acesso aos vestíbulos reais. Estava bela como uma princesa, ou uma rainha. Parecia bem mais jovem de rosto do que ele, mas seu corpo indicava uma mulher que certamente não se dedicava a bordados ou a fazer seu enxoval, pois era forte, rígido. Usava um belo vestido dourado-claro, com bordados no decote e nos punhos compridos, decorados com desenhos que pareciam mudar devido à luminosidade do salão de teto alto e janelas abertas para a noite. Seus cabelos de fogo estavam soltos, ondulados, e contas de âmbar pendiam de uma tiara que ela usava no alto da cabeça. Um fino cinto de metal contornava seu corpo, desenhando curvas que fariam qualquer cavaleiro experiente perder-se de seu rumo.

Ela não entrara sozinha, pois sua irmã gêmea a acompanhava, com um vestido igual, cuja cor não era dourado e sim vermelho-escuro, o cabelo preso num coque com fios soltos. Seu rosto era o de uma fera, não tinha o traço angelical e forte da irmã que logo o viu sentado à mesa com o capitão Govannon. Sorriu de qualquer maneira, aliviada, pois Gwyneth pensara o tempo todo se o belo rapaz estaria no banquete oferecido pelo tio. Apesar de parecer um homem muito jovem, ele não tinha o porte de um garoto qualquer, mas sim de um jovem guerreiro, pois seus músculos se enrijeciam quando realizava movimentos e era claro que fazia muito exercício. Os cabelos finos e alaranjados batiam em sua testa, formando leves ondas por toda a cabeça, e tinha lábios bem desenhados, além de belos olhos azuis.

Um arauto bateu palmas e anunciou a entrada do rei, o que pôs todos de pé e calou o salão.

— O Grande rei Rhodri Mawr, filho de Merfyn Frych, filho de Gwriad da Ilha do Homem, seu irmão Ewain, o Nobre, líder de Cair Guent, suas sobrinhas, as gêmeas Sewyn, Gwyneth e Gwenora, entram no salão e dão as boas-vindas a todos os convidados.

De braços dados com o pai, elas entraram cerimoniosamente atrás do grande rei. Após se acomodarem, o arauto sinalizou com um gesto que todos também se sentassem. Aldwyn estava hipnotizado pelos olhos de falcão de Gwyneth que, da mesma maneira, estava enfeitiçada por ele. Govannon começou a se preocupar. Assim que o serviçal encheu as taças com hidromel, o capitão o advertiu.

— Você está louco! — cochichou com o filho.

— Como assim?

— Pare com isso, ou Ewain pode entender mal.

O Nobre já havia reparado na observação constante de suas filhas, pois Gwenora já havia admirado o rapaz antes, oculta por uma cortina quando pai e filho entraram naquele salão. Isso poderia ser um mau sinal de discórdia entre ambas no futuro.

Uma música suave embalava o banquete e muitas conversas paralelas enchiam de vozes todo o ambiente, alegrando a noite chuvosa. O cheiro doce da terra ergueu-se no ar, entrou pelas amplas janelas e misturou-se aos aromas das iguarias servidas. Cenouras e rabanetes cozidos, temperados com alho e mostarda, acompanhavam leitões assados, peixes como dourado assado com ameixas, mariscos com manjericão, grandes postas de atum regadas de alcaparras, salmão com repolho cozido, além de muito hidromel. Os bolos eram os mais variados, com recheios de frutas, de mel, pães de cevada, de centeio e de aveia.

Aldwyn admitia que nunca antes, em sua tão curta vida, ele havia se fartado tanto em uma única noite, além de ter à sua disposição todo o hidromel que pudesse beber. Quando os convidados estavam já bem animados, os bardos começaram a contar os


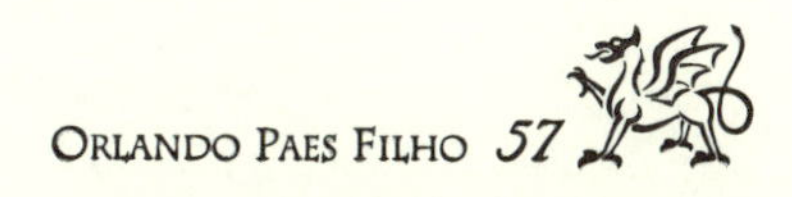

seus feitos, inclusive o próprio rei Rhodri recebeu o pedido de contar como matara o rei Gorm, o Astuto, na famosa batalha. Seus sobrinhos no salão, entretanto, ficaram um pouco constrangidos, pois foi nesta famosa data para todos os *cymry* que sua mãe Arthia havia morrido. Ewain baixou o olhar. Govannon estava na batalha também e lembrava-se de tudo. Inclusive de como o combate entre o rei e o nórdico foi exaustivo.

— O rei Gorm era uma víbora pagã sem coração que arrasou cidades e destruiu famílias por onde passou — disse o grande rei. — Ele não era valente, nem destemido como os nórdicos fizeram questão de espalhar pelos reinos que atravessavam. Era um covarde, que se escondia atrás de sua guarda e de seu exército enquanto eles sangravam por sua carcaça podre. Gorm não merece ser lembrado em nenhuma história e a melhor maneira de fazer sua alma pagar por todos os males que cometeu nesta terra é remetê-lo ao esquecimento.

O salão emudeceu, inclusive os harpistas e flautistas que estavam tocando ao fundo. O único som era o da chuva que caía mansa do lado de fora. Até a respiração de alguns parou naquele momento. Em meio a tantos homens célebres, em um momento importante como aquele, as gêmeas sentiram pela primeira vez o perigo iminente de guerra.

— Será que os nórdicos pensam o mesmo, meu senhor? — um cavaleiro da comitiva de Cair Lion ousou perguntar, conhecedor do instinto belicoso e vingativo dos invasores que tanto mal já tinham causado àquela terra. Os monastérios saqueados, monges assassinados violentamente, aldeias exterminadas e mulheres estupradas por todos os guerreiros eram lembranças vívidas na mente de muitas pessoas, portanto, a dor não havia calado. E o rei Rhodri sabia que ele estava certo.

— Não se enganem, senhores. O inimigo está quieto e imóvel, mas não morto. Eles voltarão com sua sede de vingança quando

estiverem prontos e chegarão à porta de nossas casas arrasando o que virem pelo caminho.

— Não pode amaldiçoar sua própria terra, grande rei! — disse-lhe o mesmo cavaleiro.

Ao ouvir isso, Rhodri Mawr bateu com o punho fechado na mesa e fez com que as taças tremessem. Colocou-se de pé e pareceu ganhar mais altura, imponente como um gigante.

Ele olhou com severidade para o homem que fazia parte da comitiva de Cair Lion, um arqueiro. O rei então disse em voz alta, mas calma:

— Eu já sangrava nestes campos, sob chuva e sol, vendo meus companheiros morrerem das formas mais terríveis que se possa imaginar enquanto você ainda estava no colo de sua mãe.

Sua voz parecia capaz de fazer tremular as bandeiras hasteadas nas paredes altas do salão. As gêmeas nunca tinham visto seu tio tão aborrecido e estavam espantadas, segurando os braços das cadeiras com firmeza. O olhar de Rhodri quase soltava faíscas, seus lábios tremiam.

Envergonhado, o arqueiro parecia magoado ou irritado com o rumo do banquete, pelo teor das conversas, ou já estava bêbado, sem ter noção do que falava e devia mesmo estar soando de forma incoerente, pois até seus conhecidos estranhavam seu comportamento. De qualquer maneira, o rei conseguiu colocá-lo novamente em seu lugar. Em resposta à atitude do grande Rhodri, ele apenas pegou sua taça de hidromel e bebeu vários goles grandes até acabar o conteúdo. Aos poucos, o burburinho fraco transformou-se em conversas esparsas e risos exagerados por parte dos guerreiros que foram participar dos torneios. Acabou por se tornar mais uma noite tranqüila, que relaxou os convivas, elevando no ar a prosperidade daqueles dias, mas já preparando a rivalidade para o dia seguinte.

Aldwyn foi dormir pensando na bela dama de dourado, ignorando o conselho do pai.

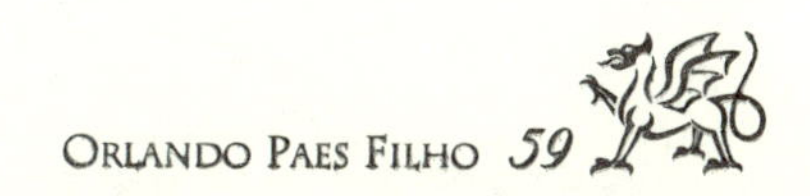

# 3. A Mensagem no Torneio

O dia teve um início radiante. Um sol forte começou a brilhar logo nas primeiras horas da manhã, secando a terra úmida de chuva e as construções escorregadias. Um ar quente e abafado ergueu-se do solo e uma brisa morna fazia as flores e folhas dançarem alegremente. Em Cair Lion o dia já havia começado quando Aldwyn saiu para cavalgar e treinar no campo dos lanceiros. Queria correr, sentir o vento no rosto e o sol esquentando seu corpo. Tinha dormido mal a noite inteira, pensando na admirável Gwyneth e em como a vida podia pregar peças como esta. Sobrinhas do rei. Owain já dizia, ainda em Morgannwg, que tudo o que é realmente valioso não se conquista facilmente.

Govannon percebeu quando ele levantou da cama e saiu apressado. Preocupado, resolveu segui-lo para certificar-se de que não procuraria uma das gêmeas. Acabou por encontrá-lo praticando golpes de lança nos campos de alvo e ficou orgulhoso em ver a perícia de Aldwyn. Naqueles minutos, observou como as lanças arremessadas chegaram a perfurar completamente os alvos. Aldwyn, por sua vez, viu também seu pai, parado na borda do campo, os cabelos ruivos e compridos meio bagunçados pelo vento ou pela cama, de onde tinha acabado de sair.

— Está bem, meu pai? — Aldwyn resolveu brincar com ele.

— Acho que consigo sobreviver a todo o hidromel de ontem. Vejo que está em grande forma — disse, admirado.

— Owain me ensinou alguns movimentos — sorriu.

— Ora, é mesmo? — Tirou uma espada que estava para ser lustrada de dentro de uma cesta e jogou outra para o filho. — Que tal me mostrar um pouco de seu conhecimento?

Aldwyn respondeu-lhe com um sorriso e saltou do cavalo para atacar seu pai. Com golpes precisos as espadas se cruzavam e se batiam, tilintando sob o sol nascente. Aldwyn possuía uma excelente mobilidade e surpreendia o pai com movimentos inesperados, já que Govannon ganhara uma certa rigidez no joelho depois de um ferimento na última batalha contra os nórdicos. Parecia uma dança. Algumas pessoas pararam para observá-los, até que um golpe de Aldwyn fez voar uma mecha de cabelo de Govannon. O capitão pegou um pedaço de seu cabelo caído e olhou contra o sol, devolvendo o olhar ao filho que o observava, preocupado. Temeroso de que tudo pudesse terminar em uma verdadeira contenda, Aldwyn prendeu a respiração, mas a risada do pai lhe devolveu a tranqüilidade. Ele estava satisfeito com o filho, que se tornava um formidável lutador.

A pequena luta prosseguiu. Aldwyn pegou uma segunda espada e rodava ambas no ar com extrema perícia. Govannon pegou um escudo e se defendia de cada golpe do filho. Não haveria ganhadores naquela brincadeira. Era apenas uma diversão. Gwyneth também assistia, admirada com a habilidade de Aldwyn; o modo fantástico como segurava as espadas, uma no alto, perto do rosto, outra junto ao quadril, aguardando por uma investida do pai. O que acontecia com ela? Repudiava qualquer lutador ou guarda de Cair Guent e, quando menos esperava, pegava a si própria admirando um quase desconhecido? Ao seu lado juntou-se Gwenora que, ao perceber o que acontecia, provocou a irmã:

— Ele é tão bonito, não acha, Gwyneth?

— Não tinha reparado nisso — ela respondeu, com falso desdém.

— Compreendo — murmurou a outra, maliciosa. — Quantos anos deve ter?

— Talvez uns dezoito.

— Não se finja de desinteressada. Vi muito bem como ele a olhava e como você lhe devolvia o olhar.

— Pois você parece muito preocupada com isso, minha irmã — retrucou Gwyneth, visivelmente incomodada com aquela conversa.

— Eu? Interessada no rapazote? — pareceu ofendida. — Ora, por favor...

— Então não devia estar vigiando meus passos, não é mesmo?

E saiu irritada, deixando-a com seus pensamentos. Gwenora não queria admitir, porém tinha voltado seus olhos para o bonito moço, sem saber que existia um tal Idwal que a bajulava e beijava o chão por onde ela pisava. Precisava dar um jeito de falar com Aldwyn. Talvez pudesse mandar um recado de que Gwyneth queria falar com ele.

A arena começou a encher logo após a ceia da manhã. Também construída pelos romanos, a arena de Cair Lion era imensa, arredondada e, de certa forma, assustadora. Erguia-se perante uma pessoa de maneira gigantesca e demonstrava a capacidade de construção dos tais romanos. Flores eram jogadas em todos que entravam para assistir às apresentações por moças e crianças do alto. Pessoas chegavam das aldeias vizinhas, Cair Guent e Dinefwr. Os dragões estavam espalhados pela arena, hasteados em bandeiras vermelhas, bem como o javali, símbolo máximo de Cair Guent.

Govannon reuniu sua tropa feminina e a encorajou. Disputariam provas com homens mais velhos e experientes em batalhas e que provavelmente fariam de tudo para rebaixá-las e aplicar-lhes a derrota. Muitos não aceitavam o fato de ver moças armadas e isso poderia inflamar certos radicais. Portanto, elas estavam autorizadas a usar de toda a força que fosse necessária para não saírem feridas ou até mesmo mortas por guerreiros ignorantes. O conselho valia também para os homens de Cair Guent que competiriam, pois somente o fato de serem da cidade que admitia mulheres em campanhas já era suficiente para rebaixar o poder e a competência dos soldados.

Na tribuna de honra, logo acima da arena e, portanto, quase inserida na ação, o rei Rhodri, o Grande, e seu irmão Ewain, o Nobre, autorizaram a abertura do torneio, para alegria da multidão em festa. O rei erguia sua taça de hidromel e cumprimentava os guerreiros que entravam em seus cavalos imponentes, em marcha elegante. Ele parecia ansioso para ver as sobrinhas em cena. Sua polpuda barba grisalha estava bem penteada, atenuando os sinais da velhice. O rei era experiente, mas ainda mantinha um vigor físico capaz de derrotar mais dois exércitos como o de Gorm. Orgulhoso, saudava todos os irmãos de fé e de nação, sabendo que poderia exigir em breve toda a sua coragem. Na noite anterior, sem que ninguém visse, um cavaleiro esbaforido que havia permanecido dias na estrada, sob sol e chuva, chegou em Cair Lion procurando pelo grande rei Rhodri Mawr. Trazia uma mensagem urgente. Seu cavalo suado e com os cascos gastos foi logo atendido. O próprio Ewain o sentou em uma cadeira e lhe serviu uma caneca cheia de água, que ele bebeu em vários goles. Antes de falar, refrescou-se jogando água no rosto e nos cabelos claros.

— Perdoe-me por meu estado, grande rei...

— Respire fundo, homem. Está a salvo agora.

— Não, senhor! — atropelou as palavras enquanto bebia. — Nada mais estará a salvo — e bebeu mais um gole.

— Qual o seu nome e de onde vem? — perguntou Ewain.

— Meu nome é Finn, sirvo ao grande rei de Ui Niall, Aedh, e ele me incumbiu de trazer um recado ao senhor, grande rei de Cymru. Os nórdicos receberam reforços da Dinamarca e da

Noruega, os *drakkars* chegam às centenas e o mercado de escravos está agitado. Mouros e hebreus estão procurando por escravos no mercado de Sigtuna e no de Duiblinn. Informações seguras garantem que dentro de pouco tempo os nórdicos iniciarão a invasão da Mércia passando por Cymru.

A notícia soou como uma maldição aos ouvidos dos dois líderes ali presentes. Sinais da última batalha ainda estavam espalhados por Dyfed, Morgannwg e Gwent. Eles sabiam que se realmente o destino dos nórdicos fosse a Mércia, seria para tomar Wessex e todo o sul da Bretanha. Assim eles garantiam acesso ininterrupto pelo mar e ficariam próximos ao reino dos francos.

— Os ataques aos monastérios já começaram — disse Finn tristemente. — Os reis de Ulster e Ui Niall tentam se defender. O reino de Connacht já garantiu ajuda, mas o de Munster ainda não se decidiu, dizendo que eles não foram atacados ainda e não querem atrair a fúria para si.

— Mas serão. Eles precisam ter ciência disso — falou Rhodri, que chamou um guarda para que escoltasse o visitante para um alojamento e lhe servisse boa comida, levando-o para repousar em seguida.

Agradecendo os cuidados que o rei em pessoa lhe dispensava, Finn se retirou com o guarda, deixando Ewain e Rhodri em estado de apreensão. Ambos trocaram olhares aflitos. Rhodri pensava no que tinha ouvido e andava pelo recinto, talvez tentando raciocinar sobre as próximas ações. Fechou os olhos como se pudesse evitar que cenas de guerra lhe viessem à mente.

— A ganância deles pode ser nossa aliada — Ewain quebrou o silêncio. — Devíamos despachar avisos para todos os monastérios e oferecer nossa ajuda.

— Faremos isso, sim! Mas antes de tudo, precisamos ter paciência...

— Como assim? — Ewain logo se lembrou de Nennius.


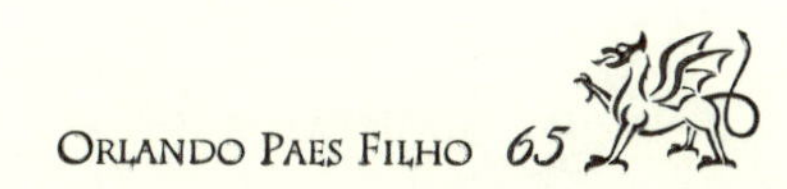

— Se não observarmos o curso de um rio com cuidado, não saberemos se desemboca no mar ou num lago. Assim devemos observar nossos inimigos. Temos que cuidar de suas ações, ver qual será sua próxima estratégia e montar a nossa em cima disso. Se formos descuidados, seremos massacrados. Enquanto isso — respirou fundo e olhou para o irmão, tentando se alegrar —, vamos aproveitar o torneio e garantir que os próximos dias sejam guardados por Deus.

Afastando a noite anterior da mente, Rhodri sorriu mais uma vez, diante do espetáculo dos jogos. Guerreiros combatiam uns contra os outros, de Cair Guent e Cair Lion, como diziam os brasões em seus escudos e capas. Os dragões venceram, para alegria do rei Rhodri, que aplaudia animado. Ewain, por sua vez, estava com a cabeça em Erin, nos nórdicos e nos seus ataques. Portanto, mal prestava atenção nos jogos e vez por outra era sacudido pelo rei, que o advertia com o olhar.

Quando olhou para a arena, suas filhas já haviam entrado, exibindo a precisa pontaria no arremesso de lanças nos alvos móveis, presos em um carro puxado por cavalos. Quem também assistia a tudo era o animado Aldwyn. Não tirava os olhos de Gwyneth, que evitava olhá-lo, ao contrário de Gwenora, que procurava se exibir diante de sua bancada. As gêmeas e suas companheiras de equipe não erraram uma só vez. Os lanceiros do rei não eram assim tão hábeis e elas foram as vencedoras.

Em seguida, entrou a equipe de espadas de Cair Lion, todos homens, sorrindo maliciosamente por terem de enfrentar não mais que "meninas", na visão deles. Govannon assistia da tribuna ao lado de Ewain e analisou a situação. Elas eram mais bem preparadas do que os adversários, disso ele não duvidava. Porém sentiu alguma hesitação por parte de Cyssin, talvez por ver homens grandes e de aparência hostil em grandes cavalos negros. Ela procurava forças e respirava profundamente para se acalmar, lembrando dos ensinamentos do capitão. Não deviam ter medo.

Quando o grupo começou a se enfrentar, entretanto, os cavaleiros logo sentiram que de moças indefesas elas tinham apenas o belo rosto e o corpo, pois suas táticas e sua força eram tamanhas que, pouco a pouco, um a um, eles foram derrubados de seus cavalos, o que causou uma enorme comoção em quem assistia. Elas esquivavam-se dos golpes, curvando os corpos elegantemente. Sabiam o momento certo de virar o cavalo e giravam a espada no alto de suas cabeças. Pareciam hipnotizar quem estivesse por perto. Em um descuido, a única que se machucou foi Cyssin. Foi acertada pela espada adversária no braço, mas felizmente de raspão.

Quando restou apenas um deles sobre sua montaria, o homem temeroso olhou bem no rosto de cada uma daquelas mulheres ainda meninas e decidiu por bem descer de seu cavalo e curvar-se perante elas. Uma chuva de pétalas de flores cobriu a terra da arena e uma intensa e longa salva de palmas fez as moças se encherem de alegria. Rhodri e Ewain aplaudiam de pé, emocionados. Cair Lion nunca havia visto tal demonstração de força e beleza juntas. A lenda das mulheres guerreiras começou a se espalhar naquele dia, fundindo-se com a fama das rainhas bretãs, como Boudicca. O interesse de homens que procuravam fama e glória também começou, e Idwal empenhou-se cada vez mais em ser aquele que sempre aparecia no caminho de Gwenora para ajudá-la.

Na noite daquele mesmo dia, Govannon celebrava a vitória no torneio com todos os seus guerreiros e, agora, com suas guerreiras mais comentadas. Era uma noite quente e de alegria com muitas risadas e velhos contos, "comida farta de quartel", como o capitão dizia, e hidromel à vontade.

Como no alojamento estava muito quente, Gwyneth resolveu respirar ar fresco na noite mágica, que ficou para sempre marcada em sua memória. Deixou o barulho dos festejos para trás e ficou acompanhada apenas pelos sons característicos dos grilos, do vento sobre as copas das árvores e de seus próprios passos. Agora, sem a roupa de guerreira, ela usava um lindo vestido branco com ornamentos em forma de flores na barra e seus cabelos estavam soltos e penteados. Estava com um leve sentimento de contagiante felicidade, podia ser por causa da vitória gloriosa no torneio ou talvez em virtude do hidromel forte que tomou.

Perambulava sem rumo entre o cercado dos cavalos, que pareciam também aproveitar a noite fresca. O céu estava repleto de estrelas como se centenas de fogueiras tivessem sido acesas lá no alto. Passando os olhos por toda a charneca escurecida, Gwyneth assustou-se com um par de olhos brilhantes a observá-la. No entanto, seu susto se transformou em alegria, mesmo que contida, pois o dono daqueles olhos era o filho do capitão, Aldwyn. Com uma taça de hidromel ao seu lado, sentado em um monte de pequenas toras acumuladas num canto escuro adjacente ao estábulo, ele sorriu.

— O que faz aqui? — ela perguntou.

— O mesmo que você, tomando ar.

— Não o vi lá dentro — e apontou para o alojamento.

— Talvez porque não cheguei a entrar. — Pegou a taça e bebeu um gole. Ofereceu a taça a ela também.

— Você é Aldwyn? — Ela não recusou e bebeu um gole enquanto ele se levantava.

Não tinha percebido como ele era alto, de ombros largos. Sentiu-se uma criancinha indefesa diante dele.

— Sou.

— Todos estão comentando sua chegada. — Ficou intimidada e devolveu-lhe a taça.

Ele fez um sinal para que caminhassem um pouco. Assim que Gwyneth deu o primeiro passo, ele a seguiu. Estava difícil conter o nervosismo, mas queria saber tudo sobre seu passado, do que gostava, por que viera, se ficaria...

— Sou de Cair Guent — falou. — Mas vivia com minha mãe no litoral por causa da saúde dela. Quando ela morreu, decidi voltar e ficar com meu pai.

— Sinto pela sua mãe. Creio que como filho do capitão você deve lutar muito bem. — Lembrava-se de seus movimentos e de sua destreza com a espada. — Vi sua exibição com seu pai.

— Devo agradecer a um excelente guerreiro de Morgannwg que me ensinou quase tudo o que sei sobre lutar, cavalgar, até cozinhar. — Os dois riram.

— Govannon já mencionou um amigo chamado Owain que muito o ajudou numa certa época.

— É ele mesmo. — Sorriu e olhou-a com mais atenção. — Esse lobo é o melhor guerreiro que já conheci.

Do ponto alto onde estavam, conseguiam ver uma escura planície e raios distantes em montanhas escuras. Ele não se cansava de olhar para os fios vermelhos dos cabelos de Gwyneth que voavam com a brisa leve, enquanto ela falava de seu treinamento puxado com Govannon. Ele contemplava seus olhos brilhantes como jóias enquanto a moça falava, orgulhosa, de suas companheiras, de sua irmã e do prestígio que ganharam entre os soldados. Aldwyn, por sua vez, contou também como tinha sua vida tranqüila no campo enquanto cuidava da mãe enferma e das rotinas de treinamento com Owain, bem duras. Ele não seria o guerreiro que era se não tivesse passado por frio, fome e ferimentos diversos. Gwyneth não parava de notar o modo como ele tirava os cabelos rebeldes da frente dos olhos, suas mãos cheias de sardas, firmes. Ele a encarava constantemente, e seus olhos cintilantes a intimidavam. Era forçada a olhar para outra direção.

— Você pretende ficar? — Gwyneth perguntou curiosa depois de um silêncio entre ambos.

— Você gostaria que eu ficasse?

— E em que meu desejo pode influenciar na sua decisão? — Seu rosto ficou corado.


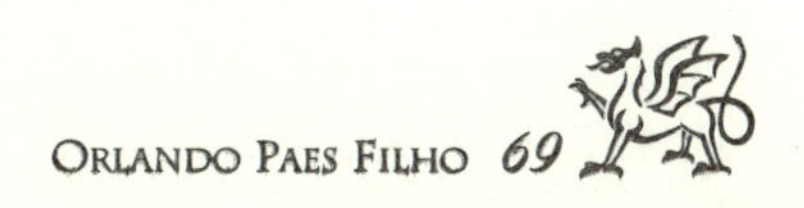

Aldwyn resolveu ousar. Tomou a mão de Gwyneth entre as suas e beijou-a. Gwyneth nunca havia tido sensação como aquela antes, que lhe arrepiou as costas.

— Faço tudo o que me pedir. — Ele a olhou fundo nos olhos de falcão.

— Não diga isso.

— Digo sim. Peça para eu ficar, e ficarei.

Como tomar uma decisão contra? Claro que Gwyneth pediria para ficar. E pediu. Aldwyn abriu seu lindo sorriso agradecido e beijou novamente sua mão, demorando-se para poder sentir o cheiro daquela pele macia e assim levar essa sensação única para onde quisesse. Gwyneth tremia como se tivesse frio, mas devia sentir calor, pois suava.

— Minha obediência é para com você, Gwyneth.

Era hora de sentir se aqueles lábios rubros como cerejas tinham o mesmo gosto que as frutas. Ambos pediam por esse instante único desde quando se viram pela primeira vez. Aldwyn tomou seu rosto entre as mãos e o acariciou um momento, analisando cada curva, cada pinta, decorando seu desenho para gravar em sua memória e assim lembrar-se dela para sempre. Aproximou-se daqueles lábios trêmulos e a beijou. Nenhuma cereja do mundo tinha aquele sabor e aquele aroma, ou seu calor. Num momento tão importante como aquele, Gwyneth não achou que ficaria paralisada como ficou. Sentia um turbilhão em seu interior. Ele a abraçou e ergueu seus pés do chão.

Olhos curiosos espreitavam na escuridão do estábulo. Idwal tinha convencido uma jovem de Cair Lion a ir com ele para uma das coxias e quando já estava satisfeito e levemente bêbado, deixando a moça dormindo no feno coberta por seu vestido, ele viu a cena que o espantou. A sobrinha do rei Rhodri aos beijos com o filho do capitão. Ele só não conseguia distinguir qual delas estava ali, esperava apenas que não fosse Gwenora, pois queria chegar primeiro ao seu coração e ter certeza de que seria o preferido. Entretanto, sabia que teria problemas, pois via que ela tinha seus olhos no jovem Aldwyn desde que ele havia chegado. E já se falava sobre o assunto entre as moças. Além disso, não poderia tirá-lo do caminho. Afinal, ele era filho de Govannon, alguém por quem nutria profunda raiva. Idwal vestia sua roupa enquanto observava Aldwyn falando com ela.

Gwyneth já se sentia mais calma, inebriada pela voz aconchegante de Aldwyn em seu ouvido. Mas a falta dos dois já começava a se sentir na festa. Seria prudente que voltassem. Aldwyn preferiu ficar do lado de fora e a observou andar, com o coração pulsando, descontrolado como um cavalo solto no campo. Até mesmo em seu andar ela era suprema, com formas virtuosas. O modo com que o vestido balançava ao redor de Gwyneth era inebriante. Até o fim da noite ele não parou de relembrar aquele momento.

Na manhã brumosa que se ergueu no dia seguinte, a comitiva de Cair Guent começou a volta para casa e o rei Rhodri iniciava seu retorno para Degannwy, portando documentos de aviso para os monastérios por Gwent e um alerta aos reis de Wessex, Mércia, Nortúmbria, Ânglia do Leste para que se preparassem. Estavam para entrar em um outono sombrio, como nunca se vira antes.

# 4. Morte ao Dragão

Um vento estranho soprava do mar nos últimos dias. Vento que trazia uma sensação de vazio. Não era agradável como costumava ser a brisa salgada batendo no rosto, o elixir da liberdade, as novas águas e terras distantes. Até a água batendo nas pedras indicava certa pressão do mar sobre a terra; parecia mais violento do que de costume. O céu estava avolumado, nuvens escuras traziam a garoa gelada de um outono rigoroso como o inverno deveria ser. Será que Turgeis, rei lendário dos estrangeiros de Erin, sentiu o mesmo quando estabeleceu a cidadela de Duiblinn? Ottar estava naquela cidadela havia apenas algumas semanas e tinha vontade de voltar para casa. Nem mais se lembrava do rosto das filhas, da esposa, e sentia saudades do cheiro de suas terras pela manhã ou do abraço quente de sua mulher nas noites geladas.

Ele deu as costas para o mar e voltou-se para a cidadela, desviando de outros nórdicos que, como ele, estavam ali. Alguns admitiam que era pela ganância, queriam apenas os frutos dos saques aos monastérios, para depois viverem em paz em suas terras. Outros estavam lá com a intenção de matar, estuprar e conseguir escravos para vender aos mouros e hebreus, mercado bastante lucrativo. O cheiro de sangue atraía muitos aventureiros, e Duiblinn estava repleta deles.

Para Ottar, no entanto, uma grande tristeza lhe corroía a alma por estar em uma campanha que não tinha mais sentido. Saquear, matar, enriquecer e talvez morrer gloriosamente chegaram a ser suas motivações quando jovem. De alguma maneira, tudo isso tinha evaporado. Sua presença ali, a contragosto, fora exigida pelo homem a quem lhe devia a vida: Olaf, o Branco. Olaf queria Ottar por perto, pois este se mostrava útil. Dominava melhor do que ninguém a arte de comandar os navios nórdicos, e era profundo conhecedor de sua construção e boa manutenção.

Não eram os espólios de saques sujos ou as escravas que chegavam aos montes em Duiblinn que prendiam Ottar ali. Era aquela dívida antiga que não havia como pagar enquanto um dos dois estivesse vivo. A dívida fora contraída numa batalha. Ottar estava praticamente morto no campo, esvaindo-se em sangue, o inimigo prestes a lhe cortar a cabeça. Olaf o salvou da morte e curou seus ferimentos.

Agora, o astuto Olaf, que sabia investir no futuro, e não o salvara sem segundas intenções, exigia que Ottar o acompanhasse, uma vez que precisava de um conhecedor da arte naval. Foi assim que Ottar tornou-se homem de confiança de um guerreiro que inspirava terror em muitas regiões e cidades.

Ottar não era um especialista de navios à toa. Seu pai, Sigtrygg, fora construtor e supervisor de navios em Kaupang. Ninguém conhecia melhor os tipos de madeira e como se aproveitar de sua umidade natural, os encaixes, o uso das velas. Ele morreu numa batalha marítima, mas deixou como legado aos filhos todas as lições necessárias para exercer a arte.

Nos últimos dias Ottar andava preocupado. Olaf estava exultante com a chegada de um homem tenebroso até para os padrões nórdicos, um gigante carrancudo de nome Oslaf, comerciante de escravos. Quando seus navios aportaram naquela manhã nebulosa, após cortarem enormes extensões de mares revoltos, Ottar

olhava o mar e sua junção com o firmamento do alto de uma torre de vigília. Desceu apenas para ver que estranha movimentação era aquela no porto e o porquê das risadas que ouvia.

Ao se aproximar, viu ambos trocando presentes e saudações, cercados por seus *jarls*. Pelo visto eram velhos conhecidos. O gigante ultrapassava a altura do próprio Olaf, que não era um homem baixo. Tinha a cabeça raspada e lustrosa, barba comprida em forma de ponta, de um tom de ouro velho, olhos azuis-acinzentados baixos, pontilhado com pingos amarelos, o que lhe dava um aspecto peçonhento, sujo. Sua carranca parecia impedir que o rosto se movesse: "deve ser incapaz de sorrir", pensava Ottar. Seus braços e pernas pareciam toras de madeira de tanta rigidez e ele andava por entre as pessoas como se elas não existissem, sem se importar com nada. Dizia-se que Oslaf e Halfdan Ragnarsson, irmão de Ivar Sem-Ossos, eram os maiores traficantes de escravos daqueles mares. Se um comerciante de escravos estava em Duiblinn, isso indicava que logo após invernarem estariam todos de partida para conseguir espólios e escravos.

Em comemoração pela chegada da armada de Oslaf, foi iniciado um banquete com javalis, leitões, pães e hidromel até o dia raiar. Ottar voltava da praia com a manta da noite sombria caindo sobre a cidadela. De cabeça baixa, caminhou por entre os homens já em fase de euforia pela bebida, ouvindo velhas canções de guerra e se juntou aos *jarls* que se sentavam ao redor da mesa para contar seus feitos e relembrar velhas inimizades.

Ottar preferiria permanecer em seu alojamento, tranqüilo e sozinho, contudo era obrigado por Olaf a participar destas festas para sempre ser lembrado, uma vez após a outra, de como a sua vida fora salva anos antes por ele e das implicações deste feito. Em alguns momentos Ottar preferia mesmo ter morrido naquele campo de sangue, a ser diariamente torturado por esse cão raivoso. Pois, além do episódio da batalha, havia um segredo existente entre ambos. Um segredo simples e covarde: Ottar fora um *jarl*, mas precisou renunciar às suas terras e liderança para se submeter a Olaf em defesa de sua família. O filho de Olaf desejava a filha mais velha de Ottar, Ymma, e tentou por todos os meios consegui-la, inclusive seqüestrando-a. As vilas entraram em guerra. Durante a batalha em que quase foi morto, Olaf, ao salvá-lo, impôs uma condição e fez sua proposta. Seu filho desistiria de Ymma, contanto que Ottar entregasse seu título de *jarl* e lhe servisse até o fim dos tempos. Sabendo que o filho de Olaf era um assassino repulsivo, Ottar aceitou a oferta. Uma condição humilhante, mas sangrando e quase morrendo, além de temer pelo futuro da filha, Ottar agarrou-se à vida e aceitou as condições impostas, ou seria jogado aos abutres, suas terras seriam arrasadas e sua família sofreria as conseqüências de sua recusa.

Desde então, abandonou sua terra para navegar ao lado de Olaf e havia recentemente chegado a Duiblinn trazendo algumas preciosas mercadorias que seu *jarl* havia pedido. Trouxe também velas novas, alguns bons marinheiros e produtos vindos de terras longínquas, feitos pelos hebreus e pelos mouros com quem Olaf mantinha negócios.

Pensava na vida e nas situações traiçoeiras em que Lóki colocava as pessoas, enquanto ouvia outros nórdicos que gritavam seus feitos, já inflamados de alegria causada pelo hidromel. Comia tranqüilamente sua parte do leitão, não tão grande como era nos tempos de *jarl*, mas estava satisfeito. A escrava ofereceu mais, por saber que ele era um homem bom e ele agradeceu. Ocupava um espaço no final de uma das mesas, em que os homens se sentavam de acordo com o valor de cada um. Os principais líderes de Duiblinn, mais Olaf e Oslaf, estavam sentados em uma mesa principal, no centro das atenções.

Escravas traziam mais e mais iguarias e os homens comiam com volúpia, chupando os ossos, colocando escravas no colo para

importuná-las e bebendo até desmaiarem com as barbas molhadas. Nem no Valhala se veriam banquetes como os que Ottar presenciava junto de Olaf. Tentava prestar atenção na sua comida, mas não deixava de ouvir as vozes anunciando que em breve era capaz do próprio Ivar e seu irmão chegarem em Erin. O terceiro irmão deles, Ubbi, já estava presente à mesa, meio bêbado, e reclamava que não via a hora dos irmãos chegarem para invernar. Eles mantinham muitos negócios com os mouros e já deviam estar a meio caminho de Duiblinn. Ottar sabia que buscavam vingança pela morte do pai, o rei Ragnar Lodbrok e sentia algo realmente vil nisso. Eles acusavam o rei da Nortúmbria, Aelle, na ilha da Bretanha, de ser o assassino e provavelmente não descansariam enquanto não aplicassem o pior castigo ao famigerado rei e varressem seu reino do mapa.

Vingança nunca foi um bom sentimento para se iniciar nada, em especial uma invasão a uma ilha tão fortemente dividida em reinos ricos e governada por reis sábios. Portanto, uma grande invasão em breve aconteceria na Bretanha e Ottar pensava no destino daqueles que aparecessem no caminho deles, pois agora estavam em vias de estabelecer a tão sonhada Danelaw, varrendo os cristãos da ilha, o que não deixava de engordar os olhos daqueles *jarls*. As expedições deixariam de ser apenas para caçar escravos e pilhar monastérios. Havia um sentimento firme agora de se estabelecerem ali.

— Quero assistir ao rei Aelle implorando por sua vida enquanto serramos suas costelas! — berrou Ubbi, o que inflamou os sentimentos dos outros no salão. — O fantasma de meu pai ainda roga por justiça!

— A Águia de Sangue sobrevoará Nortúmbria por meses! — berrou outro perto de Olaf.

— Os cães lamberão o sangue desse rei nojento! — gritou outro com o machado em mãos.


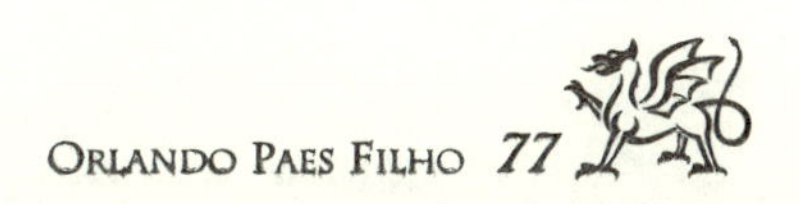

Os homens, comovidos, ergueram os braços e fizeram brindes em honra de Ragnar e de seus filhos, e mais barris de hidromel eram esvaziados à medida que a noite avançava. Ubbi disse que ele e os irmãos pretendiam invadir a Ânglia do Leste e assim iniciar a conquista da ilha, sem esquecer de Aelle. Portanto, Duiblinn ficaria agitada nos próximos meses, em especial com a chegada da primavera. Ottar resmungou algo que ninguém ouviu e continuou comendo seu pequeno pedaço de carne.

Logo, alguns homens começaram a questionar que os bretões poderiam solicitar ajuda dos francos, ou então se unirem para rechaçar a invasão. Isso era algo improvável de acontecer. Muitas diferenças antigas os separavam. Os reinos eram os mais diversos, todos ricos. Não sabiam por onde começar. Ottar, no entanto, imaginava por onde eles entrariam para buscar primeiramente os escravos e em seguida para buscar vingança. Talvez até o próprio Oslaf soubesse, pois com seu olhar peçonhento percorria os rostos dos *jarls* como se analisasse sua constituição e seu conhecimento. Não parecia gostar do que via, pois comia calado desde que entrara ali.

— Deixe eu lhes contar uma história!

Oslaf falou alto pela primeira vez desde que se sentara para comer. Houve um enorme silêncio em todas as mesas. Até as escravas pararam em seus lugares com bandejas nas mãos, sem saberem o que fazer. A voz do gigante parecia um trovão que se sobrepôs às conversas paralelas. Ele terminou de mastigar um suculento pedaço de leitão, deu prolongado gole no hidromel apenas para aumentar a ansiedade dos homens e se propôs a falar.

— Certa vez, Odin, Lóki e Honir faziam uma viagem exploratória pelo mundo. Ao aproximarem-se de um rio, viram uma lontra comendo um delicioso salmão — disse, enquanto cofiava a barba e olhava para o chão, um meio sorriso nos lábios. — Lóki ficou com água na boca e matou a lontra com uma pesada pedra-

da, contente por ter duas presas na mão. Lóki fez do couro da lontra um casaco enquanto o peixe assava. Odin não se sentia à vontade, mas nada disse. Apenas tomou seu hidromel. No dia seguinte, ostentando seu casaco, eles prosseguiram viagem e resolveram descansar na casa do anão Hreidmar, que os recebeu cordialmente. Assim que a refeição foi servida, o velho Hreidmar urrou de dor e apontou para o casaco de Lóki, dizendo que aquele era o seu filho Otter, que sempre se disfarçava de lontra para pescar sossegado e exigiu que alguém pagasse pelo assassinato do filho. — Um murmúrio de assombro e curiosidade percorreu as mesas, inflando Oslaf a prosseguir. — Claro que ele pediu o pagamento em ouro, como todo anão pediria. Odin, muito irritado com Lóki, mandou que ele arrumasse uma maneira de pagar a exigência de Hreidmar e que ele enchesse a pele da lontra com ouro e a cobrisse por inteiro também. Com neve gelada por todos os lados, Lóki saiu pela noite, reclamando do frio e da fome, em direção à terra dos anões que viviam embaixo da terra. Esfomeado, avistou outro rio repleto de salmões e não resistiu, mesmo tendo visto o que aconteceu antes por atender à sua fome. Pegou o mais gordinho que nadava freneticamente e, antes que conseguisse colocá-lo no espeto, o salmão ralhou para que o soltasse. — Exclamações pipocaram em algumas mesas. — Era o anão Andvari, que pescava salmão disfarçado para que não precisasse andar com suas fabulosas riquezas. Lóki não o perdoou por ter falado demais e ordenou que o levasse até sua casa subterrânea. Quando chegaram, um brilho intenso irradiava pelas janelas e ao entrarem, havia pilhas de ouro por todos os lugares, jóias, prata, ouro em pó, tanto que mal tinha espaço para andarem. — Outro murmúrio de assombro percorreu as mesas. — Lóki então achou um carrinho de mão e começou a jogar nele tudo o que encontrou de valioso, mas viu que Andvari escondeu alguma coisa dentro do bolso e pediu para ficar com aquilo também. Era um anel de ouro, com uma alma dentro dele. Mas Andvari avisou que coisas terríveis aconteceriam com quem o possuísse. Por fim, Lóki voltou à casa de Hreidmar e começou a encher a pele com o ouro. Quando faltava só um pêlo para ser coberto, não lhe restou alternativa a não ser usar o anel para cobrir. O anão deixou os deuses irem, mas ficou absolutamente maravilhado com o anel poderoso que tinha no dedo, o que despertou a inveja de seus filhos Regnir e Fafnir, que mataram o pai para se apoderar do anel. — Houve silêncio e chifres de beber parados no meio do caminho paras bocas sedentas de tanta atenção que Oslaf prendeu. — Fafnir começou a disputar com o irmão e fugiu com o ouro e o anel para um lugar desconhecido. Ele se transformou em um imenso dragão raivoso e pestilento por causa da ganância e do poder do anel, que o cercava de morte por todos os lados e acabou se tornando o vigia eterno daquele ouro magnífico.

Ao contrário do que sempre acontecia quando um bardo contava histórias, em que havia aplausos e brindes desastrados e emocionados após o término da narração, desta vez houve silêncio, como se quisessem entender o significado oculto por trás da história. Oslaf olhou firmemente para os *jarls* à sua volta com seus olhos de víbora e seu meio sorriso no rosto, os lábios ainda molhados de hidromel:

— Esse dragão, companheiros, é Cymru e o ouro é toda a Bretanha. — Recostou-se e bebeu mais um gole de hidromel, deliciando-se com o momento, enquanto olhos vidrados o miravam. — Ele está lá apenas esperando por nós. E em cada reino, em cada monastério, existe uma casa igual à de Andvari para que possamos pegar todas as riquezas que quisermos. Por isso eu digo, morte ao dragão! — Bateu o punho cerrado na mesa, chacoalhando algumas tigelas e assustando as escravas.

Desta vez, os homens vibraram e ergueram os chifres de beber no ar, alguns ainda com coxas de leitão na outra mão e gritavam:

— Morte ao dragão!

— Morte ao dragão!

— Morte ao dragão!

Deleitando-se com esse momento de euforia, um sorriso pérfido lhe percorrendo os lábios, Oslaf olhou para Olaf ao seu lado e seus olhos brilharam satisfeitos, e brindaram por isso. As antes desconexas conversas sobre estratégias de invasão, táticas, proteção dos deuses, agora tinham se transformado em chamados para a guerra, para banhar de sangue seus machados. Em honra a Oslaf, Ivar e Halfdan, eles esperavam reduzir os bretões a esqueletos, e assim transformar a ilha em um novo lar e brindaram a noite toda por isso. Ottar sabia que teria muito trabalho pela frente. Nórdicos de aldeias rivais lutavam no mar e chegavam com suas embarcações quase arrebentadas em Duiblinn. Muitos navios chegariam para as novas empreitadas — de Ivar e de Oslaf — e ele seria obrigado a passar revisão em todos para a campanha que logo se aproximava. O outono já havia começado, e a contagem regressiva também.

# 5. Torrentes

Não fora um inverno fácil. O frio entrava por todas as frestas, gelava a sopa, amuava os animais, a chuva congelava os ossos. Até as árvores, sempre tão imponentes, com seus troncos frondosos e sisudos, pareciam suplicar que o inverno acabasse para que o esplendor da primavera retornasse. A água corria mais devagar a fim de poupar sua energia. A única alegria era sentar perto do fogo para contar velhas histórias.

Durante os meses gélidos, o capitão continuou treinando seus homens e mulheres como se as agruras do tempo em nada influenciassem seu desempenho, introduzindo seu filho no pequeno exército. Tinham que correr na chuva, cavalgar contra a espada cortante do vento no rosto, montar guarda nas noites em que tudo o que se poderia querer era uma cama quentinha. Ninguém escapava desse rígido cotidiano, muito menos o filho do capitão. Aldwyn estava empenhado nas ordens do pai, assumindo responsabilidades que até Idwal, que era segundo em comando, não realizava. Gladwyn continuava de olho nesse homem que vivia fazendo a corte a Gwenora. Esta, por sua vez, se sentia lisonjeada com seus gracejos, e no entanto mantinha também os olhos em Aldwyn e em como ele havia se aproximado da irmã.

Gwyneth era o centro das atenções do rapaz, para desagrado de Gwenora. Conforme os dias de outono se passavam, as irmãs se falavam menos. Gwyneth, nada tola, percebeu o ciúme de Gwenora e temia que ambas brigassem por causa de Aldwyn. Ele próprio ficou incomodado com a situação, e fez um acordo com sua querida Gwyneth. Eles não mais seriam vistos conversando nos treinamentos, ou nos alojamentos, ou na própria cidade. Se por acaso cruzassem o caminho um do outro, fariam um leve aceno informal. Nem andando respeitosamente juntos poderiam ser vistos. Teriam que se ver em outro lugar, oculto e alheio aos olhos curiosos e invejosos.

Depois de pensar um pouco, os olhos de Gwyneth se iluminaram. Havia uma antiga passagem subterrânea, fechada por seu avô, que saía do palácio, seguia pelo lado de fora das muralhas e desembocava no bosque. Fora construída pelos romanos para enviar espiões e informantes em caso de sítio às muralhas. Ninguém fora da família sabia da existência dela. Ela conhecia a entrada que ficava junto a uma fonte, na saída da cozinha, um lugar pouco freqüentado. A saída era no bosque, e estava fechada. Era o lugar perfeito.

Até no convívio em família, as duas agora estavam distantes uma da outra. A começar, não mais dormiam no mesmo quarto. Estavam em aposentos separados, no mesmo corredor. Na mesa, com o pai, evitavam se falar. A conversa se resumia em contar algum fato ocorrido curioso nos treinamentos e não durava mais do que isso. Ewain olhava para ambas e perguntava a si mesmo o que estaria acontecendo, afinal, o falatório entre as duas sempre fora a situação normal. Tanto que, no dia seguinte, na cozinha, procurou por Arduinna. Ela mexia uma imensa panela de mingau e precisou responder à pergunta do Nobre porque também estava preocupada.

— A culpa dessa situação é do filho do capitão Govannon — ela apontou o culpado.

— O jovem Aldwyn? — Ele não entendia. — Por acaso ele brigou com as duas?

Somente um homem pode ser tão cego para os assuntos do coração alheio e à própria vida, pois as gêmeas eram mulheres quase feitas, donas de corações selvagens como os lobos. Arduinna lembrou-lhe que não eram mais meninas de colo, e o fez com tanta dureza que Ewain até se encolheu. Parecia sua mãe quando o repreendia de suas artes de criança.

— Senhor, abra os olhos! Elas estão apaixonadas por ele. Mas o rapaz só tem olhos para Gwyneth, e é evidente que os dois se gostam, mas Gwenora não aceita. Logo logo essas duas vão trocar socos por aí.

— Como eu nunca reparei nisso? — ele suspirou.

Arduinna não respondeu e voltou a mexer vigorosamente seu mingau quase empelotado. Ewain ainda perguntou:

— E quanto a Idwal? Sempre o vejo cortejando Gwenora...

— Ora, quanta ingenuidade, senhor — ralhou ela. — É o jovem Aldwyn que atrai as atenções das moças agora. Já ouvia comentários de outras moças por aí logo que ele chegou para o torneio. Pelo menos ele não faz o estilo conquistador, ou teria suas seguidoras fiéis como as tem Idwal. —Jogou mais leite na panela e continuou mexendo.

— Acha que deveria falar com elas?

Essa era a pergunta que ela esperava que Ewain fizesse. Deu-lhe o cabo da enorme colher de madeira que mexia o mingau e foi até a mesa pegar mais aveia numa tigela, jogando aos poucos uns punhados na panela.

— Não pode mandar no coração das meninas, senhor. Eu apenas acho que deve aconselhá-las a evitar uma briga tola por causa de um rapaz. Ou então fale diretamente com ele.

— Elas sempre foram tão unidas, nunca se desgrudavam. — Lembrou de ver ambas penteando os cabelos e brincando de roda muitos anos atrás. — Acho que estou ficando velho mesmo.


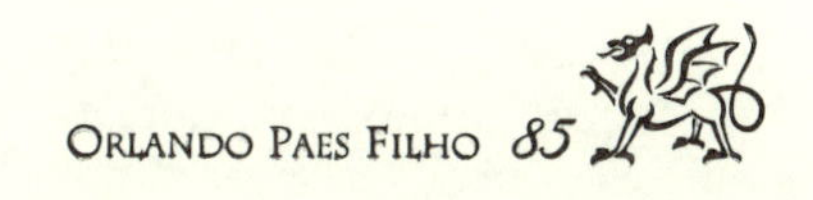

— Converse com as meninas. Antes que elas briguem pelo tal Aldwyn.

E tomou de volta a colher. A mulher colocou um pouco de mingau numa tigela e depositou-a na mão de Ewain para expulsá-lo de sua cozinha. Ele saiu pensativo, assoprando o mingau para esfriar. O comportamento das filhas parecia o de dois inimigos na espera do tempo certo para combater. Ao ver Gwyneth passando no corredor da frente, quase não ousou chamá-la, mas a moça entendeu que ele queria lhe falar alguma coisa:

— Sim, meu pai? — Ela deu meia-volta e o esperou.

— Aonde vai?

— Cavalgar, por quê?

— Fique um pouco, vamos conversar.

Ele ainda não se sentia preparado para ter esse tipo de conversa com sua filha. Andavam devagar pelo corredor que levava ao salão de jantar. Enquanto percorriam o caminho, ele percebeu que ela não era mais nenhuma menininha de vestidinho sujo de lama, que acabara de correr com os cães ou que enfrentava os garotos. Era uma mulher com seus quinze anos, formosa, tão linda quanto a mãe, forte e delicada ao mesmo tempo, e até mais alta do que o próprio pai. Vestida com sua roupa de montaria, com peças de couro sobrepostas e uma bela capa azul sobre os ombros, cabelos trançados, rosto corado do frio, Gwyneth esperava para ouvir o que seu pai tinha a dizer.

— Venho notando certa tensão entre você e sua irmã e não gosto disso. O que está acontecendo?

Gwyneth riu de lado, para evitar detalhes.

— Não sei. Acho que não temos mais tanto tempo para conversar como tínhamos antigamente. É isso o que o preocupa?

— Sim, e também o filho do capitão, Aldwyn. — Ewain viu a filha baixar os olhos, cruzando os braços.

— Pai, escute...

Ele a interrompeu:

— Você o ama? E ele a você...? — Atrapalhou-se com suas próprias palavras.

— Ah, papai, não sei o que fazer. Sei que Gwenora gosta dele, mas ele próprio já disse que não é dela que ele gosta. Sim, pai, nós nos amamos.

— Minha filha... — Ewain ponderou um instante, colocando uma colher de mingau na boca para ter tempo de pensar. — Ele é um soldado! Estará numa linha de frente...

— Assim como eu, Gwenora, Dimas, o senhor e o tio Rhodri. No que isso nos faz diferentes uns dos outros? Todos temos a mesma cor de sangue e vamos derramá-lo quando for necessário. Tenho notado sua tensão e a do tio Rhodri desde o torneio no verão e sei que naquela noite um mensageiro veio de Erin só para falar com vocês.

Isso o surpreendeu. Achou que guardava bem seu segredo sobre a chegada do pobre mensageiro do rei Aedh no meio da noite de celebração.

— Como sabia?

— E como poderia deixar de saber se abri o portão do estábulo para ele passar escondido por entre os outros cavalos? — Gwyneth sorriu.

Ewain olhou para a moça, orgulhoso e espantado ao mesmo tempo.

— Os nórdicos voltarão, não é? — ela perguntou e ficou séria.

— Tudo indica que sim. E por isso essa tensão dentro de nossa própria casa me preocupa ao extremo, vê-las assim sem se falarem. — Notou que ela olhava além dele.

Ele viu que a atenção de Gwyneth era para o corredor, por isso tinha se calado. Ewain girou nos calcanhares e viu Gwenora se aproximando, também vestida para cavalgar, com uma capa tão vermelha como seus cabelos presos no alto da cabeça.


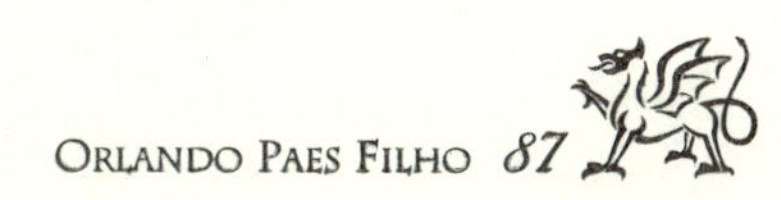

— Por que cortaram o assunto? — disse Gwenora enquanto se aproximava.

— Porque ele já terminou — respondeu Gwyneth, provando do mingau para tentar montar uma conversa qualquer.

— Vai cavalgar com o filho do capitão, minha irmã? — perguntou Gwenora com ironia, enquanto observava os trajes da irmã.

— Aldwyn, até onde sei, tem suas obrigações no alojamento — Gwyneth disse, com delicadeza. — Eu ia sozinha, mas gostaria de vir comigo?

— Não, muito obrigada. Vou com Idwal — disse, deu as costas e saiu.

Ewain não gostou de ver as filhas duelando com palavras daquele jeito, ainda mais na sua presença. Gwyneth parecia triste por não conseguir estabelecer mais uma conversa amigável com a própria irmã.

— Gwenora, volte aqui — ele falou, firme.

Ela se voltou sem entender o forte chamado do pai e voltou pisando firme, soberba, seus passos ecoando por todo o corredor. Um vento gelado encontrou um caminho e corria por ali.

— Não aprecio esta inimizade dentro de minha casa, e entre minhas filhas. Isso tem que parar.

— Não sou eu quem se encontra com Aldwyn às escondidas por aí — Gwenora resolveu atacar.

Gwyneth rebateu:

— Ao menos, ninguém nos vê juntos, enquanto você e o idiota do comandante Idwal trocam sorrisinhos pelo alojamento e passeiam todas as tardes.

Gwenora ergueu um dedo para apontar o rosto de Gwyneth, mas o pai interveio:

— Basta! Vocês duas! Não estou falando com duas crianças! Gwenora, está claro para mim e para você também que Aldwyn e Gwyneth estão apaixonados. Se esse Idwal a está cortejando, então

deixe de sentir inveja e pare de maltratar sua irmã. Somos uma família e não quero ver nada nem ninguém nos separando. Tenho certeza de que o futuro de vocês será glorioso, mas apenas se permanecerem unidas.

Sem paciência e ciente de que Idwal estava do lado de fora, Gwenora mal deixou o pai terminar a frase. Deu as costas e se retirou sem tentar esconder que sentia raiva. Às vezes ela própria se perguntava por que dava tanta atenção a Idwal. Talvez fosse para tentar despertar o ciúme de Aldwyn.

— Ah, essa tem o gênio do seu avô... — resmungou Ewain, lembrando do passado.

— Já que não tenho companhia para cavalgar, viria comigo, meu pai? — Gwyneth ficou ao seu lado e entrelaçou seu braço no dele.

Ele sorriu e aceitou o convite. Terminou o mingau e foi buscar sua capa. Os dois belos cavalos foram preparados e ambos partiram em disparada para fora da fortificação. Foi uma gostosa tarde fria na companhia da filha, em que apenas apreciaram a paisagem com as folhas que caíam no entardecer de outono.

Gwenora encontrou com Idwal nos estábulos. Ele sorria abertamente. Estava bem vestido e protegido do frio por uma capa escura e grossa. Ele beijou-lhe a mão para cumprimentá-la e a ajudou a montar no cavalo, mesmo que isso não fosse necessário. Montou no seu e postou-se ao lado dela.

— Se me permite, Gwenora, você está linda — falou.

— Obrigada — disse ela, e pôs o cavalo para andar.

— Você está bem? — Idwal a seguiu.

— Sim, por quê?

— Por nada — o rapaz disse e sorriu bonito, mostrando-lhe os belos dentes, como quando fazia para conquistar as moças, e a deixou encabulada.

Ambos cavalgaram por horas pelas charnecas e vales verdejantes, repletos de vida. Chegaram perto de algumas fazendas e aldeias,


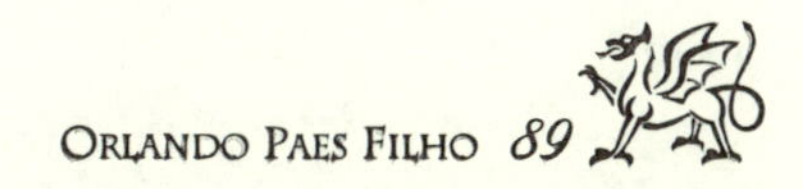

apostando corridas ao longo do rio. Gwenora sempre tentava se manter distante, como a atraí-lo, fazendo o jogo da aranha predadora. E Idwal logicamente percebia. Então, ele arriscou-se a uma manobra por entre as árvores para ver se ela o seguia. Apostar uma corrida em meio ao bosque no cair da tarde poderia não ser muito sábio. Galhos escondidos poderiam soltar-se e acertar alguém. Mesmo sendo hábil amazona, Gwenora não conseguiu se esquivar rapidamente de um galho baixo e pôs o braço na frente do rosto para se proteger. Com isso, soltou as rédeas e com o tranco do animal, foi ao chão coberto de folhas secas. Idwal parou mais à frente a esperá-la. Quando notou a demora, refez o caminho e viu a montaria vazia. Sua manta vermelha a cobria no chão.

— Gwenora! — Pulou no chão e a tomou nos braços.

Tirava algumas folhas de seus cabelos quando ela voltou a si. Tinha uns arranhões pequeninos no rosto causado por galhinhos e gravetos que se soltaram do galho maior.

Ele suspirou aliviado quando a viu abrir os olhos de falcão e olhar para ele.

— Não faça isso de novo. Está machucada?

— Creio que não — dizia ela enquanto sentia o corpo. Nada doía, felizmente. Gwenora então sentiu a mão de Idwal acariciando seu rosto e gostou da sensação.

— Posso parecer ousado, mas preciso dizer o quanto gosto de você. O quanto você vive em meus pensamentos e como dominou meu coração.

A voz faltou naquele instante para Gwenora quando o viu chegar perto de seu rosto, tão perto a ponto de se sentir sua respiração quente. Sentiu os lábios dele encostarem nos seus, devagar, sem pressa. Idwal a abraçou, sem imaginar que seria tão fácil conseguir um beijo daquela guerreira selvagem. Agora que tinha dado o primeiro passo, tudo seria mais fácil.

Durante o inverno, os desentendimentos entre as irmãs se intensificaram. Aldwyn tentava cada vez mais se afastar de Gwenora, mas esta fazia tudo para estar ao lado dele, puxando conversa sobre diferentes assuntos, sobretudo quando Idwal a procurava. Aldwyn pedia que ela parasse com aquela insistência, pois o incomodava e à sua irmã também. Era Gwyneth que ele amava. Idwal, que interpretava aquelas conversas erradamente, sempre queria partir para a briga. Gwenora se sentia lisonjeada com isso e tinha de admitir que muitas das vezes em que procurava por Aldwyn era para provocar essa atitude de Idwal, esperando para ver a briga de fato acontecer.

Cyssin, certa manhã, alertou Aldwyn para que não entrasse no alojamento. Idwal estava à espera na companhia de mais dois homens do destacamento dele, prontos para lhe dar uma surra. Aldwyn podia ser o filho do capitão, hábil na espada, mas infelizmente Idwal era o comandante, e todos deviam obediência a ele. Com isso, Govannon não teve alternativa a não ser colocá-lo em missões fora de Cair Guent: levar mensagens, buscar algumas provisões, supervisionar a segurança de algumas aldeias. Assim o mantinha longe dos olhos de Idwal, cobra peçonhenta prestes a dar o bote, e longe também do coração passional e perigoso de Gwenora.

Gwyneth passou a vê-lo cada vez menos, e uma tristeza estranha começou a crescer a cada vez que Aldwyn tinha que sair de Cair Guent. Pouco antes de partir para mais uma missão, Aldwyn disse que queria se casar com ela, o que a fez chorar de felicidade. Seu velho pai ficaria feliz com a notícia. Porém, tinham que esperar para contar a novidade. Desta vez a missão era para ajudar o velho Nennius em seu monastério a erguer um muro mais alto ao redor. O rei Rhodri havia mandado alguns homens para cortar e erguer pedras e Aldwyn chegou logo depois, pelo dique de Offa. Também tinha de buscar Donn e o abade Mabon, que



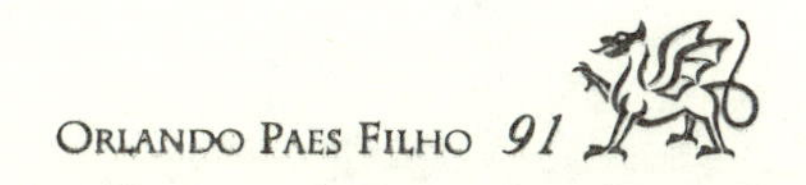

tinham passado o verão com os irmãos do monastério. O silêncio que Aldwyn encontrou por trás daqueles muros na presença dos alegres irmãos o fez ganhar um pouco de paz. Longe de Idwal e Gwenora, podia pensar melhor em como ter sua Gwyneth sem mais conflitos entre irmãs.

O venerável Nennius observava calado o modo como o forte rapaz de Cair Guent carregava a tensão nos ombros que gritavam por socorro. Aproximou-se tranqüilo, olhando para o muro que subia mais a cada dia e recebeu um sorriso amistoso e satisfeito do rapaz que supervisionava a obra. Além das pedras que eram colocadas no lugar durante o dia, Aldwyn ouvia muito pouco durante a noite. O vento nas folhagens, animais noturnos, corujas piando de madrugada. Afora isso, ele parecia isolado do mundo quando deitava na cama. Essa paz o fazia ouvir o rebuliço em sua cabeça por tudo o que vinha acontecendo em Cair Guent por sua causa. Diante de sua aflição, o bom abade pediu que conversassem sobre o assunto, e ele logo compreendeu a situação complicada que vinha se desenrolando. Conhecia muito bem aquelas irmãs para saber que mesmo o amor fraterno não superaria certos desentendimentos. Gwyneth sempre foi a mais comedida, tranqüila, disposta a defender seus ideais, enquanto Gwenora sempre teve uma inclinação para a resolução rápida das coisas. Ambas eram valorosas, inteligentes, mas tinham muito que aprender ainda. O único conselho de Nennius foi:

— Fique em sua cela e no silêncio ela lhe dirá o que deve fazer. A resposta está bem aí. — Apontou para o peito do rapaz.

A ebulição em seu coração trazia respostas a serem ouvidas. Era só uma questão de saber separar o que borbulhava nele. Tinha que ter cuidado com Idwal. Sentia profundamente seu ódio e poderia ser facilmente enganado por ele, porém, ter seu pai como o capitão poderia lhe dar algum tempo antes do confronto que inevitavelmente ambos teriam.

Com os muros prontos, o monastério ganhou uma proteção extra em caso de ataque. O rei Rhodri garantia sua total proteção a todos os monastérios sobre seu território e tranqüilizou Nennius dizendo que tinha fé em Deus de que tudo acabaria bem. Ele abençoou os homens que trabalharam no muro e lhes desejou uma boa viagem, já que o inverno havia chegado bem gelado e sem pressa para ir embora.

Em Cair Guent, após viagem tranqüila, chegaram ao mesmo tempo em que o irmão mais velho de Ewain, Rhodri, cujo objetivo era passar o inverno e a primavera com a família. Era um inverno gelado, mas aconchegante, pois havia muito tempo que Ewain queria a família inteira na mesa para comer. Olhou orgulhoso para todos. E como a barba de Rhodri estava grande. E Donn, tão inteligente e paciente, seguindo as rígidas regras do monastério. Dimas havia aprendido muito com o treinamento de Govannon, inclusive sobre a humildade de que ele tanto ouvia nos sermões do abade Mabon. E suas gêmeas. Lindas mulheres jovens, com uma vida pela frente. Seus pensamentos ainda foram para sua linda esposa Arthia, e para seu pequeno bebê que pegou no colo antes de enterrá-lo. Uma parte de seu coração ainda estava sob aquela terra.

Ewain se levantou, pediu a atenção de todos com a taça de hidromel na mão e olhou para os filhos ao redor da mesa, agora em silêncio:

— Peço a Deus Todo-Poderoso que me dê forças para estar sempre ao lado de todos vocês. Sei que nossa família é incomum. Mas acho que nada acontece sem Sua providência e permissão. Só gostaria de dizer que tenho muito orgulho de todos vocês e que nenhuma situação me fará pensar o contrário. Ergo um brinde à liderança de Rhodri, à inteligência de Donn, à humildade de Dimas, e à força em dose dupla de Gwyneth e Gwenora.


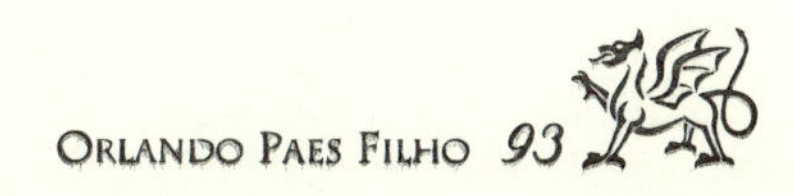

— E nós — Rhodri se ergueu e os irmãos o seguiram — erguemos um brinde ao nosso pai Ewain, o Nobre. Que abençoado seja seu nome!

— Amém! — disseram juntos e beberam um farto gole.

A esta altura, Ewain tentava esconder as lágrimas, pois não sabia se teriam uma noite de paz e união mais uma vez. Temia ver discussões como sempre ocorriam quando estavam todos sob o mesmo teto. Entretanto, eles tinham dado uma trégua para o velho pai descansar.

Numa tarde daquele período de reunião, saíram todos em cavalgada. Aldeões e camponeses que viam a família reunida espantaram-se e os receberam em suas humildes vilas alegremente.

Foi um inverno rigoroso, mas a casa, com todos juntos, encheu-se de alegria novamente. Ewain via com orgulho que suas filhas amadas estavam menos distantes, pois afinal parecia que Idwal tinha conquistado aquele coração rebelde de Gwenora. Ainda não via nenhuma ação de Aldwyn, pois parecia que esperava a poeira baixar, mas sabia que ele encontrava secretamente sua filha em algum lugar.

Certa manhã, Arduinna havia se levantado cedo, antes do sol aparecer no horizonte como sempre fazia. Penteou os cabelos já grisalhos, fez uma trança, lavou o rosto. Ao chegar na sua cozinha viu uma sombra sentada junto à mesa. Era Gwyneth, com os cabelos soltos, roupa de dormir ainda amassada.

— Ah, querida, não assuste mais uma velha dessa maneira... Você está bem? — perguntou Arduinna com um sorriso largo e Gwyneth o retribuiu.

— Perdi o sono. E senti fome — mostrou os caroços das ameixas.

— Faz tempo que está aqui? — sentou-se ao seu lado.

— Um pouco.

Arduinna conhecia aquelas crianças muito bem, pois deu banho e trocou suas roupas mais vezes do que podia contar e cansou de correr atrás delas. Nenhuma delas conseguia esconder um segredo por muito tempo, via em seus olhos. E sabia que quando agiam de modo estranho era porque estavam com a mente perturbada. Encontrar Gwyneth na cozinha, sozinha em plena madrugada, era exemplo disso.

— O que aconteceu?

— Foi um sonho estranho que tive — disse-lhe a moça.

— Com o quê?

— Um leão.

— Ora, querida, como sabe que era um leão? Eles são bestas que vivem muito longe daqui, você nunca viu um leão.

— Vi, sim, nas iluminuras de Nennius, e o leão do sonho se parecia muito com elas. Mas era muito maior, com uma juba esplendorosa e brilhante como fogo. Ele veio até mim, manso, e se deitou aos meus pés. Deixou que eu passasse a mão em seu pêlo macio e adormeceu.

— Acha que este sonho tem algum significado?

— O mais estranho — continuou Gwyneth, com seus olhos perdidos ao vagar pela cozinha — é que eu estava acordada...

Arduinna a observou com cuidado e compreendeu que essa experiência havia mexido no íntimo de Gwyneth. Via nos olhos dela lágrimas brilhantes pendendo dos cílios, prestes a cair. Se não a conhecesse bem, diria que estava assustada.

— Eu estava de pé, sem sono, e peguei o jarro para tomar um pouco de água, indo até a janela. De repente, o quarto inteiro se iluminou como se houvesse mil tochas lá dentro. E ele veio, andando mansinho até mim. Imponente e titânico, mas com os olhos muito tranqüilos. Quando vi a iluminura pela primeira vez, perguntei que bicho estranho era aquele. Eu era tão pequena... Nennius disse que era um leão, uma besta poderosa que


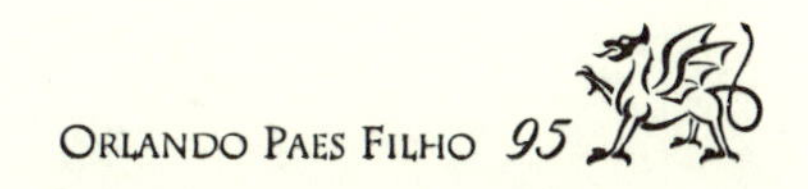

vivia perto da terra dos mouros. Era o animal que significava a coragem, a força, um rei entre os animais. Na iluminura, ele tinha a pata sobre a Santa Cruz e Nennius disse que ele era o Seu fiel guardião.

Às vezes mensagens poderosas vinham até as pessoas em momentos difíceis. Arduinna sabia como a moça devia estar se sentindo, pois pareceu mesmo ser uma experiência maravilhosa e até assustadora.

— Não sei explicar, Arduinna, mas acho que, em breve, Deus exigirá muito de todos nós.

— Ele nunca exige nada impossível de se suportar, minha querida. — Secou o rosto de Gwyneth e beijou sua testa. — Vou fazer um mingau bem quentinho para nós duas e vai se sentir melhor.

Gwyneth não tinha tanta certeza. Passou o dia imersa em seus pensamentos, até um pouco desatenta, pois enquanto treinava junto com a irmã com espadas e escudos, ela quase deu chance de ataque para Gwenora, que fincou a espada em seu escudo ovalado com o javali talhado nele.

— O que há com você, Gwyneth?

Sem vontade de voltar ao assunto, ela apenas pediu que continuassem o treinamento.

Com o final do inverno e os dias agradáveis da primavera se aproximando, Cair Guent encheu-se de ânimo novamente. As primeiras flores da nova estação logo se abririam. Estavam todos ansiosos também por um casamento que estava para ocorrer. Alwine, já com formosos dezessete anos, fora pedida em casamento pelo tenente Gladwyn, e a festa ocorreria logo na primeira semana da primavera, como se a estação recém-chegada fosse a convidada de honra. Portanto, o Destacamento das Evas estava em festa, preocupado em arrumar a noiva e lhe desejar felicidade e vida próspera.

O presente dado por Gwyneth e Gwenora à noiva era um belo vestido leve, de tom rosa claro, com ornamentos dourados como o

sol nas mangas e no decote, que lhe caiu com perfeição. Gwenora trançava seu cabelo vermelho, enfiando entre os fios pequenas flores brancas e azuis que despontavam pelos muros e arbustos. Enquanto arrumava os cabelos de Alwine, lembrou-se de quando fazia isso na cabeça ruiva da irmã, que tinha ido colher mais flores para enfeitar a pequena praça que serviria de palco para a festa. Arduinna ajudava com a comida boa e farta sob os olhares gulosos do abade Mabon.

— Meu bom abade, gula é um pecado muito feio — Arduinna o advertiu quando ele tentou pegar um pedaço de seu lindo bolo de frutas e nozes.

— E sempre digo ao Senhor que a culpada é a senhora, Arduinna, e Ele acaba sempre perdoando — respondeu-lhe o abade alegremente.

Montada em seu cavalo, que tinha escovado durante toda a tarde anterior, Gwyneth já estava de roupa trocada para a festa, os cabelos presos em uma grossa trança em suas costas. Juntava as flores que estavam todas lindas e frescas em uma cesta. De repente, detrás do muro, Aldwyn pulou como uma raposa logo atrás dela, que sentiu o coração bater na garganta de susto.

Ela recuperou a pose, irritada, e olhou para ele, que ria.

— Perdoe-me. Não pretendia assustá-la — disse-lhe Aldwyn, rindo.

— Pretendia sim. — disse-lhe Gwyneth. Ela sorriu e colocou mais algumas flores na pequena cesta. — Aliás, o que faz você aqui?

— Meu pai pediu que viesse olhar os muros antes de entrar, já que Idwal não sabe onde eles ficam — ironizou.

— Ele não acharia neve no próprio inverno. — Subiu elegantemente em seu cavalo. — Mesmo com a cidade em festa, seu pai não relaxa um só minuto...

— Vamos nos ver hoje?

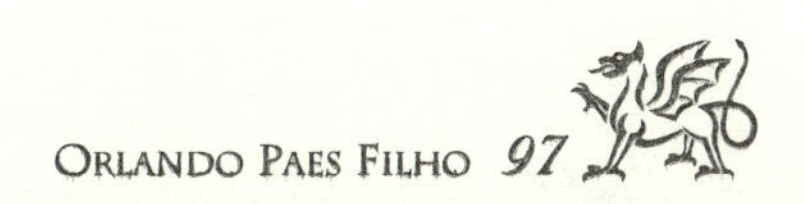

— Meu pai tem perguntado por você — disse ela. — Queria saber quando falará com ele.

— Eu queria que tudo estivesse mais tranqüilo entre você e sua irmã, não quero que as brigas atrapalhem tudo outra vez. Não quero nada mais nesse mundo, só me casar com você.

— Então terá que falar com o velho Ewain. — Ela sorriu, colocando o cavalo para andar. — E logo, antes que ele mude de idéia.

— Então ele consente? — Seu rosto iluminou-se.

— Só vai saber se for até lá falar com ele — Gwyneth tentava convencê-lo.

— Antes de ir, gostaria que visse uma coisa. — Aldwyn estava com a mão na rédea do cavalo e parecia preocupado.

Ele contornou o animal, conduzindo a ele e sua dama para a parte de trás da fortificação, região de muros altos de pedra cinza que contrastavam com o verde-esmeralda das planícies. Contornaram todo o lado esquerdo em direção ao portão sul. No meio do muro, ele apontou no alto.

— Está vendo?

Gwyneth olhou para o local que ele apontava. Havia algumas pedras menores caídas no chão e terra entre os blocos do muro, onde nasciam algumas plantas. Duas vigas de ferro que entremeavam os blocos estavam despontando para fora, já com sinais de ferrugem e um pouco de terra que pressionavam a rachadura. Olhando para cima, na direção da cidade, ela reparou que de cima não dava para enxergar este ponto em que se encontravam, encoberto que estava por algumas árvores.

— Idwal inspecionava os muros e nunca reportou uma rachadura dessas — disse Aldwyn.

— Se está com plantas crescidas, é sinal de que faz algum tempo que está assim, veja essas raízes e como estão grossas...

— Se sofrermos algum ataque, mesmo com estes muros altos, eles conseguirão entrar para forçar a segunda muralha.

— Meu pai precisa saber disso.

Ambos se apressaram para dentro dos muros. Gwyneth olhava para o horizonte. Subiram as rampas, passaram pelos segundos portões e ela olhou de relance para a muralha, que era mais simples do que a primeira, feita só com madeiras e pedras, portanto mais fácil de ser transposta. No entanto, a cidadela inteira estava enfeitada e alegre com a cerimônia do casamento que estava para começar. Dar uma notícia como aquela sobre um problema nos muros seria como apagar um brilho no rosto das pessoas. Um brilho de felicidade, de liberdade. O próprio Aldwyn achou por bem que somente mencionassem o problema depois do casamento de Alwine. Detrás da capela, Gwenora os viu juntos e uma ponta de ciúme feriu seu coração de novo.

Enquanto levava as flores para a capela, Gwenora começou a andar do seu lado de novo.

— Passeando com o filho do capitão? — disse à irmã, de modo a depreciá-lo.

— Como disse? — Gwyneth parecia distraída e retrucou.

— Vi os dois chegando juntos. — Ela baixou a voz.

— Escute...

— Quer dizer que os encontros às escondidas continuam, como se não quisessem ser vistos juntos. Qual o problema, minha irmã?

— Cale essa boca e escute! — ralhou mais alto, mas passou a murmurar em seguida: — Há problemas na muralha. Uma rachadura no portão sul, enquanto você pensa apenas nos próprios interesses. De que lado afinal você está?

— Rachadura na muralha... Mas Idwal sempre a inspeciona.

Gwyneth respirou fundo e soltou o ar, buscando paciência. Disse-lhe:

— É melhor não falar nada por enquanto. Mas em breve nosso pai terá que saber para podermos nos defender, Gwenora. Pode-



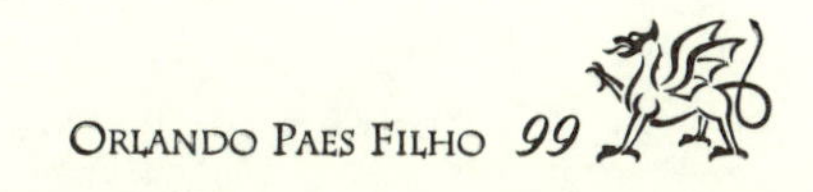

mos sofrer novas invasões, agora que a primavera começou. Portanto, se puder não falar nada para o seu querido comandante, a cidade agradece.

E deixou a irmã sozinha na lateral da capela, onde terminava uma passagem. Atônita, Gwenora girou no lugar e voltou a andar um tanto sem rumo, espantada com a súbita explosão da irmã. Se o que ela viu era mesmo verdade, além do seu pretendente ser incompetente, toda a cidade e as pessoas dentro dela poderiam correr sérios riscos com um possível sítio.

Ainda pensava nisso enquanto o abade Mabon falava sobre amor, fé e esperança em um casal, além das obrigações e deveres de cada um durante o casamento. Uma relação que homem nenhum pode desatar se Deus os uniu. Enquanto falava, com paciência e compreensão, Gwenora olhou para Aldwyn, do outro lado, onde estavam os homens que ouviam o sermão. Estava oculto atrás do pai, de cabeça baixa como se estivesse buscando absorver cada ensinamento dito. À sua esquerda, Gwenora via sua irmã, que também ouvia atentamente as palavras do abade. Via como os olhos dela e de Aldwyn brilhavam ao estarem juntos, mesmo que fosse apenas andando lado a lado. Estava começando a se convencer de que os dois se amavam de verdade. E desejou que isso acontecesse com ela também.

Oculto por entre os homens que acompanhavam a cerimônia, Idwal observava Gwenora com atenção, sabendo que ela não conseguia vê-lo. Notou como, disfarçadamente, ela procurava pelos olhos de Aldwyn, que não lhe devolvia a atenção. "Diabos", pensava, "ele ainda pode atrapalhar tudo o que tenho construído com Gwenora." De alguma maneira, Idwal jurou para si mesmo, ele tiraria o rapaz do seu caminho.

Após os votos serem feitos, e o beijo tão esperado ser visto, a música e a dança renderam os cidadãos. As moças jogavam pétalas de flores coloridas sobre os noivos que pulavam e dançavam alegremen-

te. Finalmente o abade Mabon pôde comer o delicioso bolo de frutas e nozes sem sofrer as represálias de Arduinna. Ewain dançou com as filhas como há muito não fazia. Já nem se lembrava de que sabia dançar e se vangloriou de ter sido o melhor durante a festa. Autorizou que Aldwyn tirasse sua filha para dançar e Gwenora precisou abaixar a cabeça para não ser repreendida por seu ciúme. Para compensar, Idwal também a chamou para dançar. Quem via os quatro alegremente pulando ao som dos flautistas e harpistas não enxergava a disputa em técnica e graça, sem contar o fato de que Gwenora parecia mal-humorada, pois mal sorria mesmo com toda a alegria que rondava a cidade.

No meio de tanta alegria, um homem jovem e barbado veio correndo de sua casa, gritando por ajuda. Sua esposa grávida começara a sentir as dores e entrava em trabalho de parto.

Arduinna correu para ajudar, pois já havia trazido à luz tantos bebês neste mundo, incluindo todos os filhos de Ewain, que ninguém melhor do que ela para entender do assunto. Gwyneth e Gwenora correram para acudir. Os homens apenas esperaram do lado de fora, aflitos. Mas Arduinna, felizmente, não tinha muito que fazer. O bebê já estava coroando e, com mais alguns empurrões da jovem mãe, logo veio um homenzinho. O choro se espalhou pela casa e extravasou portas e janelas, fazendo o pai chorar também e seus amigos vibrarem. Logo em seguida, saiu Gwenora carregando o pequeno bebê, ainda sujo, mas enrolado em uma manta, e mostrava-o a todos. Com grande expectativa, o jovem pai, que era soldado, irmão do tenente Gladwyn, pegou o filho nos braços e o ergueu no ar:

— Meu filho!

E o povo vibrou. Lá dentro, Arduinna limpava a mãe chorosa mas muito feliz e a colocava para descansar, enquanto Gwyneth a ajudava, emocionada. Não era a primeira vez que tinha assistido a um parto, mas aquele a havia tocado de alguma maneira. Talvez



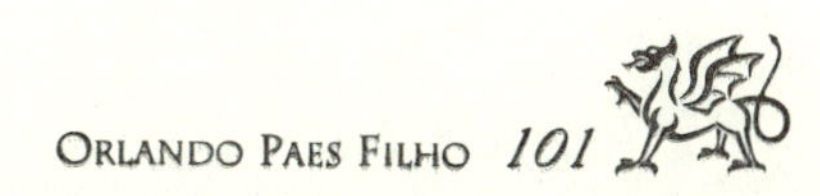

pelo momento delicado em que estava vivendo, aquilo lhe trouxe uma certeza de tempos melhores.

— Anseio pelo dia em que será sua vez, Gwyneth. — Arduinna e ela saíram da casa para a segunda comemoração que se juntou à primeira.

Novos pratos, recém-assados no forno, e novos barris de hidromel foram servidos e a festa continuou até o amanhecer.

A cidade ainda estava adormecida e embriagada pelas comemorações enquanto o sol ia alto, com algumas fogueiras mostrando os últimos sinais de fumaça, quando foi avistada por um mensageiro que esteve na estrada em marcha ininterrupta durante a madrugada, desde que deixara o território de Dyfed. Ele logo foi avistado pelos guardas no portão da primeira muralha, e assim que se apresentou e foi identificado recebeu autorização para subir. O capitão Govannon, a cabeça cheia da festa e do hidromel, correu ao palácio para avisar Ewain, que dormia profundamente, que um mensageiro afobado estava subindo e parecia trazer uma notícia urgente.

Alarmado, Ewain saiu de seus aposentos e se juntou ao capitão para que fossem receber o mensageiro no quartel. Assim que lá chegaram, o homem estava sendo acudido pelos soldados, que lhe davam água e um pedaço de pão. O cavalo, robusto mas também cansado, bebia grandes goles de água de um cocho do lado de fora.

— Senhor. Perdoe-me pela pressa — disse o mensageiro ao cumprimentar Ewain.

— Respire, homem.

— Os fortes no litoral de Dyfed estão sob ataque — disse-lhe e respirou fundo. Um calafrio percorreu a espinha de Ewain. O mensageiro continuou: — Os nórdicos chegaram ontem antes de o sol nascer e começaram o sítio. As vilas e fazendas foram totalmente desocupadas, os moradores até queimaram algumas casas para não deixar espólios e estão seguindo, juntamente com seus rebanhos, para Cair Merdin.

"Notícias terríveis e preocupantes sempre chegam com pressa", pensou Ewain. Precisava avisar o irmão, mas o homem disse que havia sido despachado juntamente com outro mensageiro que iria até Rhodri Mawr. Disse que os *drakkars* começaram a aparecer na praia aos montes, enquanto as vilas e fortes ainda estavam adormecidos, com algumas estrelas no céu. Iniciaram o ataque antes que os soldados tivessem chance de sequer pegar em armas, muitos estavam nos campos e com seus animais.

Houve carnificina, o sangue tingiu as praias, as mulheres foram violentadas, as crianças jogadas contra as paredes ou mortas como gado. Um líder nórdico que mais se parecia com um gigante pediu que se guardassem algumas pessoas para serem enviadas como escravas para Duiblinn, mulheres e crianças em sua maioria. Antes que o sol atingisse o ponto mais alto do céu, a fortaleza já estava dominada e outros ataques agora partiam para as vilas e fortes ao longo da costa de Dyfed.

Ewain, o Nobre, percorria preocupado o alojamento dos soldados. Andar às vezes o acalmava. Govannon, Idwal e Gladwyn eram os únicos lá dentro. Todos ali sabiam que se Dyfed não mais oferecesse proteção, os territórios para dentro da ilha ficariam vulneráveis. Mas eles não parariam ali. Com certeza, em busca de mais espólios, procurariam as cidadelas mais ricas e povoadas, e elas estavam ao norte e ao sul de Cymru.

— Govannon, despache um mensageiro para Morgannwg imediatamente, ele deve levar uma mensagem a Bran.

— Sim, senhor — disse e saiu do alojamento. Precisava de um homem de confiança para enviar; seu filho Aldwyn.

— Idwal!

— Sim, senhor — respondeu.

— Coloque todos os guardas em serviço para vigiar as muralhas e mande batedores pelas colinas. Quero ser avisado de toda e qualquer movimentação estranha.

— Imediatamente, senhor — disse e também saiu.

— Quanto a você — ele virou-se para o mensageiro —, descanse e coma. Preciso que me faça um favor.

— Qualquer coisa, senhor.

— Levará uma mensagem para o monastério de Bangor-is-y-Coed, e a entregará nas mãos de Nennius.

O homem concordou prontamente.

Quando Ewain e Govannon saíram para a pequena arena de treinamento, os homens já haviam espalhado a notícia do mensageiro de Dyfed e Gladwyn tentava acalmar os ânimos. Muitos jovens ansiosos estavam contentes por enfim poderem lutar, enquanto os veteranos temiam pelo futuro. Ewain voltava para o palácio quando viu suas duas filhas mais o filho Rhodri descendo as escadas com pressa para seguirem para o quartel, já bem paramentados e de armas nas cinturas.

— Meu pai, é verdade? — perguntou.

— Sim, filho, temo que sim. Dyfed está para cair. É possível que cheguem aqui muito em breve também. Estou despachando mensageiros e batedores; creio que precisarão de vocês no quartel.

Os filhos notaram como Ewain falou isso com extremo desgosto na voz. Esse não era o mundo que ele queria para seus descendentes. Não eram as guerras nem a morte que esperava para seu futuro. Só de pensar em vê-los na batalha ali ao seu lado, temia se tornar um covarde e pedir para fugirem dali, sem olharem para trás. No entanto, o mesmo sentimento de raiva que ainda nutria pela morte da esposa brotava nos filhos também. Eles estavam cansados de viver em uma prisão de medo.

Os três correram para encontrar Govannon quando o viram passar correndo logo à frente. Dimas, um pouco atrasado, terminava de se vestir e também desceu aos tropeços. Mal falava com o pai que olhava para os quatro filhos, tão atenciosos e fortes, pedindo a proteção de Deus para todos eles. Da grande porta de entrada do palácio, surgiu Arduinna.

— Senhor?

— Sim, o que foi? — Ele a observou e notou como o verão dos grandes anos já havia desaparecido do olhar dela.

— Gostaria de rezar comigo na capela?

Era um hábito antigo que ela sempre conservou. Aos anúncios de batalha iminente, ela se prostrava no chão da capela e fazia suas orações. Se fosse mais jovem e aventureiro, ele diria que não, e já teria desembainhado sua espada esperando pelo êxtase da luta. Desta vez, Ewain a acompanhou e o abade Mabon, junto com Donn, estava junto com eles nas orações.

A cidade em pouco tempo ficou em polvorosa. As notícias se espalhavam, bem como eram rapidamente engrandecidas, mas a verdade não podia ser mais real. Neste sentido, Govannon colocou todos os homens e mulheres para trabalhar. Primeiramente reforçou a guarda nos muros. Em seguida, despachou Gwyneth e Cyssin para avisarem Cair Lion e às vilas, aldeias e fazendas diretamente ao redor de ambas as cidades. Elas abririam os portões de Cair Guent para receber os fugitivos que deveriam deixar suas casas o mais depressa possível e todos os homens deveriam se apresentar urgentemente.

Gwenora e Kara foram para Dinefwr, onde seu tio Rhodri e os filhos Anarawd, Merfyn e Cadell construíam um forte. Estes supervisionavam a construção da titânica fortaleza no centro sul de Cymru, num território chamado Seisyllwg, com o objetivo de repelirem mais invasões dos nórdicos e torná-la assim uma guardiã de toda a região, próximo à baía de Swan. Era costume dos invasores sempre iniciarem as lutas através dos canais da região. A fortaleza, no entanto, não estaria pronta tão cedo. Suas fundações foram feitas e as muitas paredes estavam erguidas, mas nada que pudesse servir como defesa para um exército pelo menos nos próximos dez anos. Assim que Anarawd, o mais velho, viu duas mulheres se aproximando com elegância e pressa em belas montarias, sabia que vinham de Cair Guent. Ele próprio trabalhava na obra do castelo na tentativa de apressar o seu término.

Assim que Gwenora expôs o problema, ele próprio se alarmou. Logo se juntaram a eles Merfyn e Cadell, ofegantes por descerem correndo da construção. Eles ouviram, preocupados, as péssimas notícias que a prima trouxera. Um mensageiro foi apressadamente despachado para Degannwy para saber dos planos do pai. Em uma tenda improvisada, todos reunidos bebiam um pouco de água e discutiam estratégias de guerra, números, armamentos. Kara apenas ouvia atenta a tudo, mastigando um pedaço de pão.

— Não podemos abandonar Dinefwr — determinou Anarawd, enquanto coçava a cabeça. — Nosso lugar é aqui, defendendo esta região. Ela é um entroncamento de toda Cymru.

— Concordo — disse Gwenora, categórica.

— Mas o rei Rhodri não precisará de reforços? — Kara parecia mais realista.

— Se defendermos o centro sul de Cymru, os nórdicos não poderão passar para subir até o norte. Se eles vierem pelo norte, não poderão descer. — Parecia uma estratégia simples. — É por isso que se formos atacados teremos que resistir aqui mesmo.

— Não contaremos com muita ajuda; os outros reinos estão preocupados com invasões também. Além disso, não somos muito bem vistos por eles — falou Cadell.

— A verdadeira intenção deles deve ser a Mércia e Wessex. Burhed e Alfred sabem disso. Isso nada tem a ver com apreço — disse Kara com seus olhos cinzentos de lobo. — Poderão enviar reforços se precisarmos de ajuda.

— Mas então é isso? — Gwenora pareceu revoltar-se. — Somos tão fracos assim que não podemos sequer nos defender sozinhos?

— Kara tem razão — disse Anarawd. — Se Cymru e Wessex caírem, a Bretanha cai também. — Pensou um pouco, com o olhar preocupado e disse: — Mas diferenças seculares separam muitos reinos, dentro até da própria Cymru. Vivemos na eterna discórdia — disse irritado. — Nosso pai Rhodri, que abençoado seja seu nome, conseguiu diluir muitas diferenças e vem se esforçando bastante para manter este reino unido. Precisaremos de Deus mais do que nunca num momento como esse... — falou sombriamente — ou o dragão não sobreviverá.

Disso todos tinham certeza.

# 6. O Ano Cristão de 865

Era mais uma agradável manhã de primavera, céu claro e sol majestoso. Ottar estava na proa de um *drakkar* inspecionando as velas das embarcações. Finamente tecidas, de cores branca e vermelha, tinham sido trazidas da Dinamarca nos navios de Ivar, o Sem-Ossos. Ele havia chegado logo na manhã seguinte ao banquete oferecido a Oslaf, o Lobo. Era uma manhã de ressaca para muita gente em Duiblinn. Daneses e noruegueses se espalhavam pelos cantos, banhados de hidromel que derramaram em si próprios quando desmaiaram ou dormiam, ainda sujos de vômito. As escravas não viram outra alternativa para acordá-los, quando os navios foram avistados, a não ser jogar água em suas cabeças.

Ottar ouviu o sinal de aviso da sentinela e se ergueu, olhando para o mar. Logo cedo, enquanto os companheiros roncavam, ele inspecionava os navios de Oslaf, procurando por avarias, perfurações, limo e parasitas que poderiam danificar a madeira tão bem trabalhada e as junções. Em meio à bruma espessa, ele precisou estreitar os olhos para enxergar centenas de *drakkars* despontarem, formando uma intimidante esquadra em velocidade no sentido de Duiblinn. "O danês está enfim chegando", pensava Ottar. Ao contrário do que muitos diziam, em especial o próprio Ivar, ele não estava tão ocupado em Erin e nem se preocupava tanto com a vingança pela morte do pai como Ubbi gostava de alardear.

Os cinco reis de Erin, na verdade, em um ato inesperado e até desesperado, acabaram se unindo para colocá-lo para fora da ilha, o que o deixou no mar e nos mercados de escravos por muitos meses. Como ele ficaria ali por pouco tempo, apenas para invernar, talvez não precisasse se preocupar com os reis novamente. Ottar só sabia desse fato irônico porque ouviu murmúrios nervosos da parte de Olaf, certa noite, reclamando da constante pressão que os reis impunham sobre Duiblinn por causa de Ivar, e que não hesitaria em expulsá-lo de lá se houvesse ameaça contra seus entrepostos. Ivar havia enriquecido no tráfico de escravos em Erin e no Ulster e todos que o acompanhavam se dedicavam à pirataria com bastante fervor.

Quando os *drakkars* foram reconhecidos, muitos homens vieram à praia para recebê-los com uma alegria quase infantil. Parado em seu lugar, Ottar tirava o limo das mãos, enquanto a brisa salgada e fria balançava suas barbas e seu cabelo. Muitos outros se aproximavam da praia, comentando a chegada inesperada. Estavam contentes por em breve poderem desfrutar de alguma ação. Sua ansiedade, porém, era para ver o tal danês de que tantos se orgulhavam. Afirmavam que ele era o verdadeiro viking, o que levava consigo toda a força mágica de Odin.

Atrás de um pequeno séquito de guerreiros altos que desceram das embarcações, do *drakkar* mais imponente, com um dragão raivoso esculpido no carvalho da proa, despontou Ivar, que olhou para toda a extensão da praia e depois para a areia onde pisaria. Assim que Ottar pôs seu olhar sobre ele, sentiu-se mal, pois o nórdico possuía um olhar carregado de crueldade, frieza, e que impedia que alguém o encarasse diretamente nos olhos. Seu porte de guerreiro audacioso o fazia famoso entre os piratas que o admiravam com devoção. Ele era alto, de ombros largos, já com a face mostrando os sinais da experiência, falava em tom arrogante e malicioso, tornando impossível prever seus atos ou confiar em suas palavras. De outro *drakkar*, que aportou em seguida, desceu Halfdan, ainda mais pomposo, forte, com a mão sempre no cabo da espada. Era possível ver seus presentes caros dados pelos mouros e hebreus, e gostava de ostentar cotas de malha finamente trançadas, pedras preciosas nas armas, tecidos nobres que muitos nórdicos nunca haviam visto na vida. Ubbi logo desceu na companhia de Olaf para receber o irmão. A cidadela ainda não havia se recuperado da festa da noite anterior, mas Olaf ordenou que outro banquete, ainda mais majestoso e farto que o anterior, fosse servido em honra aos filhos de Ragnar.

Junto deles chegava também um nórdico dos *rus* chamado Sven, famoso traficante de escravos, que se gabava de ser o protegido de Lóki. Oslaf olhou para o homem com bastante atenção quando foram apresentados, de cima a baixo, logo no primeiro contato que tiveram, os dois homens se desentenderam com o olhar. Sven, de olhos baixos e sorriso cínico, vivia às voltas com as escravas que o acompanhavam e sempre estava de cochichos com Halfdan. Sem saber precisar por quê, Oslaf sentiu-se ameaçado por ter o *rus* junto deles.

Novamente, os homens se renderam ao banquete, ainda com a cabeça inchada de ressaca, bebendo e comendo como se fosse o último dia de suas vidas. E novamente Ottar estava no último lugar de uma mesa distante da elite de Duiblinn, com seu modesto pedaço de carne assada e bebendo seu hidromel, calado como devia ser.

— Diga-me, Olaf — Sven mastigava seu pedaço de assado e olhava para Ottar com curiosidade —, quem é aquele homem calado ali no canto?

— Por que quer saber? — Olaf também evitava conversas com o *rus*.

— Não posso saber? É algum segredo? — disse Sven, com seu sorriso sujo.

— Seu nome é Ottar, responsável pelos meus navios — respondeu Olaf, sem tirar os olhos do *rus*.

— Ora... — Sven falou mais alto para chamar atenção no meio do vozerio: — Temos um *stenfsmior* conosco!

Gradativamente, o ruído de vozes esparsas diminuiu e todos voltaram os olhares para o lugar de Ottar, que continuava comendo sem levantar seus olhos. Sven já sabia de toda a história, de antemão, contada por Ubbi. Por ter velhas desavenças em Kaupang, imaginou que aquela provocação lhe pudesse ser útil de alguma forma.

— Por que não divide seus feitos com os outros, se é que posso pedir, *jarl*...?

Quando disse a palavra *jarl*, um suspiro de assombro contido percorreu cada homem em sua mesa, alguns até pararam de mastigar. Ottar aparentemente não se abalou, mas, por dentro, suas entranhas entraram em ebulição causada por ódio repentino. Pouquíssimas pessoas reunidas ali sabiam de sua condição de servo vitalício a Olaf e da perda de sua posição de *jarl*. Seus olhos continuaram baixos e Ottar tentava tampar os ouvidos para os comentários paralelos que chegavam neles.

— Ah, esqueci-me! — Sven subitamente se fez de desentendido como que possuído por Lóki. — Você não é mais um *jarl*. Acha que ele pode contar seus feitos mesmo assim?

Olaf mirou Ottar de viés, com o olhar gelado em sua figura. Com as costas da mão, Ottar limpou a boca e os bigodes longos da gordura do assado e bebeu um farto gole de hidromel, ainda sem se pronunciar. De relance, percebeu que a atenção de todo o recinto estava presa a seus movimentos e encontrou o olhar pervertido de Olaf a aprisioná-lo, mandando que continuasse calado. Assim ele obedeceu, pois já sabia que sua família vivia sob a ameaça constante do machado inimigo.

O banquete prosseguiu, alheio às provocações de Sven. E, sem que ninguém percebesse, Ottar se esgueirou para fora e se recolheu, sem entender por que Odin trouxera a discórdia de tão longe para o seu lado. Que Sven continuasse com seus companheiros *rus*, onde quer que fosse. Talvez quisesse abalar sua posição já precária com Olaf para proveito próprio.

No dia seguinte, com o sol raiando muito fraco e uma rajada congelante de vento soprando do oceano, Ottar se pôs cedo de pé para vistoriar os mais de trezentos de navios que estavam aportados por toda a costa. Logo encontrou os escravos que havia treinado para encontrar avarias e danos e que precisassem de conserto. Olaf tinha sentenciado que providenciasse madeira, correias, velas, tudo para começar a construção de centenas de navios que seriam usados para o transporte de escravos em muito breve. Ele não sabia exatamente por que tantas embarcações eram requisitadas, porém imaginava que as notícias de Ivar eram animadoras, pois ouviu planos em meio a risadas quando passava para sua tenda na noite anterior de comemoração pela chegada dos filhos de Ragnar.

Ivar, o Sem-Ossos, realmente pretendia invadir a Ânglia do Leste e começou a despachar avisos para centenas de assentamentos na Bretanha e na própria Noruega, convocando os homens para a guerra. Pretendiam executar um plano audacioso para tomar toda a ilha e colocar a mão em tantas riquezas. Para isso, seria preciso assegurar algumas possessões em outros territórios. A começar pelo norte, outros vikings já estavam avisados e iriam descer pela terra dos escotos varrendo o que pudessem e dominando importantes entrepostos para aguardar o desembarque dos filhos de Ragnar. Com a entrada do traficante de escravos Oslaf com outras forças pelo ponto mais fraco da Bretanha, a região de Cymru, parte fundamental de resistência, cairia. Além disso, muito animou a Ivar ver a ânsia dos homens de Olaf em toda Duiblinn para uma campanha enriquecedora de pilhagens.

Após mais um dia frio de trabalho na praia, trocando remos, instalando velas novas e jogando vez por outra uns nacos de pão para as aves do mar, Ottar lavava o rosto em um balde de água fresca e esfregava as mãos uma na outra, ansiando por esticar o corpo que já não era mais jovem como antes. Foi então que sentiu a ponta de uma adaga lhe percorrer desde o alto da nuca, seguindo o desenho da espinha até os quadris.

— Cuidado, homem de Kaupang — a voz de Sven o paralisou. — Muitos bons negócios meus foram subitamente destruídos por um *jarl* daquela cidadezinha. — Seu tom era sibilante como o de uma víbora. — Um *jarl* eliminou meus contatos do dia para a noite. Você não sabe o que aconteceu, sabe?

Silêncio. Ottar continuava em pé e calado, sem se mover. Ele cerrou os pulsos e sentiu os dedos apertarem-se com força contra as palmas das mãos.

— Um *jarl* não pode ser tão desatento — Sven cochichou perto de seu ouvido.

Como Ottar não lhe respondeu, o traficante de escravos lhe desferiu um golpe breve, mas preciso, que lhe causou uma pequena perfuração no flanco esquerdo, logo abaixo da cintura. Ottar assustou-se e cambaleou um pouco à frente, mas não emitiu nenhum som.

— Se eu descobrir que você esteve por trás de alguma coisa, "servo", vai pagar muito caro por isso — ameaçou-lhe o *rus* que, apesar da ironia, falava com seriedade. E saiu se esgueirando como uma cobra que caça um rato.

Ottar passou a mão no ferimento e sentiu um pouco de sangue quente entre os dedos frios. Após tantos anos servindo como um escravo, finalmente descobriu quem roubava mulheres, madeira e peles de sua cidade durante a madrugada, queimando casas e celeiros e gerando a discórdia nos seus tempos de líder. As lembranças voltaram vivas e acesas. O saqueador enviava seus homens pelos bosques frios, já que ele era covarde demais para enfrentar guerreiros bem treinados. Ele saqueava uma propriedade e revendia o que conseguia nos mercados do Oriente. Ele apenas não contava que Ottar preparava armadilhas para os bisbilhoteiros quando se cansou dos abusos e acabou por eliminar as pessoas que negociavam com eles. De súbito, os ataques noturnos cessaram. Pelo visto, Sven havia se tornado um comerciante habilidoso e enriquecido, que apenas se preocupava com os próprios interesses, sempre em busca de discórdia. Lóki havia finalmente encontrado aquele que parou com suas traquinagens e agora estava em busca de vingança por ter sido passado para trás.

O inverno prosseguiu severo e até com ocorrência de neve. Duiblinn permaneceu amortecida pelo gelo por muitas semanas enquanto os *jarls* praticavam manobras majestosas nos navios recém-consertados no mar. As armas eram cinzeladas e lustradas, os escudos emendados em suas formas. Mantas eram tecidas em comemoração ao que eles consideravam a última invasão àquela ilha cristã, broches novos foram feitos com símbolos de dragões, cavalos, falcões.

Aquela agitação excitou os homens. Batalhas, sangue, saques. Os *berserkers* tinham que dilacerar árvores, arrumar brigas uns com os outros, até se atracando com javalis e cavalos para armar confusão tamanha a ansiedade de irem para a batalha. Com a aproximação do fim do inverno, alguns navios pontilharam o horizonte trazendo mais aventureiros buscando ação. Ottar assistia a tudo aquilo desanimado. Um dia antes da primavera, Olaf chegou ao seu lado, o olhou de cima a baixo, e disse que Oslaf, o Lobo, havia pedido um homem de confiança para ir com ele à Bretanha durante a invasão, a começar por Cymru. Como Olaf não podia deixar seu entreposto desprotegido, ele havia designado Ottar para ficar em seu lugar. Saber disso congelou sua alma de tristeza. Sabia como eram essas incursões de pilhagem e temia não poder ser muito útil quando chegassem lá. Tinha consciência, porém, de que o Lobo queria olhos e ouvidos nas terras cristãs e falou sobre os planos de Ivar de partirem para a Ânglia quando o frio começasse a se dissipar. Ottar murchou de tristeza com a idéia de guerrear. Olaf mais uma vez o lembrou de sua família e de seu dever. Além do que era um guerreiro excepcional em luta, e esse era um meio de poder amenizar a vida dos parentes na Noruega. Se conseguisse alguns espólios valiosos, talvez pudesse enviar a eles em segredo para assim fugirem de lá. "Valeria a pena?", ele pensava. Isso ele não sabia. Porém, ficaria longe daquele lugar odioso, longe de Olaf e fora das vistas de Sven, de quem precisou se esconder durante todo o período de frio.

No dia em que um raio de sol quente e forte lhe cegou temporariamente um dos olhos quando acordou, Ottar soube que o esperado dia para muitos dos aventureiros enfim chegara. Ao se levantar e sair para a rua, ele viu os homens risonhos separando seus pertences para se juntarem aos outros na praia, pois os navios estavam aguardando. Do alto, de onde sempre avistava o mar com saudade de casa, viu a praia pontilhada de homens, cargas, armas, suprimentos, todos esperando sua vez para subir a bordo. Suspirou desanimado. Sua hora demorou, mas também deveria se juntar a eles naquelas areias. E desde o

momento em que os outros souberam que ele fora um *jarl* e perdera sua posição, muito do respeito que inspirava esvaiu-se rapidamente como espuma do mar. Ou a reconquistaria à base da força na guerra, ou morreria naquelas terras estrangeiras. A invasão estava começando.

# Segunda Parte

*No ano de Nosso Senhor de 865, líderes vikings preparavam uma grande invasão à Bretanha, a começar pela Ânglia do Leste e por Cymru, território este considerado um ponto fraco em toda a ilha e, portanto, facilmente dominável. Estavam determinados a estabelecer a Danelaw. Guerreiros eram convocados da Skania até Jorundfjord.*

*Baseados em Duiblinn, entreposto nórdico para tráfico de escravos, na ilha de Erin, os* jarls *preparam seus homens por todo o inverno, recebendo reforços diariamente. Seus principais líderes eram Ivar, o Sem-Ossos, Halfdan Ragnarsson e o traficante de escravos Oslaf, o Lobo. Os primeiros dias da primavera foram marcados pela mobilização das embarcações que se dirigiam para a costa de Cymru, a uma região conhecida por Dyfed, em busca de escravos.*

# 1. ABUTRES

Apesar de a primavera ter retornado ao horizonte das nações, aquela foi uma noite gelada para os nórdicos nas embarcações lideradas por Oslaf, o Lobo. Encolhidos, com as cabeças entre as pernas e esfregando as mãos na tentativa de aquecê-las, eles se enrolavam em suas grossas mantas de lã, presas por um broche no ombro, e tentavam relaxar os músculos, mesmo nas posições desconfortáveis em que estavam. O calor que desejavam viria após a batalha, quando conseguissem seus bens, frutos de saques aos cristãos. O ar condensava na frente de seus narizes com sua respiração.

Os *drakkars* imponentes zarparam carregados de homens e algumas provisões suficientes para atravessarem o canal em direção a Dyfed. Esses navios eram os senhores do mar, feitos de carvalho maciço, com adornos carrancudos na proa com símbolos diversos, bem como as velas, que sinalizavam as nacionalidades de tantos vikings na empreitada. Observar um *drakkar* já era sinal de alerta para qualquer um. Animados e embalados por cantos e histórias heróicas, eles invocavam a força dos deuses para se saírem vitoriosos, certos de que enriqueceriam.

Cem embarcações partiram de Duiblinn, dias antes, após invernarem e estocarem provisões. Seus destinos já eram certos.

Deveriam aportar em diferentes locais de Cymru, mas o grosso da frota dirigia-se para Dyfed, território a oeste dos *cymry*, onde assegurariam os portos necessários para o escoamento dos espólios, inclusive os escravos. O restante faria pressão aos reinos do norte e sul. Existiam fortes pontilhando toda a paisagem em Dyfed, porém eles estavam confiantes na tomada rápida de boa parte deles. Esta era a ordem de Oslaf: conseguir escravos para aferventar o entreposto em Erin, que tinha perdido terreno e negócios para Ivar, já que este passara meses negociando na Dinamarca e na Noruega, levando os melhores compradores para lá. Olaf, o Branco, havia recebido um pedido diferente vindo dos mercados do Oriente e apostava que fosse enriquecer muito com isso. Mouros e hebreus interessavam-se agora por traços marcantes e diferentes de sua própria cultura, portanto, queriam figuras exóticas para compor seus palácios e seus haréns, que fossem jovens e misteriosas. Como comerciante eficiente, preocupado em atender à demanda por mercadorias dentro do prazo a ser cumprido, ele não tardou em oferecer a um velho conhecido, Oslaf, a chefia de tal empreitada. Assim, mantinha Ivar entretido com sua vingança enquanto tomava seus clientes.

O frio arrepiava o corpo e penetrava a pele, e era mais dolorido do que uma espada ou flecha. Muitos homens tentavam pensar em banquetes com muita comida e hidromel e com as coxas de uma bela e jovem escrava a lhes esquentarem. Ottar apenas meditava, alheio às baboseiras pueris dos companheiros. Pensava em como agiria nessa missão, em como poderia escapar antes que alguém percebesse, como poderia salvar a família do suplício. Ao varrer a cabeça em busca de estratégias, apelando para todos os recursos que conhecia, percebia tristemente que, em todos, ele levava desvantagem. Olaf nunca o deixaria partir, mesmo que vencesse cem batalhas em honra a ele ou se conseguisse as melhores escravas que pudesse encontrar. Aliás, era essa uma de suas

tarefas, servir de conselheiro e guia para Oslaf a fim de lhe segurar o ímpeto.

Oslaf, o Lobo, não se parecia em nada com um homem comum. Além de seus olhos peçonhentos e de sua carranca ferina, também era conhecido como *eigi einhamir*, "não de uma pele só", um homem que podia ocupar outros corpos, como os de animais, e dominar sua natureza. Ganhou a alcunha devido à sua ferocidade, e diziam que ele habitava o corpo dos lobos nas madrugadas escuras e absorvia sua força e esperteza. Havia quem dissesse que o vira em plena transformação algumas noites, as garras no lugar das unhas, os pêlos eriçando-se nas costas, presas mortíferas saltando da boca. Por isso era temido e sua palavra jamais contrariada.

Um *jarl* gritou de outro *drakkar* que já via a terra através da neblina, ainda amortecida. Os homens se empolgaram. Em cada embarcação, um total de quatrocentos homens, pelo menos, pegava suas armas, beijando suas lâminas e paramentando-se para a descida nas praias de Dyfed. Da proa dos navios eles tentavam enxergar o território, mas somente olhos treinados por muito tempo no mar veriam a linha escura e muito tênue da terra se moldando à altura dos olhos em meio às brumas. Devagar, as vistas foram se acostumando à densidade do ar e era possível agora delinear a costa, os *drakkars* e as silhuetas dos companheiros. Oslaf amanheceu confiante. Inspirou o ar gelado e começou a encorajar os companheiros, investindo em sua coragem e audácia para atingir seus objetivos. Ottar ouvia sem assimilar suas palavras, enquanto mantinha os olhos no horizonte. Atacariam enquanto estivessem todos adormecidos, contando assim com o elemento surpresa.

Um após o outro, os *drakkars* começaram a sair do nevoeiro, como maldições na noite escura. Os homens pularam na areia fofa e iniciaram uma subida apressada para ocultarem-se por



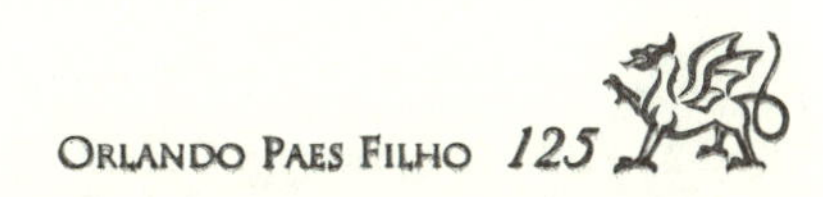

entre as pedras. Oslaf ia na linha de frente, ordenando que uma quarta parte dos homens permanecesse como retaguarda para proteger os navios. Outros deveriam atear fogo nas construções de palha e madeira quando invadissem a cidade. Investiriam contra o primeiro portão, enquanto a última parte dos homens atacaria a saída sul da paliçada, que não era tão íngreme. Oslaf ressaltou que aquele povo era melhor paramentado que os vikings e defendia seus lares, porém os nórdicos tinham a seu lado o elemento surpresa para causar pânico e terror. De repente, ouviram um sinal de aviso de um inimigo no alto da colina. Ele havia avistado os navios na praia e começara a acordar os guerreiros. Oslaf então deu a ordem. Começaram a subir, enfurecidos, gritando, trazendo o inferno nas costas e derrubando os homens que pularam da cama com arma em punho e morreram antes de poderem usá-las. Não foram necessárias muitas mortes para o caos logo abater-se sobre a pequena vila. Tentaram fechar os portões frondosos de madeira, mas foram impedidos, os guardas decapitados por machados e espadas pesadas. Os homens não tiveram tempo de se organizar e muitos somente podiam assistir àquela onda de selvagens invadindo os muros da cidade. Estes logo caíram mortos, mutilados e sangrando, enquanto mulheres e crianças eram caçadas como animais e muitas sendo mortas como ovelhas ao tentar se defender. Oslaf mandou que as pegassem vivas, pois começaria a enviá-las para os mercados de escravos assim que fosse possível. Gigante como um deus, seus pés pareciam fazer a terra reverberar quando percorria as ruas e vielas por entre as casas, invadindo uma a uma. Parecia possuído por Lóki quando avançou em uma moça que, armada com uma faca de caça, tentou se defender, mas foi logo dominada. Ele rasgou seu vestido, puxando-a pelos cabelos e a violentou, para o horror da família que a tudo assistia, e para o êxtase dos nórdicos que pararam para ver a cena. Outros se seguiram a ele e se deitaram sobre a moça, violentada repetidamente até desmaiar.

Ottar entrava nas casas e selecionava as mulheres e crianças, que eram amontoadas no centro da cidadela. Ele evitava olhar em seus olhos ou descobrir como eram suas vozes. Muitas mulheres estavam machucadas pelos abusos cometidos pelos vikings insanos e as crianças choravam pela perda dos pais. Antes do amanhecer, a cidadela estava tomada. As casas foram vasculhadas e todos os pertences de valor retirados e repartidos entre os homens satisfeitos. A capela foi inteiramente destruída, enquanto Ottar observava o fogo consumindo a madeira, um rolo preto de fumaça subindo aos céus. Esperava que o castigo do deus dos cristãos viesse logo para libertá-lo daquela prisão.

O líder da aldeia, antes de partir para a batalha para liderar seus homens e ser morto nela, pensou rápido e despachou depressa um mensageiro para avisar aos territórios no interior que uma força de ataque estava se mobilizando. Outro foi mandado para levar a má notícia ao rei Rhodri, o Grande. Pedia a Deus que eles conseguissem chegar.

Oslaf olhava para os novos escravos com satisfação e contava um por um, fuçando em seus cabelos, barbas e nas partes íntimas das mulheres. Os homens já mandavam as escravas colocarem comida para assar, pois a fome era enorme e a sede também. Quando o sol nasceu, as chamas dos incêndios causados pela invasão podiam ser vistas de longe. Vilas e aldeias próximas começaram a correr contra o tempo para se abrigarem em Cair Merdin, a única fortificação que realmente poderia rechaçar um ataque pesado. Deixando para trás as mesas postas, as camas ainda aquecidas, levando apenas a roupa do corpo e os animais, uma fila imensa e apressada se fez na direção do forte.

Oslaf sabia que existiam muitas outras vilas, aldeias e fazendas pelo caminho. Do alto da sentinela, avistou seus batedores saindo em disparada com seus cavalos para trazer informações sobre o terreno, forças de batalha, cidades. Era sabido por todos os *jarls* que se dedicavam à pirataria que o território de Cymru era dividido entre reis e condes locais, sendo portanto de difícil união numa batalha em que cada um se interessava em proteger apenas o que era seu. Ele até acreditava ser possível encontrar um rei traidor que se prontificaria a ajudá-lo em troca de um reino inimigo e seus espólios.

Abutres se aproximavam das carnes dos homens mortos que foram jogados colina abaixo por cima dos muros, indignos, assassinados, e que formavam agora uma massa disforme de braços, pernas, troncos e cabeças. Com bicadas perfurantes, as aves agourentas arrancavam nacos de carne apodrecida e brigavam entre si pelos pedaços maiores. "Comportam-se exatamente como esta terra", pensou Oslaf. Ao longe, no horizonte, no sentido do extenso mar, ele viu nuvens carregadas e negras de chuva se aproximando. Talvez isso os ajudasse nos próximos dias, aumentando o caos que espalhariam. Enquanto isso, o Lobo pretendia usufruir da hospitalidade bretã e dispor de algumas escravas para o seu deleite naquela primeira noite em terra estrangeira. Do lado de fora de sua tenda, os gritos desesperados das moças enchiam os homens de êxtase e embrulhavam o estômago de Ottar.

Dois dias depois, um batedor voltou animado. Alardeava aos quatro cantos que tinha avistado um monastério a menos de um dia de viagem dali. Os monges permaneciam no local. Haviam desobedecido à ordem do rei Bedwyr de se abrigarem em seus muros, possivelmente ignorando o que estava por vir. Cientes de que dentro dos monastérios havia muita riqueza, os nórdicos rapidamente se inflamaram e rogaram, sedentos pelo ataque. Paramentados com cavalos e armas da pequena cidade, Oslaf sorriu sibilante e começou a se organizar. Deixou um *jarl* conhecido e também traficante de escravos chamado Hyrnig como líder da vila em sua ausência, autorizando-o a partir para outras vilas que julgasse valiosas, e partiu com apenas cem homens para destruir o lugar.

Oslaf não sabia, mas chegava a Dyfed em uma época difícil para os dois reis da região. Bedwyr, ao norte, e Meliogrance, no centro-sul, disputavam a soberania de uma região rica e fértil entre Cilgerran e Cair Merdin. Muitos conflitos se repetiram durante anos, sem que nunca se chegasse a um acordo. Até mesmo o rei Rhodri tentou intermediar a contenda duas vezes, mas sem sucesso. Assim, o nórdico encontrou um território dividido em seus problemas domésticos e desprotegido do ponto de vista militar. As lutas enfraqueceram as forças de ambos os lados, diminuindo o efetivo de homens em idade de lutar. Na prática, apenas Bedwyr continuava a ser rei, pois Meliogrance jazia doente havia muitos meses e não se sabia até quando resistiria.

Logo, como dissera o batedor, os nórdicos avistaram a sólida e pacífica construção do monastério que jazia na colina, banhada por um sol fraco. Oslaf observou o local com cuidado e, devido à ausência de defesas visíveis, sentiu que era hora do ataque. Ao sinal, eles subiram a pequena colina correndo, alguns a cavalo, gritando e amaldiçoando os monges, pegando os religiosos de surpresa, que correram para procurar abrigo. No entanto, já era tarde. Eles foram derrubados um a um como folhas que caem de uma árvore no outono e os pátios e hortas do monastério se tornaram rubros de sangue. Velhos ou jovens, todos sangraram igualmente. Os tesouros em ouro, prata e pedras preciosas no interior dessas instituições engordavam os olhos de qualquer nórdico. O brilho era intenso. Nas capelas, todos os ornamentos, cruzes, castiçais, eram impiedosamente arrancados de seu lar sagrado para virarem butim de guerra. Em seguida, atearam fogo na construção, que queimou até as fundações pelo resto do dia.

Ottar estava na praia e colocava a vela em um navio quando ouviu a alegria que tomava conta da vila. Ao subir para ver o que era aquele rebuliço, viu Oslaf gritando para os homens. Ele já carregava uma escrava de cabelos avermelhados para sua tenda e ordenou um banquete generoso em honra aos butins conseguidos. E inflamou mais ainda os ânimos dos outros homens, ao dizer, agarrado aos seios da moça relutante:

— Existe muito mais de onde tudo isso saiu!

Antes de entrar na tenda, Oslaf disse ainda que iria derrubar todos os outros fortes na região ainda antes da primavera acabar. Seus alvos eram as cidades e vilas no interior de Cymru, com muitos monastérios, castelos, ouro, prata e mulheres para pegarem e usarem à vontade.

De cabeça baixa, Ottar voltou para inspecionar os navios, deixando os homens ébrios de conquista para trás, que corriam atrás das escravas e até de algumas crianças.

# 2. Chuva Impiedosa

Nuvens negras se acumulavam no céu. Um vento úmido de chuva pesada erguia as folhas do chão e sacudia as flores nos campos. Raios enormes se ramificavam como galhos e trovões retumbantes ecoavam pelas planícies. Os animais demonstravam uma estranha agitação, como se pressentissem o perigo, e procuravam abrigo.

Gwyneth se prontificou a ser enviada como batedora quando Brangwaine solicitou alguém para assegurar os arredores. Ewain ficou aflito, porém permitiu que ela partisse. Era essa sua função de soldado. Não havia passado por todo o treinamento para ficar ociosa. Tinha seus deveres. Desde a chegada do mensageiro com a alarmante notícia sobre Dyfed, ele mandara montar uma verdadeira operação de guerra dentro dos muros de Cair Guent. Para rearmar seus homens, os ferreiros trabalharam durante a noite também. Ewain mandou que lanças, flechas e arcos fossem feitos às centenas e reforçou os portões, trocando madeira antiga por nova. Também reforçou os muros, colocando pedras robustas, inclusive na parte rachada apontada por Aldwyn, que mantinha os olhos em Idwal, cobra ardilosa e trapaceira que se esquivava de conversas, afirmando estar muito ocupado com seus afazeres. Ele passava o dia treinando com os homens de seu destacamento ao redor dos muros, protegendo assim a primeira muralha. Brangwaine sabia a respeito do ponto enfraquecido do muro que tinha passado despercebido pelas revistas de Idwal, porém não tinha o que fazer no momento delicado que atravessavam. Precisava da colaboração do seu segundo em comando enquanto as coisas não se acalmassem. Com o tempo, lhe aplicaria a punição devida.

Gwenora treinava com as mulheres do destacamento montado. Praticavam formações, lutavam umas contra as outras, praticavam com alvos fixos e móveis. A filha de Ewain estava confiante de que conseguiriam se defender e expulsar os invasores do território, se eles chegassem junto aos muros. Elas tinham técnica, uma nação e Deus ao seu lado. Ela também se aproximava cada vez mais de Idwal, porém ainda mantinha sentimentos conflitantes por Aldwyn. Um dia, logo após o almoço no quartel ser servido, ela sentiu coragem e chamou o filho de Govannon à parte para dizer com clareza o que sentia e se poderia esperar algo dele, pois precisava de uma vez por todas tirar o peso de seu coração. Suas esperanças caíram por terra quando ele disse que não, pois seu coração já possuía dona. Pegou sua mão e a beijou fraternalmente, pois ele desejava que entendesse sua posição e que continuasse amando sua irmã. Nas sombras, Idwal observava, borbulhando de raiva, seus olhos faiscavam de fúria. O filhinho do capitão poderia estragar suas chances de chegar à nobreza. Nenhum dos dois viu que ele se escondia numa escada próxima a ouvir suas palavras. Se Aldwyn não saísse das vistas de Gwenora, jamais poderia tê-la de verdade. "Tenho que dar um jeito nisso", ele pensava, enquanto observava a cena. O rapazote saiu e deixou-a em prantos. Mas não poderia ser precipitado, ele sabia. Teria que agir no momento certo para tirá-lo do caminho. Quando Idwal viu Gwenora mais tarde, no mesmo dia, percebeu seu coração retalhado e o olhar disperso de quem ouve sem prestar atenção nas palavras. A hora chegaria para Aldwyn.

Quando Gwyneth partiu de Cair Guent para inspecionar os territórios, o muro principal passou por uma reforma apressada. Ewain em pessoa estava na planície, sobre seu cavalo, observando os trabalhos. As pedras rachadas foram removidas, algumas raízes cortadas e as vigas de ferro recolocadas no lugar. Muitas, já com ferrugem avançada, foram trocadas por novas. Pedras partidas e talhadas eram trazidas para ser entremeadas nas vigas. O Nobre sabia, porém, que teriam de contar com a sorte para que o muro resistisse a um remendo de emergência. Se ele fosse tomado, a segunda muralha era mais fácil de se transpor, o que colocaria a todos em perigo. Por conta desta fragilidade inesperada, ele mandou que uma torre rústica de madeira fosse construída logo acima, dentro da cidade, voltada para a defesa daquela seção da muralha, comandada por Alwine, a melhor arqueira da cidade. Ele pôs a mão em concha acima dos olhos e observou o céu, com o sol a pino, mas no horizonte, nuvens se acumulavam e enegreciam. A primavera seria sua inimiga mais uma vez. Cansou de contar quantas primaveras ele viveu sob tensão.

Quem visse aquele cavalo veloz e seu ágil cavaleiro percorrendo as colinas e charnecas nunca imaginaria que ali estava uma mulher. Gwyneth trajava roupas de soldado, porém com modificações pessoais para lutar. Com isso, e contando com sua altura e postura, parecia um grande e invencível guerreiro bretão. Usava uma placa peitoral que protegia seu busto onde estava marchetado com detalhes o javali, símbolo de Cair Guent. Peças sobrepostas de couro cobriam-lhe o corpo. Suas botas eram bem-feitas e tinham amarrações em torno das panturrilhas. Nas costas, trajava uma capa de lã decorada na barra com pequenos javalis em linha preta. O cavalo negro, de patas musculosas, usava uma testeira de prata com o símbolo do javali real e uma capa vermelha cobria seu dorso onde a amazona sentara. Em velocidade máxima, ela percorreu centenas de milhares de braças avistando apenas pastagens e vales verdejantes que faziam inveja às esmeraldas. Era um território que despejava paz nas pessoas. Não entendia como a terra, as árvores, as pedras podiam suportar ver guerras e lamentos por tantos anos seguidos. Às vezes, enquanto parava para comer e se refrescar, olhava para o horizonte sem fim e temia falhar com Deus e com seu povo. Antes de sair de casa, uma mensagem de Rhodri havia chegado, afirmando que navios nórdicos se aproximavam do norte de Cymru e que ele estava convocando guerreiros para batalhar nos territórios de Gwynned e Powys, da cidade de Deganwy a Llabadarnfawr. Abençoou a família do irmão e pediu que lutassem bravamente. Em breve, as espadas tilintariam por todos os reinos.

Gwyneth continuava batendo o território. Viu pastores apressados levando seus rebanhos para longe, andarilhos solitários, algumas famílias em carroças tentando escapar da guerra. Estava perto de Llandeilo, uma pequena cidade próxima à fronteira de Dyfed que beirava o rio Tywi. Não viu rebanhos nas proximidades. Nem mesmo as casas dos camponeses podiam ser vistas da posição em que estava. Era próxima a hora do pôr-do-sol e logo o firmamento se tornaria rubro e laranja vivo. Ela então apertou os calcanhares no cavalo e se pôs a caminho. Desceu a colina e depois subiu outra, levemente mais íngreme que a anterior, e pôde ver destroços de carroças, palha de telhado espalhada pelos campos, casas derrubadas e algumas ainda fumegantes. Tinham sido postas abaixo talvez na noite anterior e na madrugada. Muitos homens jaziam mortos por entre as folhagens, brutalmente assassinados, alguns com espadas e até foices na mão, outros com os filhos no colo, igualmente passados ao fio da espada. Ao longe, com o canto dos olhos, Gwyneth viu algo se mexer. Antes de pôr a mão na espada, se tranqüilizou. Era uma menina, não deveria ter mais de onze anos de idade. Cambaleava, mal conseguia se manter de pé. Trajava um vestido simples de camponeses, sujo de

sangue. Ela estava pálida e em choque, como quem sofreu muito em pouco tempo e que tinha arrancado forças não se sabia de onde. Gwyneth a acudiu. Assim que se aproximou, a menina pediu ajuda e desabou nos braços da ruiva que veio em seu socorro.

Gwyneth estava com uma bolsa de água e despejou um pouco na boca seca da menina. A guerreira perguntou à criança:

— Você é de Llandeilo?

Os olhos azuis claros da menina pareciam aterrorizados e estavam vermelhos. A garota balbuciou:

— Os nórdicos chegaram, arrasaram nossa cidade. Destruíram Llawhaden e Llantesphan e mataram os reis... Meliogrance e Bedwyr.

Gwyneth pensou na sorte que tivera uma menina como aquela, tão bonita e jovem, de ter conseguido escapar da fúria dos escravizadores. Ela contou que eles invadiram a fortificação do rei Meliogrance e com a lâmina do machado deram termo à sua agonia de meses na cama. Bedwyr morreu sob tortura e com os pulmões expostos nos muros da cidade. Gwyneth então quis saber para onde eles foram e precisou sacudir a pobre menina antes que ela desfalecesse de vez.

— Partiram na direção de Neath... — A menina respirou fundo. Seus olhos não se abriram mais, o corpo relaxou.

"Neath", repetiu Gwyneth para si mesma. Sabia que não tinha tempo para enterrar os mortos. A guerreira depositou o corpo pálido e magricelo na relva macia, fez o sinal-da-cruz e orou por ela. Neath era uma cidade próxima à baía de Swan, onde os nórdicos conseguiriam um porto seguro de embarque e desembarque. Mas se resolvessem passar direto, o caminho estava aberto para Cair Lion, Cair Guent e Morgannwg. A fronteira com Dyfed eles tinham conseguido ultrapassar quase sem resistência.

Apressando-se, ela seguiu os rastros de destruição e não muito longe dali viu uma densa movimentação nas muralhas parcialmente derrubadas de Llandeilo, cidade pacata e pequena, com


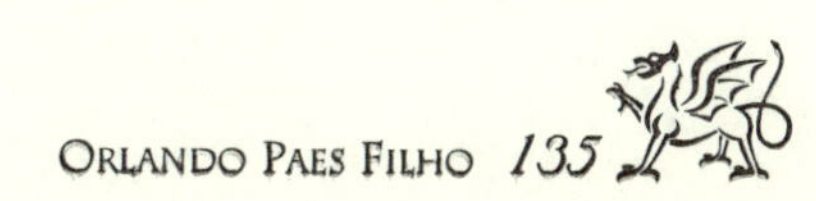

um pequeno monastério nas redondezas, de onde subia um grosso rolo de fumaça. Atacaram o alvo predileto deles, ela pensava, enquanto estava oculta por vegetação alta. Eles pareciam bem equipados, usavam os cavalos das redondezas e traziam provisões para dentro. Com certeza aquela era uma parte da tropa que havia varrido a região, os outros deviam estar a caminho da baía de Swan. Pela primeira vez, Gwyneth pôde ver como era um viking. Espantou-se ao perceber que não eram muito diferentes dos homens de seu próprio povo. Eram altos, de ombros largos, pernas e braços musculosos, peito proeminente. Os olhos claros, cabelos aloirados ou ruivos, barbas e bigodes longos, alguns trançados. Vários usavam cotas de malha e elmos pontiagudos, que cobriam os olhos ou protegiam o nariz. Os escudos eram redondos, uns coloridos, e tinham espadas que pareciam pesadas e afiadas, com diversas empunhaduras. O modo como se vestiam mostrava de que partes das terras vikings eles vieram, pois tanto as capas, blusas, quanto as armas tinham padrões diferentes. Como seriam as mulheres nórdicas?, Gwyneth pensava curiosa.

Três homens vieram a cavalo, saindo da fortificação. Vinham apressados, em trotes poderosos. Olhavam para o chão, como se estivessem procurando alguma coisa, apontando com as espadas. Gwyneth então percebeu que deviam estar buscando a menina com quem havia conversado. Tratou de correr dali o quanto antes e montar em seu cavalo que a aguardava logo abaixo da colina, mastigando um pouco do pasto. Ela o montou com extrema agilidade e o colocou a todo galope na estrada. Nervosa, ela olhava para trás o tempo todo, apreensiva por não saber se estava sendo seguida. Após uma intensa fuga, ela se voltou para trás com seu animal bufante e respirou aliviada. Não havia ninguém em seu encalço.

Após uma breve pausa, ela se pôs a caminho de Neath a fim de ter certeza das informações dadas pela garota que morrera em seus braços.

Gwyneth galopou por horas sem cessar. Ao chegar perto de Neath, oculta pelas brumas, ela não precisou ver pessoalmente o que estava acontecendo. Já era noite, mas um clarão vermelho no céu e um rolo de fumaça já sugeriam o acontecido. Neath e seu forte haviam caído de fato. Os nórdicos estavam, cada vez mais rapidamente, entrando pelo interior de Cymru e chegavam em Morgannwg. Bran ap Rhys devia estar apreensivo e temeroso por seu forte. Arrastando-se pela relva rasteira, Gwyneth se aproximou do topo da colina e lamentou as cenas que precisava ver. Uma fila esguia de mulheres e crianças e alguns homens saudáveis seguia para fora da fortificação. Pareciam ir para o litoral. Talvez já houvesse navios aportados na baía. Eles andavam lentamente, assustados e chorosos, mortificados pela incerteza de seu futuro diante da cena arruinada de seus lares. Mulheres cobriam seus corpos com vergonha e crianças gritavam pelas mães que não estavam mais ali.

Os nórdicos pareciam não sentir o que faziam, ou não se importavam. Batiam com força e praguejavam nos rostos inocentes das crianças, que berravam ainda mais. Um deles, nervoso, traspassou com sua espada um bebê que chorava com medo. Ele atirou o corpo da criança no chão enquanto a mãe enlouquecia de desespero. Engolindo o choro e a revolta, Gwyneth se levantou aos tropeços e correu de volta para casa. Precisava avisar sobre o que tinha acontecido. Precisava contar que todos corriam grande perigo. Por precaução, percorria a velha estrada dos druidas, sábios sacerdotes da religião pagã que em tempos antigos habitavam a Bretanha, rumo às florestas fechadas e consideradas assombradas de Llandaff, como diziam as crianças, onde havia uma cidade já alertada sobre os possíveis ataques. Seguir pelas velhas estradas dos romanos seria muito óbvio e as dos druidas eram mais sutis, sinalizadas apenas por árvores e monólitos naturais que somente alguém experiente poderia notar. Ali era seu território, no entanto. Gwyneth conhecia cada pedaço da estrada dos druidas e sentia-se segura.

Já era alta madrugada do segundo dia de viagem de volta quando as sentinelas a viram se aproximar a todo galope, emergindo da escuridão. Abriram os portões para sua passagem e levaram o animal suado e cansado para os estábulos. Gwyneth tirou o elmo, revelando um rosto sujo de poeira, soltou os cabelos volumosos e correu pela rua. Com pressa, subiu as escadas do palácio de dois em dois degraus, passando pelos guardas sem expressão, e irrompeu na sala de guerra, onde viu seu pai, Brangwaine, Aldwyn, Gwenora e Idwal. Ewain ficou contente em ver que a filha havia retornado em segurança e lhe estendeu uma taça com água, que ela bebeu rapidamente. Havia urgência em seus olhos. Antes mesmo que perguntassem qualquer coisa, ela disse:

— Llawhaden, Llantesphan, Llandeilo e Neath caíram nas mãos nórdicas, e a maior parte das vilas e fazendas está devastada. — dizia a guerreira enquanto respirava apressadamente. — Eles agora têm a baía de Swan. Com certeza continuarão rumando em nossa direção. Eles devem passar por Margam e Llantwit, região repleta de monastérios, antes de virem para cá. Devem chegar à porta de Bran em breve e à nossa também.

Ewain pôs a cabeça para pensar, agora que ouvia tão alarmantes notícias. Eles teriam de uma semana a dez dias de preparo se os nórdicos fossem mais rápidos. Olhando uma vez mais para as janelas, o Nobre sentiu o vento fresco passar por seu rosto. Imaginou quando viria a chuva. Ela poderia ser uma aliada que ajudaria a rechaçar os nórdicos ou poderia abater-se sobre seu povo como uma maldição.

— E quanto a Dinefwr? — perguntou Gwenora, preocupada com os primos.

— Não passaram por lá. Querem espólios de guerra. Devem ter imaginado que ali era um castelo em ruínas e o ignoraram. Imagino que eles chegarão pelo sul, creio que navios já estejam no mar.

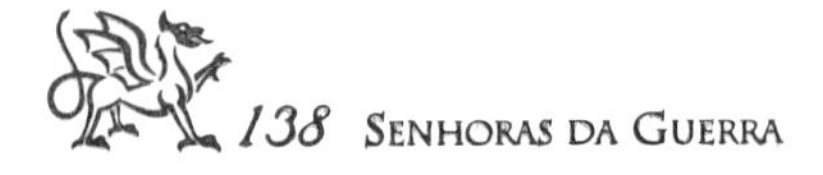

— Enquanto você esteve fora, Rhodri mandou uma mensagem — Ewain falava com o olhar preso nas nuvens do lado de fora. — Deganwy está sob forte ataque. Os *drakkars* chegaram pela madrugada e se postaram na praia. A ajuda chegou a tempo de defender os fortes da costa. Eles estão postados aos portões mas não conseguem passar pela murada.

Não chegava a ser um alívio, mas pelo menos era um indicativo de que eles não eram tão fortes assim. Rhodri teria muito trabalho nos próximos dias, pois como intimidação os nórdicos jogavam pedaços de corpos humanos e de animais mortos por cima dos muros, gritavam durante a madrugada para acabar com o sossego e investiam contra os muros com uma fúria infernal. Seus conselheiros chegaram a pedir que abandonasse Deganwy e continuasse a investida dando ordens a distância. Ele respondeu com ira, dizendo que o destino de um rei não pode ser diferente do destino de seu povo, pois vieram todos do mesmo cerne. E quem o contrariasse sentiria o peso de seu golpe, que com certeza eliminaria covardes que se julgavam soberbos. Os conselheiros acharam por bem não o enfrentarem mais.

— Enquanto ele resiste no norte, pediu que fizéssemos o mesmo no sul. Por conta disso, por precaução, decidi tirar crianças, mulheres grávidas e homens doentes de Cair Guent e Cair Lion — disse Ewain, para espanto dos presentes.

— E vai enviá-los para onde? — perguntou Brangwaine.

— O abade Mabon e Donn já estão cuidando disso. Irão para um monastério seguro em Cair Gloui. Aqui apenas serão mais escravos ou baixas de guerra, e é algo que não quero. Não darei mais sangue e vidas para esses covardes pagãos.

Uma leve chuva começou a cair quando o trovão sacudiu as nuvens. As ordens do Nobre não foram contrariadas. Os territórios de Cymru adormeceram sob a chuva leve. Antes do amanhecer, houve troca de guarda nas torres e nos portões. As sentinelas de guarda naquela madrugada, quase manhã, inclusive Gwenora, observavam tristemente as gotas tilintando na cidade que, pouco a pouco, se transformaram em chuva forte que caía nas barricas de água, encharcava os telhados, escorria pelas folhas das plantas e formava poças na terra. Gwenora olhava para os riscos de água vindos do céu, entretida pelo anacronismo do processo e refletia sobre os últimos acontecimentos. Sentia-se firme e segura para lutar. Ela havia recebido um treinamento de primeira, com um dos melhores guerreiros da região, e tinha pena de quem pudesse enfrentá-la. Ela não percebia que aos poucos começara a adotar as características de Idwal, talvez arrogantes, que havia declarado seu amor e pedido para que se casasse com ele. Uma decisão difícil. Pensava, entretanto, em responder que sim. Afinal, seria algo que demoraria para acontecer, já que ele mesmo lhe dissera que com as invasões constantes seria impossível ter paz para serem um do outro. Respirou fundo e soltou o ar melancolicamente. Gwenora notou que, com o passar das horas, as poças se tornaram ainda maiores e numerosas. O solo estava encharcado e não sugava mais a água. Ela não podia ver, mas o rio Severn tornou-se caudaloso e de correntezas violentas, o rio Usk também. Árvores se dobravam lavadas pela água e pela forte ventania. Bran também olhava para a chuva, preocupado, com Owain ao seu lado. Ouvia as ondas de arrebentação contra as pedras do penhasco lá embaixo do forte. Cada vez mais raios partiam o firmamento. Muita água ainda estava para cair.

A noite virou dia, o sol se arrastou sobre as nuvens e a noite veio novamente sem que a chuva cessasse. Em nenhum momento a chuva deu trégua. A tempestade parecia não ter fim. No quartel, Brangwaine olhava para o teto e observava como as gotas grossas encontravam caminho pelo telhado, correndo pelas vigas de madeira e caindo no chão, deixando-o liso e escorregadio. Nos estábulos, os cavalos amuados se recusavam a sair. Os lanceiros tiveram

que praticar com os pés no chão e sem suas montarias. Algumas flechas produzidas nos últimos dias absorveram tanto a umidade do tempo que se tornaram imprestáveis. Alwine praguejou diversas vezes em que puxou o arco firmemente para trás e viu que as flechas estavam mais pesadas e, por isso, não alcançavam seu alvo.

Kara supervisionava o trabalho dos ferreiros, preocupados em manter a resistência do metal, e permaneciam cinzelando, dia e noite, em turnos. Syndia e Gwyneth partiram com mais duas patrulhas. Achavam que o silêncio era mais perturbador que o som da guerra, queriam saber da posição dos inimigos. Só não partiram antes, logo cedo, por causa da teimosia dos cavalos. Quando a chuva deu lugar a uma garoa forte, elas conseguiram sair. Pelo som emitido dos cascos dos cavalos na terra, souberam que o terreno estava traiçoeiro, criando lamaçais perigosos e ocultando formas no horizonte. As duas manchas velozes de amazona e animal cortavam a chuva nos vales e charnecas em direção ao rio Severn. Outras duas patrulhas se dirigiam para o norte, no sentido de Raglan, e outra partia em direção a Morgannwg.

Do alto de uma colina lisa e molhada, onde apenas uma figueira crescia, Gwyneth e Syndia observavam os vales imersos em água. Era como se ninguém morasse naquelas terras, como se nunca tivessem testemunhado a ação dos homens. Obra de Deus permanentemente intocada. Conseguiam ver uma parte do rio Severn e como ele estava violento. Não havia movimentação de homens, nem de animais.

— Está vendo aquilo? — Syndia apontou para um ponto no horizonte.

Gwyneth protegeu o olhar com a palma da mão da água forte que chicoteava seu elmo e apertou as pálpebras. Havia realmente algo ao longe meio sem definição. Aos poucos, os pingos delinearam formas humanas às centenas, muitos a pé e outros que pareciam líderes a cavalo, cavalos estes com símbolos nos estribos e


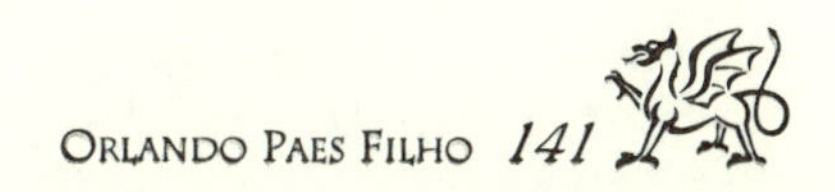

testeiras de vilas e aldeias da costa de Gwent, outros de Dyfed. Os nórdicos vinham com armas nas costas e nas cinturas. Machados com lâminas de diversos formatos e espadas com cabos trabalhados. Algumas armas eram inclusive reconhecíveis como sendo bretãs devido ao seu desenho.

— Vamos embora, Gwyneth.

As duas mulheres puxaram as rédeas com força e iniciaram a corrida contra o tempo para chegarem na cidade com a notícia, para que os guerreiros tivessem tempo de se armar para a defesa. Sabiam que não tinham tantos homens assim para defender a fortificação do lado de fora dos portões e isso era preocupação de todos.

Com uma boa distância de vantagem, elas chegaram nos portões sul e subiram em disparada. Brangwaine já as esperava na subida. Cair Lion havia reportado uma movimentação nos canais perto da cidadela. Ao que parecia, os nórdicos estavam cercando e tomando o sul de Cymru a fim de garantirem portos e pontos de partida para Wessex e Mércia. Enquanto isso, elas informaram, centenas de nórdicos se aproximavam rapidamente. Viriam pelos bosques e pelas colinas a leste da fortificação em poucas horas. Possivelmente haviam subido o rio Severn. Mas este estava violento e caudaloso devido às chuvas intensas dos últimos dias, o que fez com que descessem para tomar vilas e cidadelas ao longo do seu leito. Antes, batedores nórdicos tinham avistado monastérios e fazendas, mas Oslaf mudou seu curso quando soube de cidades maiores, onde haveria mais riquezas e espólios. Sem pensar duas vezes, eles saquearam uma ou duas fazendas, na procura de montarias e armas, e se puseram a caminho. Foi informada a existência de duas cidadelas nobres, subordinadas ao rei de Cymru: Cair Guent e Cair Lion.

Ewain paramentou-se com a ajuda de Arduinna e respirou fundo, procurando forças. Ele apertou forte a mão da mulher

que praticamente criara seus filhos no lugar de Arthia e pediu que orasse por todos. Os olhos da senhora verteram lágrimas de angústia. Havia gerações que um ataque de grande porte chegara em Cair Guent e os ancestrais bretões conseguiram rechaçar os inimigos. Esperava que a tradição de fortaleza se repetisse. De repente, um sinal de alerta no sino da sentinela do portão norte alarmou a todos. Lá do alto o guarda avistou uma linha imensa se formando na colina. Eram os nórdicos. Eles brandiam seus escudos e urravam em honra aos seus deuses sobre o que estavam para fazer. Após avistarem as duas montarias que fugiram no alto de uma colina por onde marchavam, Oslaf mandou que apertassem o passo, pois deviam estar perto.

— Arqueiros, tomem posições!

Alwine correu com seu pelotão para junto da segunda muralha, onde, por espaços estreitos, que comportavam o braço dos arqueiros e suas armas, se viam os vikings correndo furiosos em direção aos portões. Brangwaine corria com o resto dos homens para as posições estratégicas. Armados e com seus elmos, eles se sentiam preparados para batalha, mas não totalmente convencidos de que teriam sucesso. A simples visão da linha de guerreiros enfraqueceu a coragem de muitos naquele instante. Aldwyn tinha como missão vigiar o portão norte, e Idwal estava no portão sul. Praguejando por causa da chuva que chicoteava seu elmo, ele viu quando a primeira leva de nórdicos correu em direção ao portão grosso de madeira ao ser-lhes ordenado o ataque. Mandou que os homens permanecessem agachados em seus lugares enquanto os arqueiros atacavam. As flechas cruzavam os ares molhados, mas muito poucas realmente acertaram seus alvos, pois estavam encharcadas e pesadas demais para serem atiradas com precisão. Alwine não podia acreditar no que via. Praguejou e mandou que se armassem com lanças, enquanto ela mesma pegava a sua e se posicionava em cima do muro com extrema cautela, equilibran-


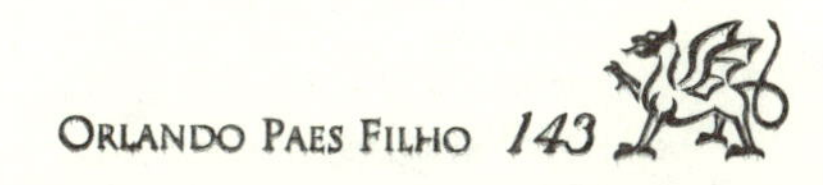

do-se para não escorregar. Conseguiram derrubar muitos nórdicos assim, mas não tinham lanças suficientes para todos que despontavam na colina.

Tanto Idwal quando Aldwyn tiveram a idéia de escorar os portões a fim de impedir que se quebrassem, pois estavam inchados de água. Os homens se comprimiam contra a madeira fria enquanto ouviam os berros irados do outro lado, usando o máximo de suas forças. Vez por outra, um nórdico achava uma brecha entre as toras dos portões e enfiava a espada por ali, acertando alguns soldados. O próprio Idwal se posicionou para escorar, porém parecia haver um gigante raivoso empurrando do outro lado.

Oslaf, que de longe avaliava o ataque, mandou que cortassem árvores no bosque e fizessem um aríete, com o auxílio de uma carroça que traziam consigo. Dessa maneira derrubariam os portões frontais de grossas estacas de madeira. Os homens cortaram rapidamente um carvalho novo e esculpiram uma ponta grotesca numa extremidade. Jogaram-no sobre a carroça e atearam fogo no monte de folhas que amarraram a ele. O aríete improvisado foi jogado com força contra o pesado portão. Os homens que o escoravam do lado de dentro foram surpreendidos com o tranco. Idwal mandou que continuassem segurando. A madeira começou a esquentar com o fogo e a fumaça da água evaporando criou uma neblina funesta dos dois lados do muro. Idwal tentava adivinhar que substância os nórdicos tinham colocado naquele tronco molhado para ele queimar com tanta intensidade e em um dia tão molhado.

Contrariando a ordem de Brangwaine, Alwine saiu da segunda muralha com seu destacamento de homens e mulheres. Posicionaram-se atrás da primeira murada e disparavam para cima suas flechas, e acabaram acertando as cabeças de muitos nórdicos que caíam como sacos de trigo no barro. Isso pareceu irritá-los ainda mais. Gwyneth estava do alto da sentinela e notou

que o gigante sobre um cavalo negro ordenou algo a um dos homens, apontando o primeiro muro. A chuva permanecia forte e já deixava os músculos doloridos, mas também enfraqueceu a rachadura no muro. Gwyneth não queria acreditar no que via. As pedras recém-postas no lugar foram escorregando devagar, desajeitadas. Terra molhada caía em blocos negros que escorriam por entre as traves de ferro. Assim que os nórdicos receberam a ordem, logo se concentraram no monte de pedregulhos e passaram a retirá-los com rapidez, fazendo-as rolar.

— O muro ruiu! — ela berrou do alto, batendo o sino, e começou a descer as escadas. — O muro ruiu, preparem-se para o combate corpo a corpo!

Brangwaine ouviu e, subindo num barril junto ao muro, viu de relance que ela estava certa. Amaldiçoou o nome de Idwal e juntou-se aos seus homens. Aldwyn foi o primeiro a se preocupar com a situação das muralhas e correu para lá assim que ouviu o ruído vitorioso dos nórdicos que tinham conseguido invadir a paliçada. O ânimo deles agora tinha sido renovado ao entrarem pela primeira muralha tão facilmente. Idwal, no outro portão, não tinha outra alternativa senão continuar protegendo a entrada sul, mas que cairia muito em breve, ele sabia. Seus pensamentos foram atrapalhados quando um nórdico faiscando de raiva veio para cima de seus homens. Idwal deu cabo dele com bastante agilidade, girando sua espada no ar e decepando-lhe a cabeça. A chuva caía impiedosamente e o escuro e o frio se jogavam sobre Gwent. O barulho agora era ainda mais ensurdecedor. Os nórdicos conseguiam lutar e berrar de maneira a intimidar e trazer pânico, o que realmente funcionava. As gêmeas começaram a tremer, com medo, mesmo sabendo que não deviam fraquejar em batalha. Seu irmão Rhodri parecia mais calmo e liderava os homens que guardavam o primeiro portão da segunda paliçada, buscando encorajá-los. Ewain e Dimas encontravam-se no segundo portão e já ouviam os nórdicos berrando atrás da madeira. Alwine insistia em disparar suas flechas e causava baixas nas linhas inimigas. Uma linha de lanceiras adiantou-se à das arqueiras e combatia com os invasores com alguma dificuldade, elevada pela chuva forte que havia derrubado mais uma seção do muro. Além disso, o frio congelava os músculos e dificultava os movimentos.

Elas se recolheram para dentro da segunda muralha, enquanto Rhodri fechava os portões atrás delas. Dali, as arqueiras e lanceiras continuaram atirando as flechas certeiras. Eles estavam mais próximos e a distância era menor. Juntas, formaram um corredor de corpos na lama.

Aldwyn recuou com seus homens para defenderem a entrada, Idwal precisou enfrentar com seus homens a invasão da muralha e defendia o portão sul com um ímpeto selvagem, certo de que alguém reconheceria sua bravura. Vez por outra olhava de relance para trás, buscando encontrar alguém que tivesse assistido à sua demonstração de força.

Gwyneth lembrava-se das fileiras de nórdicos que viu surgir no horizonte durante a patrulha com Syndia. Eles não eram conhecidos pela burrice, pois atacavam a cidade com um grupo reduzido de homens, que logo se reduziram ainda mais com os combates homem a homem. Quando Ewain ia ordenar que os portões fossem abertos para acabarem com o restante dos inimigos, numa falsa sensação de segurança, Gwyneth o impediu. Ela sugeriu ao pai que os homens fossem trazidos para dentro. Mais nórdicos chegariam, ela tinha certeza.

Mal terminara a frase e duas fileiras três vezes mais numerosas de nórdicos ficaram visíveis no horizonte acinzentado. Eles avançaram correndo, gritando, batendo os machados nos escudos, avançando contra o muro destruído. O gigante no cavalo veio às pressas também, com seus gritos ecoando no céu molhado. Os guerreiros de Cair Guent começaram a duvidar de suas capacida-

des. Eles eram muitos e os soldados começaram a se dispersar. A desordem desta vez tomou conta da paliçada, para desespero dos comandantes e de Brangwaine. Os dois portões da primeira muralha cederam, permitindo a entrada de inimigos a cavalo e de homens alucinados, com peles de urso sobre as costas, quase nus, brandindo as espadas e xingando os galeses. Eles jogavam pesadas tochas por sobre a muralha e acertavam os telhados ensopados de casas e oficinas, mas que, justamente por estarem saturados de água, não levavam adiante o fogo. Mulheres assustadas com os gritos da luta se protegiam na chuva, outras saíram correndo em desespero, sem saber para onde ir. Pressão sobre os portões. Pressão sobre os corações. Pareciam trovões. Eram eles empurrando com os corpos a madeira úmida. Aldwyn sentiu os músculos retesarem e apertou com força o cabo da espada. Estariam frente a frente em questão de segundos. Idwal respirava ofegante, sentindo fisgadas no corpo gelado. O cansaço começou a abatêlos por causa da chuva impiedosa, o que impedia que seus movimentos fossem plenos. Brangwaine não entendia o caos que havia se instalado entre seus homens e mulheres tão bem treinados. A tempestade já não ajudava e ele via, na face de cada um, o medo estanque em suas gargantas. Já devia saber a razão. Muitos daqueles jovens nunca haviam estado em uma batalha e teriam seu batismo de uma forma muito sangrenta. Viria a perder muitos homens dessa maneira.

Mais pressão sobre os portões. Barulho de trovões de verdade sacudiam o ar. O primeiro portão, de tanto ser forçado, despencou, levantando água barrenta acumulada nas poças do chão e matando dois homens que estavam logo atrás dele. Um vespeiro de homens furiosos entrou e derrubou tudo no seu caminho, trombando com soldados e eliminando-os. Aqueles que estavam a cavalo se aproveitavam do caos para entrar profundamente na cidade, passando sua espada sobre cabeças inimigas. Um deles foi derrubado por Gwenora, armada com uma lança que acertou em cheio o peito do nórdico que matara um soldado seu. Gwyneth e Dimas fizeram o mesmo e se atiraram na batalha. Derrubaram muitos homens maiores do que eles. Rhodri montou em seu cavalo ao lado do pai e começaram a brigar com aqueles que pareciam ser os líderes, os tais *jarls*.

— Mantenham a formação! — berrou Ewain. — Não se dispersem!

Gwyneth e Gwenora tentavam proteger a capela e o palácio real com um destacamento pequeno e estavam próximas do pai e do irmão Dimas. Os nórdicos ficaram surpresos ao encontrarem mulheres guerreiras tão bem treinadas, derrotando muitos homens de maneira ágil, elegante, firme. Elas derrubavam os homens com golpes pesados e faziam uso do escudo como arma quando vez ou outra a espada escapava-lhes da mão. Oslaf admirava as mulheres que lutavam. Eram magníficas, de corpo escultural e forte, com longas madeixas vermelho-fogo, trançados para poderem lutar com total liberdade. Desde aquele instante, Oslaf sentiu atração pelas mulheres. Ele ria e se divertia enquanto as via correr atrás dos invasores e mandou que não as matassem. Elas deveriam ser aprisionadas para que fossem enviadas intocadas a Duiblinn.

A fúria tomou conta das mulheres quando notaram que não eram mais enfrentadas pelos nórdicos, que se digladiavam contra os homens mas não revidavam os ataques das moças com força suficiente para matá-las. Parecia uma brincadeira para eles: revidavam, não avançavam, uma dança. Não contrariariam o Lobo por tesouro nenhum no mundo. Gwenora avançou furiosa para cima dos homens de longas barbas trançadas, girando a espada no alto da cabeça e arrancou duas neste caminho. Gwyneth parecia cansada, seus músculos quase não respondiam. Os lábios e as pontas dos dedos estavam perdendo a cor, levemente azulados. Conti-

nuava derrubando inimigos como foi ensinada a fazer. Suas pernas bambearam e ela apoiou um joelho no chão. Pediu a ajuda de Deus para se erguer. O corpo estava tenso, mal podia senti-lo. Tudo pareceu ficar devagar, ela via o desenho em arco que as espadas faziam no ar. Passou os olhos pelo campo sangrento de batalha em que sua cidade natal havia se tornado após derrubar um nórdico, e foi quando viu um grande nórdico abominável perfurar o peito de seu pai com a espada. O invasor ria enquanto a lâmina de sua arma atravessava a vítima. Gwyneth viu o homem cambalear para trás por conta de uma velha lesão no joelho.

— Não!!!

Sua força voltou e Gwyneth, tropeçando em corpos caídos, correu até o pai, que tombou pesado na lama com a boca cheia de sangue e de água da chuva.

— Meu Deus, não! Pai, olhe para mim!

Gwenora a viu correr desesperada e a seguiu. Um calafrio lhe percorreu a espinha ao ver o pai ferido. Rhodri, não muito longe dali, correu atrás do assassino em cima de seu cavalo, voou como um falcão para cima dele e o estripou de raiva, cuspindo em sua face agonizante, amaldiçoando sua raça. Dimas não teve a oportunidade de assistir ao final triste de Ewain, estava tombado nos degraus do palácio, sem cabeça, seu sangue jovem banhando as pedras da escadaria, após tentar enfrentar um nórdico duas vezes maior que ele.

Gwenora segurava sua mão, Gwyneth a outra:

— Não nos deixe! Por favor! — diziam as duas filhas ao seu lado.

Ele não conseguia falar, via-se em seu rosto pálido e molhado a agonia de morrer sabendo que uma batalha ainda continuava. Mas ele sabia que aquilo não seria em vão. Tentou dizer algo, mas não conseguiu. Ele apertou as mãos das filhas uma última vez, seu corpo relaxou e sua boca verteu sangue, os olhos abertos fixados nos três filhos. Desnorteados, os filhos o sacudiram em vão. Gwe-



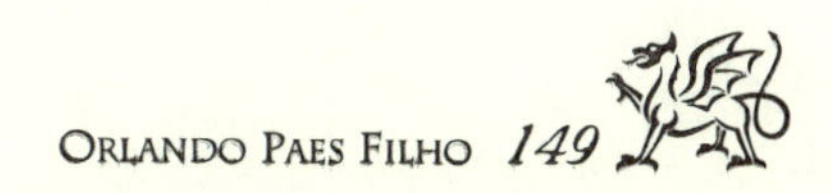

nora olhou para o céu escuro e chuvoso. Tomada pela raiva que lhe dilacerava o coração, ela gritou:

— Seus cães nojentos! Desgraçados!

Ela pegou a espada do pai e partiu para a luta.

Rhodri tentou impedi-la, mas não conseguiu. Um nórdico animalesco enfiou uma espada pela garganta do rapaz, tingindo o rosto de Gwyneth com sangue quente. Ela tombou de costas na lama com o susto e tratou de se arrastar para alcançar uma espada. O irmão jazia sufocado no barro, as mãos no pescoço, assistindo à última cena que veria em vida, sua irmã lutando contra um *berserker* endiabrado, que fazia brincadeiras com ela, mostrava a língua e lambia o metal de sua espada, encharcada com o sangue de Rhodri. Com uma força tremenda que não sabia de onde tinha tirado, Gwyneth conseguiu driblar o golpe pesado do machado do nórdico e enfiou a espada na barriga de urso do inimigo, rasgando-o até a garganta, fazendo o seu interior quente verter para fora. Tentou voltar para o lado do pai e do irmão, mas não conseguia. Um enxame de homens veio atrás para agarrá-la e levá-la como escrava, e precisou lutar contra todos. Kara veio em seu socorro carregando duas espadas, com as quais decepou muitas cabeças, deixando corpos se contorcendo como porcos no abatedouro.

Aldwyn e um grupo de soldados tentavam engrossar o ataque de alguns homens e mulheres que caíram nas garras dos nórdicos e defendiam a entrada da capela. Ele então sentiu uma forte pancada na cabeça por um escudo que voou pelos ares e caiu desmaiado no barro do lado de fora. Idwal conseguira derrubar muitos homens no portão sul e ficou aliviado por alguns instantes antes de ser atropelado por um cavalo de um gigante nórdico que avaliava a situação do combate e parecia não tê-lo visto no caminho. No meio da lama e da chuva, ele foi jogado ribanceira abaixo com a ajuda do temporal, além dos portões sul, já subjugado, e deixado lá para os corvos, pois estava morto.

A luta continuava intensa dentro da cidade. As ruas estavam tomadas por homens enlouquecidos pela cobiça. Metiam os pés nas portas, roubavam o que podiam, retiravam as mulheres à força, puxando-as pelos cabelos e as jogavam para fora. Notaram a ausência de crianças e velhos. Eles provavelmente tinham retirado todos do local. Tocaram fogo no que podiam, mas a chuva ajudava a cessar o calor e os incêndios se apagavam.

Brangwaine continuava lutando com o que restou de seu destacamento. As mulheres o ajudavam e infligiram muitas baixas ao inimigo, que eram numerosos como formigas. No entanto, por mais perícia e técnica que tivessem, os invasores eram mais numerosos e estavam vorazes, furiosos. Quando o cerco foi fechado em torno delas, com dezenas de triunfantes nórdicos gritando felizes pela vitória, um gigante a cavalo, de músculos rígidos, olhos ferozes e longa barba acinzentada apareceu no meio do temporal, abrindo caminho por entre os guerreiros. Não parecia um homem comum, tinha um ar animalesco nos gestos e na fala, um ar de maldade. Chamou um dos seus e ordenou que matassem os homens guerreiros um a um e levassem todas as mulheres para um abrigo para que fossem avaliadas. Gwenora chorava de desespero, a mão firme agarrada num punhal que tirou de uma das botas. Quando um nórdico segurou seu braço para levá-la, o punhal foi cravado no meio do peito. O homem tombou morto e gerou raiva nos outros. Um deles, com grande olhos azuis, lhe desferiu um tapa violento e Gwenora foi ao chão, espirrando lama pelos ares. Oslaf desceu de sua montaria tranqüilamente e matou o homem na frente de todos, cortando sua garganta, pois não gostava de ser contrariado. Queria as mulheres intactas e um olho roxo na face de uma delas podia diminuir seu preço diante dos mouros. Esperava que servisse de lição.

Pares de mãos brutais agarraram as mulheres guerreiras que, com bastante relutância, os acompanharam. Foram todas desar-


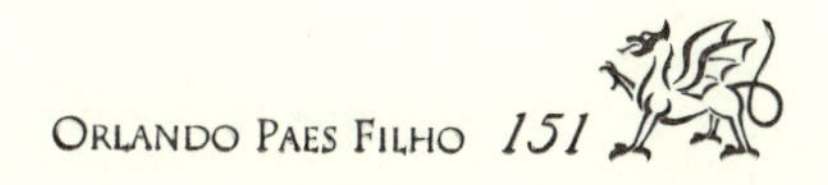

madas e despidas com violência, seus corpos nus expostos ao frio, jogadas na arena de treinamento do quartel de Brangwaine, que jazia morto decapitado e jogado do lado de fora da paliçada com outros corpos. Nuas, elas se encolhiam espremidas umas nas outras sob a forte chuva que não cessava, tentando esconder as vergonhas daqueles olhares malévolos. Gwyneth, Gwenora, Syndia, Kara, Alwine, Cyssin, e tantas outras eram jogadas ali como animais, até mesmo Arduinna estava lá, pois se recusara a ir para o monastério com a comitiva do abade Mabon para poder defender sua cidade. Sob forte chuva, Cair Guent estava tomada pelos nórdicos.

# 3. Cativeiro de Almas

Se o sol já havia nascido, isso elas não saberiam dizer. Tudo parecia enegrecido devido a mais nuvens carregadas de chuva que passavam sobre suas cabeças e devido ao duro golpe da escravidão. Algumas escravas, as mais bonitas que eles haviam capturado, foram levadas para as camas dos *jarls* insaciáveis, duas, três de uma vez. Voltavam após várias horas, violadas e humilhadas, sujas com seu próprio sangue, e eram jogadas novamente na lama, algumas sem conseguir dizer o que havia acontecido. Esse ritual macabro continuou por todo o dia seguinte, período em que os nórdicos terminavam de se fixar e contavam os butins de guerra. Como se já não bastasse terem conquistado o território, precisavam lembrá-las constantemente de quem mandava nelas. Oslaf, de tanto trabalhar com escravos, conhecia bem o pensamento deles. Eles são subjugados, calados, humilhados e machucados. Mas o orgulho fica sempre ali, à espreita, aguardando o momento certo para se vingar dos senhores, inclusive os bons. Por isso achava que precisava sempre lembrá-los de quem eram e quais eram seus deveres. Nada de gentilezas, apenas a rudeza típica da vida de qualquer trabalhador. Alguns homens do povo foram selecionados para serem *karls*, homens destinados ao cultivo e a outros afazeres, como o de ferreiro, trabalhadores braçais, por assim dizer. Outros nórdicos chegavam, entre eles Ottar, que seria responsável por cuidar desses *karls* e dos escravos para serem transportados com cuidado, para a mercadoria não ter avarias. "Mercadoria", aí estava um termo que Ottar achava odioso para se aplicar a pessoas.

Várias carroças despontavam nos vales brumosos. Era o resto da tropa de piratas aventureiros que havia aportado na baía de Swan depois que ouviram o chamado de guerra e ganância de Ivar, vindos da Skania e alguns até de Sigtuna e Birka, sabendo das escravas preciosas que podiam arranjar por ali. Após assegurar parte da costa sul de Cymru, Oslaf achou que era hora de subir ainda mais o rio Severn em busca de mais butins. Era um corredor praticamente livre para que circulassem. Sua idéia era poder descer pelo sul de Gwent, comprimindo os *cymry* em suas próprias terras e terminar a conquista da costa. Assim que varressem Cymru, seus homens se encontrariam com os de Ivar em algum lugar na Mércia ou na Ânglia e juntos despachariam os escravos para Duiblinn. Por isso, levavam o construtor de navios para que completasse a tarefa da construção depois que voltassem à costa de Dyfed.

Chegaram mais 150 homens ensopados a Cair Guent. Os homens se cumprimentavam e admiravam a tomada da paliçada que parecia impossível de se tomar. Oslaf mandou que um banquete começasse a ser preparado. Deveriam pegar as mulheres mais velhas para o serviço e manter vigília sobre guerreiras ainda nuas e congeladas pela chuva no quartel, elas sim eram perigosas. Oslaf via nelas um orgulho acumulado com ódio e a destreza de gerações nas mãos ágeis dirigindo-se para uma mistura inflamável. Os homens as admiravam como animais acuados e lambiam os beiços só de imaginar o quão doce deveriam ser suas peles. Mas por ordem de Oslaf, somente ele e os *jarls* tinham direito a tocá-las.

Enquanto o banquete era preparado e enchia o ambiente com o aroma de carne assada, o traficante de escravos rodeava as mulheres amuadas, olhando para todos os detalhes de seus corpos nus, que elas tentavam cobrir com os cabelos, as vergonhas cobertas com as mãos, e olhava principalmente para seus olhos, o órgão mais importante em um escravo. Era ele que denunciava ódio, revolta, humilhação. Não gostava especialmente do modo de olhar das gêmeas selvagens. Elas o fulminavam com um ódio furioso através daqueles olhos de falcão, com um orgulho encravado bem no meio deles. Com uma adaga finamente adornada, de um formato que elas nunca viram, pois era uma adaga mourisca, ele se abaixou para ficar na altura dos olhos de Gwenora. Gwyneth abaixou a cabeça para observar qualquer coisa, menos o rosto daquele homem repugnante. Oslaf riu de lado e tocou a lâmina fria no canto do olho esquerdo de Gwenora, que continuava a encará-lo firmemente para não demonstrar medo. Tentava assustá-la, ameaçando arrancar seu olho de âmbar. As mulheres ficaram apreensivas. Ele tocou o corpo dela e, com a ponta da lâmina, desenhou uma linha vermelha como um arranhão que lhe percorria a bochecha, pescoço e colo. Ele então agarrou seu cabelo de fogo e lhe forçou um beijo violento. Para se defender, ela mordeu seu lábio inferior com força. Ele gritou de dor e a empurrou violentamente. Dois nórdicos que estavam de guarda a seguraram e Oslaf viu o seu próprio sangue escorrendo pelo queixo dela.

— Sua cadela... — murmurou e ela compreendeu, pois falava seu idioma muito bem.

Puxando-a novamente pelo cabelo, ele a arrastou pelo barro para dentro de um dos alojamentos e não precisou de muito tempo para dominá-la. Era combativa, selvagem e Oslaf gostava disso. Excitava-se com o medo alheio, o que fazia com que se sentisse mais poderoso. Jogou-a em cima de uma mesa com violên-


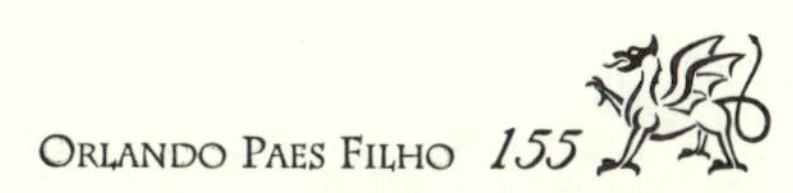

cia. Quando Gwenora sentiu a violação, ela berrou tão alto que sua garganta quase explodiu, calando o alojamento. Alguns homens riram ao imaginar o que estava havendo, contudo a maioria voltou a seus afazeres sem dar muita atenção ao evento. Aquilo era natural demais.

— Você vai aprender a não me desobedecer, mocinha! — dizia Oslaf enquanto apertava seu pescoço com força. Ela tentava empurrá-lo para longe. — Vai aprender a ser uma cadelinha obediente!

Ele somente a soltou após se satisfazer e a jogou na lama, violada. Gwyneth nem teve tempo de poder consolá-la, pois Oslaf a puxou pelos cabelos e a levou para o mesmo alojamento. Desta vez, não se ouviu mais do que o silêncio. Ela agüentou calada a humilhação, pois tudo tinha seu tempo. Tinha uma firme convicção de que vingaria tudo o que viu naquela noite maldita de destruição.

— Amarrem os pulsos de todas elas! — mandou Oslaf, ao jogar Gwyneth novamente na lama. — E não as alimentem!

Dois dias após a batalha, um homem as transferiu para um alojamento improvisado que antes tinha sido um depósito de grãos. O homem jogou-lhes alguns vestidos esfarrapados e trapos e saiu deixando que se vestissem. Voltou depois com um panelão borbulhante de ferro e algumas tigelas de barro. As mulheres encolhidas naquela sala não eram muitas, cerca de vinte, enquanto outras eram avaliadas no quartel, passando pelos rituais de estupro e dor. Ao todo elas haviam sido cem mulheres guerreiras. Mas agora não passavam de setenta.

O homem enchia as tigelas pacientemente, colocando um pedaço de pão dentro de cada uma além de uma colher de madeira. Estendeu, sem olhar, uma tigela quente a uma mulher que se recusou a pegar. Seu braço continuou estendido para ela, mas a moça não pegava o prato. Ottar ergueu os olhos devagar e se de-

morou observando a moça ainda fria, bastante trêmula e de olhos marejados de lágrimas. Gwyneth temia outra violência, porém não era isso que todas viam no nórdico calado e de poucos gestos. Ele então apontou para a tigela e apontou para a boca, os dedos juntos, indicando que deviam comer o que era servido, pois tão cedo não comeriam. Talvez ele tivesse levado o alimento sem que ninguém soubesse. Trêmula, ela segurou a tigela quente e se pôs a comer como todas as outras. Era um caldo quente e meio sem gosto, o suficiente para aquecê-las. Quando o panelão ficou vazio, ele jogou as tigelas dentro e saiu, deixando uma bolsa de couro cheia de água.

O coração apertou de dor quando Ottar viu o rosto de Gwyneth e Gwenora, pois elas lembravam demais a sua filha Ymma. Ela devia ter uns dezessete anos, pois a deixou com catorze e estava três anos em missão por causa de Olaf. Vê-las o abalou muito, pois Ymma devia estar formosa daquele jeito e esperava que estivesse bem.

O silêncio perdurou no abrigo. Havia agora uma certa calma na cidade inteira. Gwenora sentia muita dor no corpo e no rosto, onde apanhara do gigante, e chorava em silêncio. O caldo quente caiu como um bálsamo, mas não foi o suficiente para aliviar seu desconforto. Gwyneth passou o braço por seus ombros, chorando pela morte do pai e dos irmãos, sentindo o coração partido em dois. Bem que ela dissera para Arduinna, Deus ainda exigiria muito delas e de todos. Agora, sua linda cidade estava tomada, e nada a fazia acreditar que tão cedo sairiam dessa situação.

— Devíamos pensar no que fazer... — Cyssin sentia muito frio e Alwine a abraçou a fim de tentar esquentá-la.

— Não temos como enfrentar cerca de quatrocentos nórdicos furiosos — Kara desenhava um javali na terra batida com a ponta da unha. — Seria suicídio.


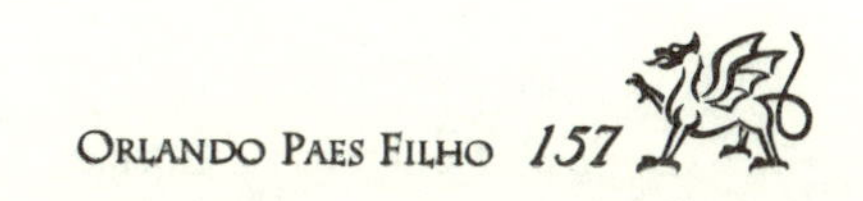

— E vamos ver nossa bela cidade ruir? — perguntou Alwine. — Deixá-los usar nossas casas, violar as mulheres, nos escravizar? Desde quando temos como tradição a derrota e a humilhação?

— Não temos escolha — lamentou Gwenora, derrubando algumas lágrimas no chão de dor e de pesar. — Eles são muitos e nós apenas mulheres acorrentadas. Vamos lutar com quê, nossas unhas e cabelos? — Mostrou os pulsos amarrados.

— Somos mulheres que lutam, somos guerreiras, reconhecidas diante do rei como as melhores de toda Cymru — disse Alwine. — Não aceito essa condição de escravas, meros pedaços de carne. Temos que revidar o quanto antes.

— A hora vai chegar, Alwine — falou Gwyneth. — Mas não agora. Deus tem que ter algum propósito nisso tudo ou não estaríamos mais aqui. E creio que nem meu pai arriscaria um contra-ataque tão repentino e despreparado.

— Acho que está claro para todos — Syndia falou e atraiu a atenção das outras — que teremos de retomar nosso lar. O rei Rhodri não pode nos ajudar agora e Ewain, o Nobre, que abençoada seja sua alma, está morto. O que fizermos nos próximos dias, semanas, meses definirá o mapa de Cymru para sempre.

— Vamos aguardar... — Gwyneth as olhou, chorando. — Nossa hora chegará... e vamos fazê-los pagar.

Sua frase foi interrompida por Oslaf, já levemente embriagado, que pegou Gwenora pelos pulsos e mais uma lanceira, e saiu carregando as duas, sem que ninguém pudesse impedir. Uma nova sessão de tortura estava para começar. Uma hora depois ele voltou, pegando Gwyneth e Syndia, jogando as duas outras no chão, geladas até os ossos, com marcas de dedos nas pernas e braços. Mais *jarls* apareceram, pegando mais moças, algumas já até doentes devido à exposição ao frio. Eles as jogavam na mesa do banquete, por cima da comida, e as violentavam, bebendo hidromel ao mesmo tempo, forçando-as às mais horrendas humilha-

ções sob uma chuva de gargalhadas. Assim que se satisfaziam, largavam-nas nos cantos e quando sentiam a vontade embriagá-los novamente, puxavam-nas pelos cabelos e as arremessavam às mesas. Tal rotina macabra perdurou por mais uma semana. Por alguns dias o sol brilhou, ajudando a secar as construções, mas no final do dia uma chuva fina costumava cair. Os nórdicos passaram a contar as armas, cavalos e todos os recursos de que dispunham. Pescaram centenas de peixes variados, os salgavam e preparavam para transporte. *Jarls* riam satisfeitos, observando as peças retiradas das capelas. Cruzes, castiçais, todos foram colocados no fogo e transformados em barras e contas. Os *karls* colheram o pouco que restou de suas colheitas destruídas pelos temporais e pela invasão, e passaram a armazená-las nos celeiros. Porcos foram abatidos, salgados e defumados, aves foram caçadas, mais e mais banquetes se repetiram com carnes e estupros.

Oslaf agora fazia questão de que suas duas ruivas, selvagens como animais, estivessem sempre embaixo de suas vistas, acorrentadas como qualquer escravo arredio e com poucas roupas, queria ter sempre à vista seus belos corpos brancos e perfeitos. Obrigava que dormissem junto com ele, que o banhassem e vestissem. Gwenora rotineiramente se negava a fazer e era violentada e estapeada. Por tanto revidar, Oslaf deixava Gwyneth de lado quase o tempo todo, preferindo o combate corpo a corpo com Gwenora. Certa noite, quando ele adormeceu bêbado, Gwyneth, sentada no chão frio do quarto do pai, chorava em silêncio, sentindo seu interior borbulhar de ódio, acorrentada e tendo a irmã ao lado.

— Gwyneth... — ela sussurrou.

— Sim? — O chamado a espantou, pois havia dias que Gwenora não soltava uma palavra coerente.

— Quando vamos nos aprontar para o torneio?

— Como... ?

— O torneio — ela olhava fixo para o chão, as mãos sujas e machucadas trançando uma mecha de cabelo — em Cair Lion... vamos lutar contra os guerreiros de lá. Precisamos nos aprontar. Precisamos... treinar. Quando vamos?

Não acreditava no que estava ouvindo. Sua irmã perdera a coerência, entregando-se a lembranças felizes. Será que tinha o direito de dizer que ela estava louca? Quem não enlouqueceria após tantos acontecimentos terríveis? Poderia continuar feliz e cega para os acontecimentos de fora?

— A fé existe para nos fazer entender...

— Eu não posso mais... não posso! — Gwenora sussurrou de volta.

— Minha irmã, às vezes precisamos descer aos abismos para compreender as montanhas... — e a abraçou para poder dormir.

Gwenora chorava desesperadamente. Abafava seus soluços para não acordar a Oslaf, que roncava nu sobre a cama e as puniria por chorar. Estranhamente, Nennius veio em sua cabeça. Esperava que o bom abade estivesse em segurança. Lembrou-se da tarde fresca de primavera, logo após tomarem um dos deliciosos chás de Arduinna. Nennius estava com as meninas no bosque, onde ele dizia que tinha sido um reduto para os druidas, mestres da antiga religião pagã, que consideravam as árvores sagradas. Uma das coisas que ele lhes passou e que retumbava em sua cabeça nos últimos dias com bastante força era sobre a esperança, a virtude que acolhe e conforta como uma mãe e nos faz olhar para cima, nunca para baixo. Talvez fosse difícil sentir a esperança da irmã, mas Gwyneth acreditava com todo o seu coração que aquilo não perduraria. Deus não faria isso com elas.

Os nórdicos tentariam partir em breve, queriam apenas que o solo secasse mais. Hyrnig mandou um mensageiro que informou que conseguira muitos bons escravos em assaltos a vilas e fazendas e que estavam todos acampados há quatro dias dali. A maioria estava em Carmarthen, esperando apenas o transporte para Erin.

Oslaf imaginou que era mesmo hora de zarpar. Voltaria em breve, pois já que tinha assegurado parte do sul de Gwent, Ivar em breve necessitaria de suas instalações. Assim, poderia pedir o que quisesse, estaria com vantagem. Mandou que começassem a preparar cavalos e suprimentos, enquanto se trancava novamente no palácio real, já saqueado, com suas deusas ruivas.

Esgotadas, as mulheres ouviam o tilintar da chuva no telhado do abrigo. Preocupadas, imaginavam se Gwyneth e Gwenora estavam vivas e bem. Algumas até conseguiram dormir nas noites que se seguiram após a invasão, devido ao cansaço mortificante, mas os sonhos foram ruins. Sonhavam com os pais, amigos e maridos que foram estraçalhados pelos invasores. A doença começou a assolar as prisioneiras. A primeira a adoecer e morrer com a febre foi Arduinna. O frio e a chuva que tiveram que passar acabaram por debilitar seu corpo de senhora e a derrubá-la. Ela morreu sob os cuidados das mulheres guerreiras, chorando, orando e pedindo ao Senhor que protegesse a todos, pois não tinha mais forças.

O nórdico que costumava levar-lhes comida e água entrou no momento em que oravam por Arduinna, coberta com um pano. Viu que mais duas estavam doentes, e em breve as outras poderiam adoecer também. Logo, ele procurou Oslaf, expondo o problema e pediu melhores condições para elas. Escravas doentes eram executadas nos mercados. O traficante apenas disse friamente para separar as que já pareciam adoentadas para matá-las o mais rápido possível. Os corpos seriam jogados do alto da paliçada. Oslaf chamou seu executor predileto e ordenou o massacre. Ottar abaixou a cabeça, derrotado.

Dois homens enormes entraram no abrigo com espadas em mãos e separaram aquelas mais abatidas e febris. Bateram nas que se opuseram, puxando as moças pelos cabelos e trancaram o abrigo novamente sob gritos e choros de revolta. Seis moças foram



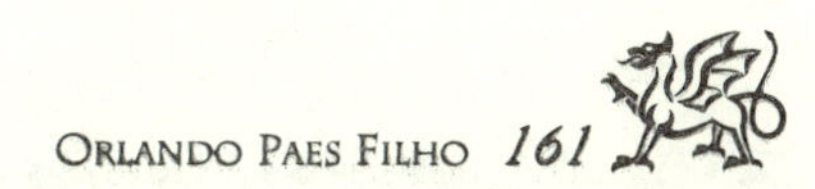

degoladas e arremessadas junto ao mar de corpos que jazia lá embaixo no começo da noite. Uma nuvem de insetos e varejeiras formou-se em pouco tempo sobre as carniças que os urubus logo avistaram do alto. Em pouco tempo, o odor seria suficiente para ser sentido da Mércia. Ottar mandou que todos os corpos fossem jogados em valas no meio da colina para não trazer cheiro ruim e doença para dentro da paliçada. Oslaf relutou, mas permitiu que alguns homens começassem a cavar um enorme buraco no vale abaixo. As escravas pegavam os corpos pelos braços e pernas, ou pelos membros amputados e desconexos, e entre um vômito e outro, reconheciam parentes, amigos, amantes. Nem um enterro cristão e decente elas podiam fazer.

Alwine não conseguia se conformar com a situação dramática em que viviam. Se ela ainda podia sonhar agora, esse sonho tinha um único propósito para aquelas mulheres: vingança.

# 4. O Lamento dos Mortos

Um gosto de ferro inundou sua boca. Não conseguia saber de onde vinha esse gosto estranho e familiar. Seu corpo também pesava. De fato, mal o sentia. Era como ter um boi sobre suas costas. Com dificuldade, ele recolheu o braço que esteve preso embaixo de seu corpo e limpou os olhos úmidos pela água da chuva. Água? Com dificuldade, os olhos embaçados, ele viu que não era água coisa nenhuma e sim sangue, pastoso e já frio, escorrendo por seu pescoço e caindo em sua boca. Assustado, começou a se contorcer para libertar o corpo adormecido e algo pesado rolou de suas costas e caiu do seu lado. Um soldado de dezesseis anos ferido na barriga e na cabeça, já inchado. Aldwyn esteve desacordado durante muitas horas e despertou sob um amontoado de corpos mortos e mutilados junto ao primeiro muro antes do início da manhã. Não podia acreditar no que seus olhos embaçados viam. Homens às centenas e algumas mulheres foram jogados ali, um mar inchado de sangue e pele pálida, olhos abertos. Ainda chovia e trovejava. Ele tinha que sair dali o quanto antes e se pôs a correr, cambaleante e ainda tonto da pancada que tomou na cabeça, pisando nos corpos dos companheiros e escapando da paliçada através do muro semidestruído. Os nórdicos tinham de fato conseguido tomar a cidade fortificada mais impressionante da região. Será que podiam vê-lo? Isso não importava, tinha que correr o máximo que suas pernas conseguissem para fugir. Tropeçava na terra escorregadia, os pés afundavam no lamaçal, parecia uma eternidade.

Ele correu ofegante para o bosque, esgueirando-se por entre as árvores, carregando consigo três espadas e uma lança que conseguiu achar ainda entre as mãos dos donos. O que um homem sozinho e com três armas poderia fazer contra todo um exército? Isso ele não sabia, mas sentia-se orgulhoso por ter escapado dessa com vida. Seus pensamentos iam para Gwyneth e seu pai. O velho Brangwaine, forte e sólido como um rochedo, devia estar morto e nem ao menos pôde vê-lo uma última vez na batalha, nem chorara de pesar e a guerra mal havia começado. Gwyneth seria uma bela escrava em alguma corte mourisca, ou em um harém. Pensar nisso o revoltava até a alma. O que fazer agora?

A noite caía novamente sobre a cidadela e ele procurava uma fonte de água para se lavar e matar a sede. Apesar de ter escurecido, ele conseguia ver o caminho à frente razoavelmente bem. Seguiu o barulho da água corrente e logo encontrou um pequeno lago, com uma queda cristalina. Jogou-se com roupa e tudo, largando as armas de lado e esfregou o rosto com aquela água fria e forte, tirando o gosto de sangue que o enjoou e dando grandes goles para amenizar o estômago vazio. A água estava um pouco mais gelada que a chuva que os pegara de surpresa, mas era muito bom.

Sentindo-se revigorado, a cabeça parou de retumbar, saltou do lago, sacudiu-se para tirar a água do corpo como se fosse um cachorrinho, catou as armas e tratou de se abrigar em algum lugar. Temia mais os nórdicos do que qualquer animal do bosque. Procurou por alguma formação rochosa que servisse de abrigo, mas que ficasse oculta ou passasse despercebida pelos olhos de alguém que transitasse por ali. Temia que batedores nórdicos,

procurando fugitivos, o vissem, ou até mesmo se estivessem caçando e de repente vissem nele uma presa. Encontrou um monte de pedras no alto da pequena cascata, forrou com folhas úmidas e encolheu-se embaixo da maior, tendo assim visão do chão, e só seria visto, entretanto, se alguém se abaixasse. Pensava no que fazer antes de pegar no sono, pois a cabeça borbulhava em mil pensamentos. Deveria procurar ajuda com o rei Rhodri, ou talvez com seus filhos em Dinefwr? Perguntas demais, cabeça de menos. Ele dormiu pesado e sem sonhar até o dia seguinte.

Ainda debaixo de chuva, Aldwyn saiu de seu esconderijo, pensando no que fazer. Precisava buscar por ajuda. Mas onde? Sua melhor alternativa era ir para o norte, buscar o rei Rhodri e lhe expor o acontecido. Ele imaginava que os nórdicos usavam uma estratégia simples, mas eficaz. Primeiro, eles mandaram para o norte de Cymru uma pequena frota para intimidar as fortalezas de Deganwy e difundindo o pânico. Enquanto isso, no sul, uma poderosa armada destruiria os recursos e tomaria as cidades, escravizando a população, deixando os exércitos do norte sem homens e sem opções, já desmantelando uma ilha dividida. Com o tempo, tudo estaria tomado. Parecia fazer sentido. Esperava apenas que o rei estivesse com sorte e que estivesse dando cabo dos nórdicos.

Espreitando pela floresta, Aldwyn aguardava algum movimento que indicasse que estavam de partida. Ele não acreditava que ficariam ali por mais tempo: poriam o pé na estrada em breve em busca de mais escravos e espólios. Afinal, eles tinham uma sede desenfreada de conquista. Mas um homem que contava apenas com suas pernas e a espada estava em clara desvantagem. Ainda não sabia o que fazer. Aguardar, ele pensava, tinha de aguardar, mesmo sabendo que a situação dos compatriotas lá dentro deveria ser péssima. Sua Gwyneth invadiu-lhe os pensamentos, seus sedosos cabelos vermelhos, seus lábios doces. Rezava pela sua segurança e a de sua irmã. Do alto de uma árvore onde montou guarda, ele via a paliçada amortecida na garoa, com alguns nórdicos vasculhando as pilhas de mortos e retirando-lhes armas e roupas aproveitáveis. Estariam se preparando para algo?

Sua alimentação consistia em frutas silvestres e um ou outro ovo que achava nos ninhos das aves. Água tinha à vontade, uma cascata e um pequeno lago. Pouco conforto, porém tinha o suficiente para sobreviver por uns tempos. Mas a imobilidade o impacientava. Por que demoravam tanto? Deviam estar contando os ganhos da batalha e evitava pensar no que faziam às mulheres lá dentro. Gwyneth. Pedia que sua amada continuasse sendo forte. Ouviu algo abaixo, interrompendo os pensamentos tediosos. Olhou, vendo o tapete de folhas secas cobrindo o chão. Seria algum animal? Um cervo, talvez. Não. Era um homem a cavalo, um nórdico. Era disso que ele precisava, um cavalo. Conseguiria abatê-lo? Escorregando pelo tronco frondoso da árvore, ele se agachou, já com a lança preparada, observando os movimentos do invasor. Era grande, barbas trançadas, usava uma lança como se procurasse uma caça. Sem ver o que o atingira, o nórdico viu uma ponta brilhante sair do meio de seu peito. A dor ele mal sentira, e caiu morto de lado, abandonando o cavalo. Aldwyn o chutou para ter certeza. Estava morto. Tirou sua lança do corpo do nórdico, pegou uma adaga amarrada à cintura dele e montou no cavalo. Entretanto, se dessem pela falta daquele homem, e o encontrassem morto, imaginariam que havia alguém vivo e espreitando a paliçada. Achou melhor enterrar o homem. Cavando depressa com as próprias mãos, abriu uma vala funda o suficiente para jogá-lo ali. Cobriu-a de terra com rapidez e montou no cavalo mais uma vez. A todo galope pelo bosque, procurava um lugar mais distante, de onde poderia seguir os passos dos nórdicos em segurança. Isso acabou levando-o para uma colina elevada encravada no bosque escuro e denso, com uma cobertura excelente de folhas, que poderia abrigá-lo e servir de torre de vigilância. Observando do alto, ele via a paliçada, os corpos jogados do lado de fora das muralhas já atraíam os animais carniceiros, charnecas e colinas ao longe. Qualquer coisa fora do comum, Aldwyn conseguiria ver dali. E nada fora do comum aconteceu por quatro dias. Tentando organizar os pensamentos em meio à imobilidade, ele achava que procurar o rei era a melhor alternativa para salvar as cidades ao sul da fúria bárbara. Estaria melhor equipado e preparado para isso. Certamente o rei contava com um bom exército. Partiria de noite, para não ser visto.

Novamente seus pensamentos foram interrompidos por passos. Meio arrastados, mas eram passos e de gente. Olhou para baixo, do alto da árvore onde costumava ficar, e viu que seu cavalo observava atento uma aproximação. Descendo para o galho mais baixo, sem fazer ruído, Aldwyn se equilibrou nas pontas dos pés. O homem coxeava se arrastando na direção do cavalo. Parecia bem ferido. Ao ver que o homem estendia a mão para tocar as rédeas do cavalo, Aldwyn voou em cima dele, e ambos rolaram pelo chão. O homem debilitado não teve forças para se defender, e quando viu a mão fechada pronta a lhe socar o rosto, reconheceu o filho do capitão. Aldwyn também não acreditou no que via. Idwal estava vivo. Imaginou que o safado estivesse embaixo da pilha de corpos que recheava a cidade e até gostava de pensar assim. Entretanto, já que ele não estava morto, ao menos parecia bem fragilizado. Tinha sangue seco na cabeça, o que tingiu seus cabelos de um tom puxado para o marrom pegajoso. O rosto estava pálido, as órbitas fundas.

— Idwal... — Ainda não acreditava em seus olhos, segurando-o pela roupa. — É você, seu canalha? O que faz aqui?

— Acordei no meio dos corpos... e resolvi correr dali. Lembro de ver um cavalo enorme vindo para cima de mim e depois acordei...


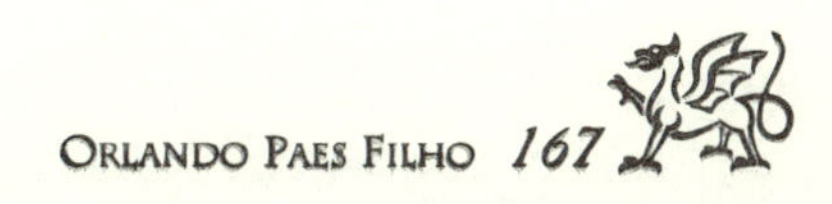

Soltando-o no chão, lá ele ficou, quase imóvel, doente. O cotovelo direito estava inchado, quente e gordo, mas não estava quebrado, apenas deslocado, o que causava estranheza. O braço estava mole e sem movimento, dedos azulados. Aldwyn, ao tirar a roupa de combate de Idwal, viu marcas de cascos no peito e na barriga, arroxeadas e pretas. Pegando-o pelo braço bom, Aldwyn o arremessou na água fria de uma pequena queda-d'água e lá o deixou até o sangue seco e o barro serem levados pela correnteza. Quando percebeu que o almofadinha já estava entorpecido pelo frio petrificante da água, com os lábios arroxeados e prestes a se afogar, puxou-o para a margem, colocou um pequeno toco de madeira em sua boca e, apertando o braço debilitado com força, o puxou pelo pulso, ouviu um estalo e um tranco, indicando que o cotovelo voltara ao lugar. Idwal sequer conseguiu gritar e desmaiou de dor logo em seguida.

Dois dias se passaram sob uma chuva leve de primavera, com aberturas de sol de vez em quando. Aldwyn olhava para a paliçada, já impaciente. O que tanto faziam lá dentro, por que não saíam? O que estavam esperando? Eles tinham recebido mais homens, girando em torno de uns cem, ou duzentos, e não se moviam. Vez por outra ele olhava para baixo. Idwal ainda dormia pesado, após horas de delírios e pesadelos, fervendo de febre. Talvez pudesse contar com a ajuda dele para irem até Rhodri. Hora de mostrar sua verdadeira lealdade. Viu que ele resmungou alguma coisa e se mexeu. Devia estar acordando, portanto permaneceu onde estava. Idwal respirou fundo o ar frio do bosque e acordou. Será que aquelas lembranças a pular em sua cabeça eram verdadeiras? Lembrou-se de encontrar o filho do capitão, que julgava morto, e de um banho gelado, mais nada. Ao se mover, o braço direito parecia pesado, porém, menos inchado e dolorido. Um cavalo pardo o olhava.

—Já era hora.

Drakkar

General Viking

Escrava sem esperança

Ecos de uma Bretanha romana

Guthrum

Dama de honra

Columba

Chefe de guerra irlandês

O desembarque

As Dragonesas de Cymru

Angus MacLachlan

As escravas

As princesas escravas

As Senhoras da Guerra

Gwenora nos campos de Gwent

Olaf, o Branco

Ivar, o Sem Ossos

Escravos da DalRiata

Rei Aidan MacAedan da DalRiata

Guerreiros britânicos

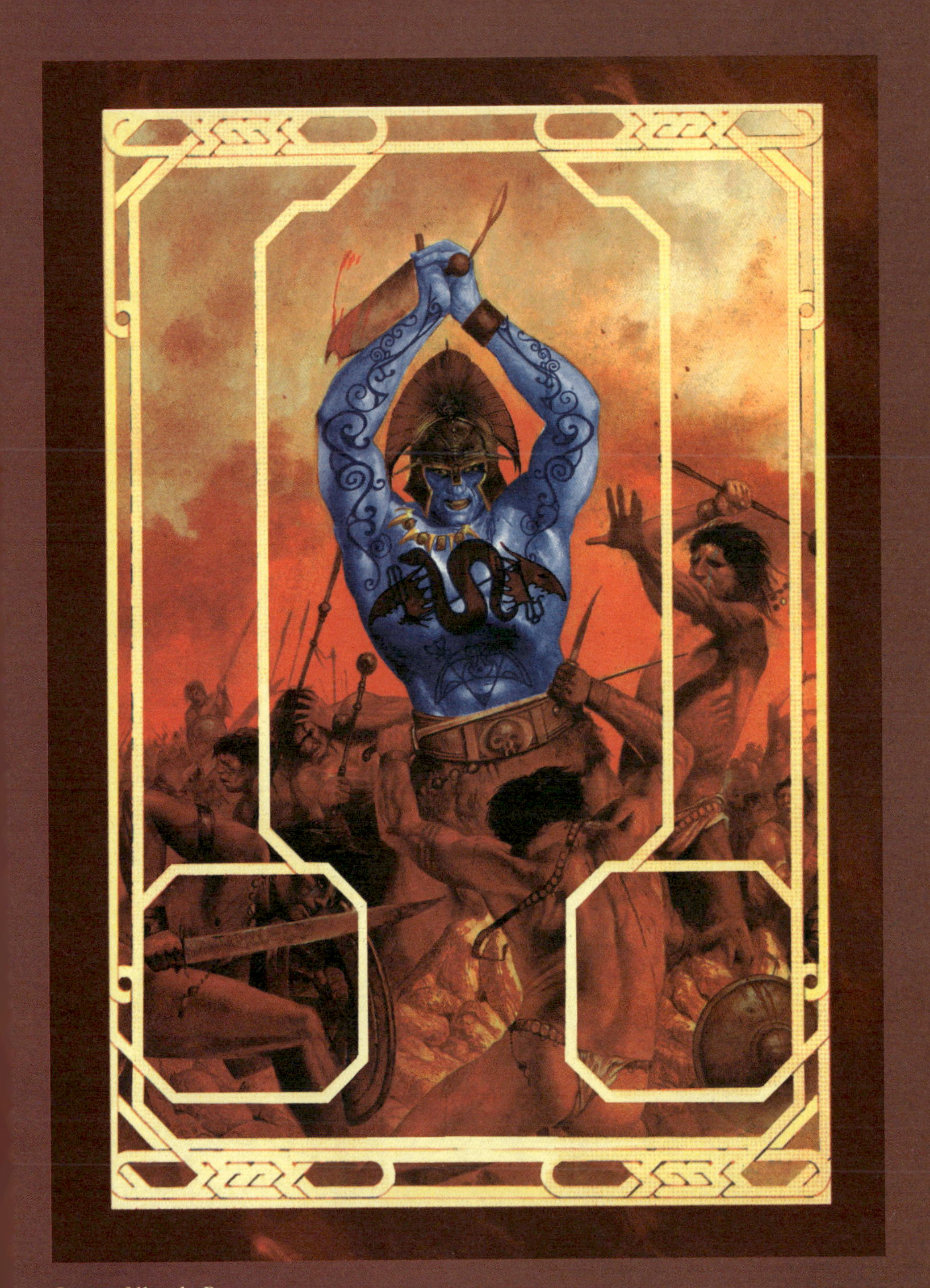

Conn, filho da Pictávia

Gwyneth lidera a guerra

O rugido dos querubins e do leão

O rei Vortigern

Owain

Sewyn Picta

Rei Rhodri Mawr de Cymru

Yatlan, o Forte

Seawulf

Turlogh

Angus Clan

Mapa da Inglaterra — século IX

Instintivamente, Idwal olhou para cima, a vista um tanto embaçada, e viu Aldwyn sentado em um galho grosso a observá-lo, podendo ver a sola suja de suas botas, seu rosto meio oculto pelas folhas. Hábil como um gato, ele desceu pelos galhos e pulou na frente do homem já desperto.

— Achei que não acordaria nunca.

— Onde estamos? — perguntou Idwal.

— No bosque, na parte mais alta, onde é mais seguro. Você passou por maus bocados. Como se sente? — Não estava verdadeiramente preocupado, perguntou por costume.

— Melhor. — Olhou para o braço arroxeado e mexeu alguns dedos da mão direita sem agradecer. — Como conseguiu o cavalo?

— De um nórdico distraído que caçava por aí.

— E você? O que faz aqui? — perguntou curioso.

— Também acordei em meio aos mortos e consegui correr de lá. A questão é o que vamos fazer agora.

— Como assim?

— Eles tomaram a paliçada, seu idiota. — Aldwyn se irritou com a aparente falta de interesse de Idwal. — Mataram todos os homens e as mulheres ainda estão lá, escravizadas.

— Gwenora está lá também?

— Com certeza. Não matariam as mulheres, sabem que elas vão valer um bom preço nos mercados de escravos. — Olhou na direção da fortaleza meio encoberta pelas árvores, pensando em Gwyneth.

— Se eles arrasaram todos os reinos ao sul de Cymru jamais conseguiremos uma força capaz de pará-los. — Idwal se pôs de pé com alguma dificuldade, sentindo o corpo enrijecido e dolorido. — Quantos eles são?

— Agora devem ser por volta de uns quatrocentos. Estão se preparando para alguma coisa, só não tenho certeza de quê. Pensei em

ir até Morgannwg, mas eles devem estar sob ataque ou se defendendo dele.

— E quanto ao rei?

— Bom, Rhodri estava em luta contra eles e levava vantagem... — Aldwyn pensava. — Espero que tenha conseguido se defender. Será nossa única chance de retomar a cidade.

— Tem algum plano? — Idwal perguntou.

— Temos que chegar a Rhodri e pedir sua ajuda. Somente ele tem o exército e os recursos para uma empreitada tão grande. E tenho certeza de que quando souber do ocorrido com o irmão e os sobrinhos, não hesitará em vir.

— Mas se sairmos daqui agora, quando eles forem embora — apontou para a cidade —, perderemos seu rumo.

— Sugere o quê, então?

— Vamos procurar os filhos dele, Anarawd, Merfyn e Cadell. Eles ficaram no centro-sul para defender Dinefwr e devem estar lá. Com certeza possuem homens, suprimentos e armas para perseguirem esses cães nórdicos e duvido que os nórdicos tenham de fato tomado todos os fortes da costa — falou como se uma platéia o assistisse.

— Não sabemos se eles realmente montaram um exército.

— É melhor do que dois homens e um cavalo, não acha? — Idwal falou com certa ironia.

Aldwyn tinha conhecimento das dificuldades que teriam dali para a frente. E Idwal estava certo, detestava admitir. Não poderiam perdê-los de vista, seria perder importantes chances de conhecer suas fraquezas. Queriam descobrir qual seria o rumo deles para bolarem uma estratégia. Por isso, resolveram montar guarda. Além disso, precisavam de paciência. Não sabiam o que aconteceria dali para a frente e dois homens em um cavalo não venceriam uma batalha.

No dia seguinte, outros dois caçadores nórdicos foram pegos desprevenidos pelos soldados solitários e foram mortos. Suas ar-

mas, roupas e as duas montarias eram agora bens preciosos para Aldwyn e Idwal. Enterraram os homens e permaneceram na vigilância. Logo alguém daria pela falta dos três homens ou então das montarias. Precisavam, contudo, saber como estavam os territórios ao redor e Idwal se prontificou a ir, mesmo com o braço ainda dolorido. Bateria as regiões em volta e traria notícias em breve.

Aldwyn acabou ficando de novo sozinho, o que era até bom já que não agüentava mais ouvir as ladainhas de Idwal, sendo que discutiram algumas vezes. Ele partira havia horas, quando Aldwyn notou uma movimentação de vikings descendo da paliçada. Um pouco depois da partida de Idwal, um homem a cavalo entrou rapidamente pelos portões de Cair Guent. Parecia um mensageiro. E em seguida uma grande tropa de homens a pé e alguns a cavalo se dirigiam para algum lugar. Alarmado, continuou olhando. Eles tomaram a estrada que levava para Cair Lion e sumiram no horizonte. No entanto, uma quantidade ainda razoável de homens ficara em Cair Guent, talvez para tomar conta dos escravos e dos espólios e defender o novo forte.

Idwal parou para urinar quando o sol estava se pondo. Logo a noite desceria sobre a terra e as brumas o esconderiam. Desde que deixara o bosque, ele vinha tramando em sua cabeça uma forma de se livrar de Aldwyn de uma maneira que não levantasse suspeitas. Seria apenas a palavra dele contra a de um homem morto, ganhando assim toda a glória dos feitos daqueles dias. O capitão devia estar morto também, e o Nobre. O relinchar de cavalos o fez acordar dos devaneios maléficos e começou a prestar atenção no silêncio. Uma tropa se aproximava. Pelo barulho, uns 100 ou 150 homens, talvez 200. Não vinham exatamente ao seu encontro, mas passariam perto. Seguiam a velha estrada romana em direção à baía de Swan, local onde muitos navios estavam ancorados. Idwal resolveu segui-los também. Acompanhava de longe, sabendo se


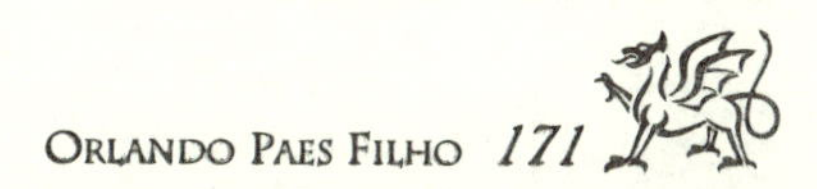

ocultar na escuridão. O porto estava agitado. Navios eram descarregados, muita gente na praia, escravos. Os homens foram bem recebidos por aqueles que já estavam lá embaixo. Por que se dirigir à baía de Swan se estavam perto dos fortes do litoral de Morgannwg? Idwal sorriu de lado, pensando em como eram ardilosos. Eles não conseguiram dominar totalmente o sul. Bran ap Rhys provavelmente tinha conseguido rechaçar um ataque com sua armada, fazendo com que eles optassem por subir o rio Severn, antiga tática, o que ocasionou na invasão de Cair Guent. Naquele momento, eles queriam assegurar a saída dos escravos e impedir uma insurreição ou um contra-ataque do rei. Com certeza eles manteriam Swan sob sua tutela e Dyfed terminaria de ser conquistada. Alguma coisa os impedia de passar por Dyfed ou já teriam se dirigido para os fortes mais seguros com uma carga preciosa de escravos. Querendo descobrir o que seria, Idwal colocou-se no caminho logo que o sol começava a nascer, naquele momento da manhã em que noite é dia e dia ainda é noite. Percorreu vales e colinas sem ver uma única pessoa, e até bem poucos animais, quando deparou com uma comitiva acampada. Temendo ser de nórdicos, logo tratou de se esconder. Mas fora tarde demais. Um dos guardas o viu e iniciou uma perseguição a cavalo. Idwal foi por fim derrubado da montaria. Um homem de elmo e uma espada afiada pôs o pé em seu peito e o impediu de se levantar. Ficou levemente aliviado por ver que não eram os vikings, eram *cymry*, apontando-lhe espadas.

— Quem é você?

— Sou Idwal, capitão da guarda de Cair Guent — disse, tentando diminuir a arrogância da voz.

— Seu mentiroso! — O homem se enfureceu. — Cair Guent foi dominada pelos nórdicos, bem como Cair Lion! E o capitão de lá é Brangwaine!

— Sim, foi tomada, e eu estava lá. Meu capitão morreu e eu era seu segundo homem em comando. Acredite, escapei por milagre a toda aquela desgraça e vim procurar ajuda.

— Ajuda de quem, senhor capitão? — O homem estreitou os olhos, ainda parecia não acreditar.

— Do rei Rhodri ou dos filhos dele.

Como se pensasse consigo mesmo, o homem tirou o pé do peito de Idwal, deixando-o se levantar, mas sem abaixar a espada. Quando tirou o elmo, Idwal reconheceu o cavaleiro. Era Anarawd, o filho mais velho do rei Rhodri.

— Desculpe, senhor, não o reconheci — Idwal humilhou-se na tentativa de ganhar respeito.

— Levante-se, homem, não está diante do rei. — Parecia desanimado. — Disse que Brangwaine morreu...?

— Sim, meu senhor. E também seu tio Ewain, o Nobre, e seus primos Rhodri e Dimas. Sinto muito.

Os outros dois guardas que acompanhavam Anarawd tiraram os elmos. Eram Merfyn e Cadell. Pareciam não crer no que ouviam.

— Como escapou do ataque deles? — Anarawd estava curioso.

— Eles acharam que eu estava morto — respondeu Idwal humildemente. — Fui jogado junto aos mortos. Acordei mais tarde. Fugi no mesmo instante.

— E quando às minhas primas e Donn?

— Donn está num monastério em segurança, junto do abade Mabon. Gwyneth e Gwenora foram feitas escravas pelos nórdicos, bem como todas as mulheres.

Havia urgência na voz de Idwal, os três sentiam, o que denunciava os caóticos acontecimentos em Cair Guent. Anarawd então pediu que se juntasse à pequena comitiva. Não deviam ser nem vinte homens, todos visivelmente abatidos e cansados, com sinais de terem passado noites maldormidas. O filho mais velho do rei então contou que os nórdicos tentaram tomar Kidwelly, um forte na costa não longe de Swan. Ficava perto de Llantesphan também, um forte dominado e quase destruído pelos nórdicos. Kidwelly era uma das maiores fortificações de Cymru, com longas e lisas paredes, fixado num rochedo como se tivesse sido esculpido dele, local de difícil dominação. No entanto, os nórdicos não sitiaram Kidwelly por muito tempo. Uma divergência surgiu entre eles e começaram a brigar. A maior parte dos que sobreviveram recuou até uma vila perto de Llantesphan e foi lá que Anarawd e uma pequena tropa de homens cedida por Cair Merdin os aniquilaram. Idwal então entendeu por que eles preparavam uma saída por Swan e expôs o fato aos três filhos de Rhodri, iluminando o que poderia ser uma estratégia de combate.

— É preciso rechaçá-los do sul de Cymru, se não, eles vão fixar bases ali e destruirão o que restar de nós — disse Idwal.

— Não é tão simples assim. — Cadell passou os dedos por entre os cabelos avermelhados enquanto andava de um lado para outro. — Nós não temos um exército, não temos como enfrentar os quase mil nórdicos que chegaram a Dyfed como cães atrás da caça nos últimos dias. Nosso pai está enfrentando uma tropa no norte e Deus está nos dando a vitória quase certa, pois eles não conseguem sitiar os fortes, que estão muito bem guardados. Mas a maioria dos homens que poderiam nos ajudar estão em Deganwy e não podem sair de lá.

— O único jeito de tirá-los daqui é tomando os portos — Anarawd pensava em voz alta, olhando para o fogo que aquecia uma ave caçada. — Eles são animais do mar, não são? Então temos que tirar essa vantagem deles.

— Não temos uma esquadra. Eles lutam atrelando os navios uns nos outros — Idwal tentava achar uma solução e não conseguia. — Terá que ser uma luta em terra firme, e essa vantagem é nossa.

— Temos que voltar para Dinefwr e proteger a construção da fortaleza. Esse nórdicos malditos parecem ignorar o que vêem e temo nunca conseguir colocá-la em uso. Quanto a você — voltou-se para Idwal —, fique conosco e vamos mandar as tristes notícias a nosso pai. Ainda há de se derramar muito sangue.

Idwal sorriu satisfeito, orgulhoso do que tinha conseguido. Nada de frutinhas silvestres e água gelada de rio. Enfim, poderia ter algum conforto. Não se preocupou muito com Aldwyn, mesmo levemente agradecido por este ter salvo sua vida. Resolveria esse assunto depois.

Bem instalados em Dinefwr, eles despacharam um mensageiro com urgência em direção à fortaleza de Deganwy, um antigo forte, de sólidas fundações, onde os nórdicos vislumbravam uma possível derrota que seria fatal para o moral de toda a tropa. Eles subestimaram as defesas do norte e da tradição guerreira do povo da costa. O rei estava abatido após semanas de incessante ataque e baixas, mas animado por ver que os nórdicos já estavam cansados da briga e recebeu o ofegante cavaleiro com preocupação. Quando leu a mensagem na letra fina de seu primogênito, a preocupação se transformou em ira, que enrubesceu seu rosto. Seu único irmão morto, os sobrinhos mais velhos massacrados e suas lindas sobrinhas feitas escravas. Imediatamente, sem pensar a respeito e ignorando os conselheiros que não faziam nada além de falar e divergir, ele deixou a cidade sob o comando do seu capitão de confiança e ordenou que preparassem uma grande comitiva a fim de partir para Dinefwr o quanto antes. Sentia que o norte estava de fato protegido, pois homens vieram de Ruthin e Hawarden, e cerca de dez navios ficaram prontos antes do tempo nos estaleiros bem guardados nos canais perto de Flint, iniciando um contra-ataque no mar que costeava Gwynned. Os nórdicos estavam confiantes demais no sucesso da empreitada.

# 5. Virtuosas

Assim que Oslaf recebeu a notícia no palácio, virou a mesa onde comia ao lado de vários *jarls*, jogando pedaços de javali e chifres de hidromel pelo chão batido. As escravas se assustaram. Seus olhos viraram brasas vivas de fúria e ele começou a despedaçar a mesa de madeira com seu machado.

— Aquele cão maldito!

— Ele tomou alguns fortes e aldeias na costa. Desistiu de tomar Kidwelly mas está se preparando para partir com todos os navios — disse um nórdico que conseguira fugir da briga. — Vai embarcar os escravos para Birka.

— Quero a cabeça de Hyrnig no meu prato! Filho de Lóki, desgraçado! Não vai tomar o que é meu e sair vivo! Vou levar esses escravos para Sigtuna usando a pele dele no meu escudo!

Gwyneth via, mas não entendia. Ao que parecia, alguém tinha traído o gigante careca e ele espumava de raiva. Raramente alguém se opunha à sua palavra. Hyrnig, um *jarl* que conhecia havia muitos anos, desde sua infância em Sigtuna, tomou para si a carga de escravos que tinham conseguido de outras batalhas e a despacharia o mais cedo possível para Erin antes que Oslaf voltasse de Gwent, sabendo também que tão cedo Ivar não voltaria, abandonando-o lá à sua própria sorte. Os homens que saíram de Cair

Guent um dia antes estavam agora do lado de Hyrnig. Homens ainda fiéis ao gigante lutaram contra os traidores, mas não conseguiram tomar o porto de volta e foram mortos. Quem entregasse a carga primeiro, receberia o pagamento em dobro. Para Olaf, só interessava o lucro.

— Preparem os cavalos e os escravos! Quero sair daqui o mais tardar ao amanhecer! Vou tomar o forte dele e todos os outros da costa, ou não me chamo Oslaf, o Lobo!

Espumando de ódio, saiu do palácio puxando as escravas pelo braço. Uma delas se recusou a ir com ele para outra violação e foi espancada na frente de todos. Era uma experiente arqueira de vinte anos, do destacamento de Alwine. Ele dava socos no rosto da mulher, tapas, querendo descontar sua raiva pela traição, e quando ela estava quase desmaiando, Oslaf usava a cabeça da mulher para acertar as pedras de um poço em frente às escadas repetidas vezes, puxando seus cabelos, até que suas mãos se encheram de sangue. Gwyneth quase vomitou ao ver a massa disforme e ensangüentada cair dos cabelos da moça. Lá ela foi deixada para mostrar às outras o que ele faria se fosse desobedecido novamente. As sessões de estupro recomeçaram com várias mulheres por vários homens. Gwyneth vinha cuidando da irmã para impedir que ela enlouquecesse. Já não falava mais coerentemente fazia dias e temia não haver recuperação. A situação só piorava quando ela lutava contra os abusos, deixando Oslaf ainda mais excitado.

Lá embaixo, alguns batedores nórdicos se aproximavam com uma longa fila de pessoas atrás deles. Tinham conseguido saquear e destruir a pequena vila de Usk e as fazendas do entorno, ao norte de Cair Guent, e traziam mulheres e crianças para serem despachadas o quanto antes. Isso pareceu diminuir a fúria de Oslaf, que deixou um pouco as gêmeas para conferir as mercadorias que chegavam. Gwyneth enxugava o rosto machucado de Gwenora, que chorava em silêncio. Seu nariz sangrava e estava com os lábios feridos de mordidas que o nórdico fazia ao tentar arrancar-lhe beijos violentos.

No dia seguinte, toda a comitiva estava preparada para sair da cidade, deixando-a sob o comando de um *jarl* de confiança de Oslaf. Ele perseguiria Hyrnig nem que fosse a última coisa que fizesse na vida e descarnaria seus ossos como lição para os futuros traidores. Uma longa procissão de mulheres e crianças começou a descer da paliçada, umas duzentas delas. As gêmeas vinham acompanhadas de perto pelo gigante, que amarrara suas correntes junto às rédeas de seu cavalo. Descalças, com os corpos feridos, elas prosseguiam adiante. O território verdejante e repleto de vida era agora um palco de horrores. Ao se aproximarem de Cair Lion, a cidade também tomada pelos invasores e com escravas para serem enviadas a Swan, os corpos de guerreiros e do próprio líder da cidadela estavam pendurados em estacas apodrecendo. Mais mulheres e crianças se juntaram à fila sofrida, somando agora quase 300 cativos e 280 nórdicos. O restante, algo em torno dos 200, tinha ficado em Cair Guent e deveria assegurar uma passagem livre até o rio Severn, onde alguns navios estavam atracados aguardando ordens.

Vendo a tudo isso do alto da colina, oculto pelo denso bosque, Aldwyn precisou tomar uma rápida decisão. Já que Idwal não tinha voltado como prometera, traidor sujo como provara ser, ele procuraria pelos filhos do rei Rhodri ou até o próprio rei, dependendo da situação, e indicaria o local para onde a comitiva se deslocava. Se tivessem sorte, conseguiriam libertá-las em alguns dias. Oculto, pegou uma montaria e atrelou a segunda junto de sua rédea, partindo em disparada na direção de Dinefwr.

O sol de primavera já conseguia atravessar as espessas nuvens que foram se dissipando após as tempestades que caíram. Todos os vales tornaram-se coloridos com flores e pétalas e os pássaros, agora silenciosos, em outros tempos cantavam alegres. Os nórdi-


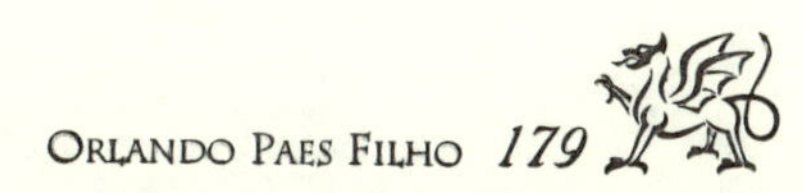

cos, por sua vez, não prestavam atenção a isso. Molestavam as mulheres mesmo amarradas e escravizadas. Oslaf bebia água e cuspia nos rostos das gêmeas, sabendo que estavam com sede. Ria divertido com isso. Vez por outra puxava a corrente de Gwenora para poder puxar seus cabelos vermelhos ou passar a mão em seus seios.

Andaram o dia todo sob o sol morno sem água nem comida. Os passos eram lentos e cansados. Demorariam no mínimo uns quatro dias para alcançarem a baía de Swan se continuassem naquele ritmo. Com a noite caindo, eles acamparam num vale rochoso, na beira de um lago. Ottar se aproximou do grupo das mulheres e crianças que se encolhiam juntas umas das outras, sempre olhando para trás, certificando-se de que não havia outros por perto e distribuiu pedaços de um pão grande e redondo, além de deixar um balde com água junto de uma moça para que matasse a sede dos pequenos. Kara o olhou com agradecimento e em silêncio foi dando de beber às crianças menores e bebês. Homem estranho, elas pensavam. Alimentando o inimigo. Amanhã poderia ser morto por qualquer galês sem piedade somente por ser nórdico.

— O que será que está havendo? — Kara sussurrou ao ouvido de Cyssin, ambas amarradas pelos pés e mãos.

— Algo errado aconteceu. Parece uma traição.

— Para onde será que vão nos levar?

— Só sei que não quero parar em algum harém desses tais mouros — Cyssin sentia as cordas incomodarem sua pele fina.

— Acha que vamos conseguir nos libertar? — Kara suspirou fundo.

— Você não?

— Não sei... não sei mesmo — Kara derrubou algumas lágrimas, enxugando o rosto logo em seguida. — Temo estar perdendo qualquer esperança de que voltaremos à nossa cidade ou de

tudo isso acabar. — Engoliu seu pedaço de pão e tomou um gole de água.

— Esse território já viu mais invasões do que qualquer outro na Bretanha — Syndia as ouvia e se meteu na conversa. — Precisamos apenas ter fé. Cristo passou por muito pior...

— Minha fé não anda em alta ultimamente — Kara a observou. — Ainda lembro muito bem da cabeça desfigurada da arqueira no meio da praça...

— Shhh, estão vindo.

Elas se calaram e se acomodaram no chão duro, protegendo as crianças órfãs. O que dizer para essas crianças? Que não tinham mais família, que tudo fora destruído por causa da ganância desenfreada de monstros cruéis? Mal sabiam do que se passava com elas. Cyssin ficou aliviada ao ver que era o nórdico benevolente que se aproximava, precavido e sempre olhando para trás, trazendo alguns bons pedaços de carne e algumas frutas, deixando do lado de Kara e se levantando.

— Por que ele nunca diz nada? — Syndia pegou uma maçã.

— Talvez não fale nossa língua.

A pequena ceia contrabandeada da mesa dos *jarls* serviu para apaziguar o estômago faminto das mulheres e calou o choro de alguns dos pequenos, que dormiram, embalados pela respiração das mães. As gêmeas Sewyn estavam mais uma vez na tenda de Oslaf, que acabara de estuprar Gwenora novamente. Gwyneth foi deixada de lado, pois ele adormeceu de tanta bebida e roncava alto. Assim como fazia todas as noites depois da tomada da cidade, Gwyneth puxava a irmã para junto de si e começava a limpar seus machucados. Sua irmã não mais falava. Não queria mais comer. Com um pano úmido, Gwyneth ainda fazia com que engolisse um pouco de água e mais nada. Tinha sempre os olhos perdidos no nada e andava apenas quando era puxada, semelhante a um boi ou cavalo. Chorando enquanto alisava os cabelos vermelhos da irmã, as imagens de quando eram crianças voltaram. De como penteavam os cabelos e os decoravam com flores. Tempos felizes que pareciam distantes. Lentamente, Gwyneth parecia perder as forças também e temia se entregar ao medo e ao desespero. Em suas orações pedia sempre pela vida das companheiras e pela libertação de sua terra. As humilhações, porém, vinham minando sua fé aos poucos, a ponto de impedi-la de orar, podia apenas chorar em silêncio. Pulsos e tornozelos doíam por causa dos grilhões. A saudade do pai bateu novamente. Quando lembrava de vê-lo cair, de quando o sangue quente de seu irmão esguichou em seu rosto, entendia por que Gwenora estava tão traumatizada. Pensou muitas noites em uma resposta para esclarecer a tomada de Cair Guent, uma cidade com soldados tão bem treinados em uma cidade murada. Nunca encontrava as respostas, e talvez não tivesse uma. As coisas simplesmente aconteciam, já dizia o querido Nennius, pois ninguém tem a pena que escreve o destino dos homens a não ser Deus, que sabe o que escrever no pergaminho de nossas vidas. O homem nasce certo, ele dizia, mas é o próprio homem quem procura os desvios no caminho. Muitos diziam que os nórdicos eram os enviados do demônio para assombrar os cristãos e acabar com a obra de Deus. Mas, então, como explicar a bondade do nórdico calado, que levava água e comida escondido dos companheiros para os cativos? Sim, devia haver algum propósito oculto em tanta desgraça, e Deus devia ter seus motivos misteriosos. Gwyneth vivia repetindo isso para a irmã, sem saber se ela ouvia ou não, mas dizia que aquilo seria passageiro. Aquela batalha estava perdida, mas uma guerra fora declarada, e esta sim ainda não fora ganha pelos nórdicos.

Pela manhã, bem cedo, Oslaf colocou todo mundo para andar. Queria mais velocidade no trajeto para Swan, temendo que o covarde Hyrnig levasse embora seus escravos antes do tempo. Perderia muito investimento se aquele traidor conseguisse fugir. A

enorme procissão recomeçou. Gwenora quase não se agüentava em pé. Andou apoiada em Gwyneth quase o tempo todo, pois suas pernas bambeavam. Olhando para trás na enorme fila, Gwyneth reconheceu as companheiras do destacamento das Evas, sujas, maltrapilhas, machucadas, mas andando, cabeça erguida. A mais tristonha talvez fosse Cyssin. Não passava um dia sem chorar, enquanto era molestada constantemente.

Aqueles vales eram conhecidos. Gwyneth lembrava do tempo em que cavalgava por eles. Volta e meia, Oslaf trocava de caminho quando bem entendia, como se temesse que alguém estivesse seguindo sua longa comitiva. Estavam se aproximando de Margam, onde Gwyneth gostava de visitar a igreja simples mas abençoada do local. A cruz alta de madeira nobre sempre despontava no horizonte conforme se aproximava da cidade. Mas desta vez não surgiu. Com tristeza, Gwyneth viu que nórdicos tinham tomado a cidade e que as fundações da pequena igreja ainda soltavam fumaça. Seu coração sentiu mais uma perda das centenas de perdas que teve em tão pouco tempo. Não sabia como tinha forças para pôr-se de pé dia após dia, e continuar andando. Por entre as planícies, mais colunas de fumaça subiam, indicando mais destruição em vilas e fazendas.

O dia exaustivo sob o sol só parou quando o próprio Oslaf já havia sacudido o suficiente em cima de seu cavalo. Tinha vontade de sair em disparada ao encontro de Hyrnig, mas temia deixar os escravos com um possível traidor entre eles. Como aquilo o irritava. A demora, a marcha lenta. Passou a mão na cabeça nua e estava quente após um dia inteiro exposto ao sol da primavera. Desceu do cavalo puxando suas gêmeas pelas correntes e as prendeu em uma ruína antiga que achou apropriada. Notou o desânimo dos homens e o quanto poderia ser prejudicial. Sem a gula desmedida deles, não tinha um exército. Tratou de colocá-los em festa. Mandou que fizessem um banquete, menos suntuoso do


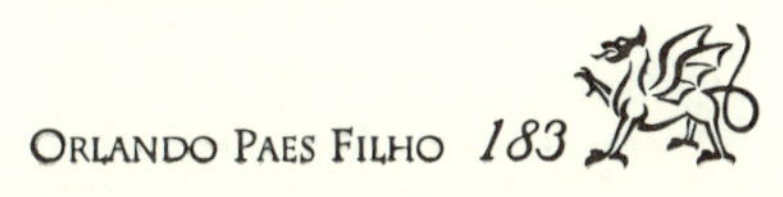

que gostaria, apenas para encher o ar de bebedeira e escravas. Novamente, pretendia se deleitar com seus animais ruivos. E tiraria de uma vez por todas aquele olhar orgulhoso que via na calada. Nem que perdesse um certo valor em vender uma escrava caolha, mas tiraria aquele orgulho à força.

Um dia de sol como aquele resultou em algumas nuvens no céu e uma fina garoa começou a cair. O que antes estava quente e abafado, logo se tornou úmido e até incômodo. Das tendas armadas aqui e ali, Gwyneth podia ouvir risadas e cantos. O que tanto comemoravam? Ela não entendia. Aquilo se estendeu por horas, varando a madrugada. Quando pensava poder pegar no sono nem que fosse um pouquinho, um grito mais alto a despertava.

Aquela parecia ser a mais fria das manhãs que Gwyneth já vivera. O ar estava pesado. A vida em si havia parado ao seu redor. Seu corpo parecia ser feito de madeira encharcada da chuva fria da madrugada, pois estava sem forças para sustentar a si própria; sua cabeça latejava, parecia ter um sino badalando lá dentro. Um vento gelado batia em seu rosto e açoitava os cabelos vermelhos, trazendo junto uma nuvem de garoa que fazia suas lágrimas se misturarem à água. Não querendo ser vista chorando, ela secou o rosto em silêncio com a manga suja de um vestido rasgado e sem cor de tanta sujeira de tantas estradas que percorreu, engolindo um pranto dolorido.

Ah, Senhor, às vezes acho que não conseguirei suportar, ela pensava com angústia, preciso de Sua força. Olhou em volta, notando o monte de escombros em que sua vida havia se tornado em tão pouco tempo e como o brilho de tempos antigos tinha deixado sua memória. Jogada como um trapo logo ao seu lado estava sua irmã gêmea Gwenora, suja, os cabelos ruivos se soltando do coque malfeito, com frio e o corpo cheio de marcas. Ambas estavam acorrentadas a um antigo muro de uma construção romana ao relento por ordem de seu captor, um gigante viking

chamado Oslaf, um *jarl* temido e odiado até por alguns de sua própria raça, um tipo de animal carniceiro, pensando no próprio benefício que viera de terras longínquas e animais para capturar escravos e negociá-los nos mercados de Sigtuna, Birka ou Hedeby.

Gwyneth encostou a cabeça em uma pedra úmida e olhou as planícies verdejantes que se estendiam e que era assunto dos estrategistas dos invasores. O cheiro molhado da terra se erguia devagar no ar, trazendo-lhe o cheiro de casa, a garoa fria jogou um manto brilhante na vegetação, iluminando as charnecas e, ao fundo, tempestades distantes escureciam imponentes montanhas, enquanto raios cortavam as nuvens altas. Os olhos amarelados como âmbar da ruiva guerreira olharam com saudade na direção de sua terra, sua Cair Guent, cidade aconchegante, calorosa, cheia de tradições e que fora deixada à própria sorte e sob os cuidados dos invasores. Com os pulsos feridos pelos grilhões pesados, ela mal conseguia erguer os punhos para poder rezar e pedir que o suplício acabasse. Estava tão cansada, esgotada. Não agüentava mais ser humilhada e usada como um brinquedo por um homem asqueroso que estava levando sua irmã à beira da loucura e fazendo crescer um sentimento de ira e de revolta. Havia dias em que, durante suas orações, ela achava difícil sentir a presença do Espírito Santo, mas somente Ele conseguia lhe dar a força necessária para se pôr de pé e mostrar do que o povo de sua amada terra é feito. Apenas pedia ao Senhor, todas as manhãs como aquela, que Ele lhe desse uma luz.

Estaria entregando-se à situação? Ela não podia se deixar abater e tentava se convencer disso. Abaixando a cabeça, Gwyneth pedia para dormir um pouco e tentar esquecer sua situação. Algo, no entanto, chamou sua atenção. Não havia reparado naquilo antes. Mas aparecia um brilho pouco nítido no solo. Com a unha, ela bateu no que achou ser uma pedra, mas a sensação foi de que


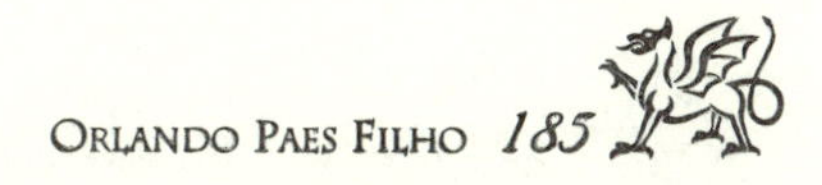

tocava em metal. Conhecia bem a sensação de tocar em espadas e facas. Começou a cavar com as mãos. O brilho se tornou intenso, como o brilho que viu na noite da visão do leão guerreiro e quando a garoa limpou as lâminas brilhantes, viu que se tratava de duas longas adagas. A luz que tinha pedido ao Senhor resplandeceu diante de seus olhos como uma chama. Não podia acreditar. Remexendo no solo, encontrou ainda uma lança. Seu pedido fora atendido.

— Gwenora... — sussurrou e sacudiu a irmã. —Acorde... vamos...

Com os olhos marejados de cansaço, olhou por cima do ombro e viu o que a irmã tinha nas mãos. Seus grandes olhos de falcão se iluminaram como não faziam havia dias.

— Onde achou isto?

— Um sinal divino... — murmurou, escondendo a felicidade.

Ouviram a voz potente de Oslaf se aproximando. Ele bebera o suficiente de hidromel para derrubar um homem comum e ainda permanecia de pé. Berrava gritos incompreensíveis. Queria brincar com seus animais de estimação, duas feras vermelhas que o observavam se aproximar. Não gostou nem um pouco daqueles olhos amarelos a fulminá-lo e andando como um titã poderoso balançando a terra. Foi na direção das ruínas, já com seu machado pronto na mão. Algo estava acontecendo, elas tinham perdido aquele olhar orgulhoso na noite da ocupação.

As gêmeas esperaram o momento certo, apertando forte o cabo das adagas contra as mãos, pedindo em silêncio pela primeira vez que ele se aproximasse mais. Mais perto, nórdico maldito, mais perto, pensavam ansiosas. Sem que ele tivesse tempo de abrir a boca para grunhir qualquer coisa, ambas avançaram nele como lobas, enfiando as adagas e rasgando suas carnes. Repetidas vezes nas costas, na barriga, no peito, fazendo um sangue rubro e fervente esguichar, pintando o chão batido de vermelho vivo. Ele demorou a cair, era muito forte, mas despencou segurando o cabelo de Gwenora em uma das mãos. Para libertar a irmã, Gwyneth não pensou duas vezes. Pegou o machado viking e acertou as juntas de Oslaf, uma vez após a outra, até separar sua cabeça do tronco e calar o viking de uma vez por todas. Logo, a quietude voltou à planície.

Tingida de sangue, Gwyneth soltou o cabo do machado e olhou para o que tinha feito. Perna, cabeça, desconectados do corpo, e uma imensa poça de sangue sob ambas. Gwenora até podia ver seu reflexo nela, o rosto abatido e selvagem avermelhado. Agora estava certa de que o canalha maldito estava morto. A chave dos grilhões estava pendurada no que antes fora o pescoço do nórdico. Rapidamente, Gwenora destrancou as pulseiras e tornozeleiras e livrou a irmã também. Agora armadas, elas corriam para encontrar mais homens inimigos para matar. Viram que dois guardas sonolentos vigiavam as escravas, algumas adormecidas, logo na descida da colina. Um cercado fora feito com corda onde estavam reunidas, parecendo uma manada assustada. Kara estava acordada, mas distraída, não olhava para elas. Apenas percebeu um rápido movimento e logo viu os dois guardas despencarem no chão como frutas podres caindo do pé, decapitados. Gwyneth pediu silêncio a todas e soltou as companheiras de armas, Cyssin, Syndia, Kara e Alwine e mais outras hábeis guerreiras. Um viking vinha a cavalo após varrer as terras em volta e foi derrubado da montaria roubada de Cair Guent por uma lança certeira em seu peito. Kara subiu no cavalo e correu para libertar os outros animais do cercado. Gwenora soltava todas as mulheres e pedia que fossem fortes. As mais velhas deviam cuidar das crianças e protegê-las até tudo acabar. As moças que quisessem e pudessem pegariam em armas. Reconquistariam a liberdade com sangue.

Um nórdico viu o rebuliço e deu um berro para chamar os outros. Com a força do galope unida à força do arremesso, Kara o atravessou com uma lança bem no meio do peito de tal maneira


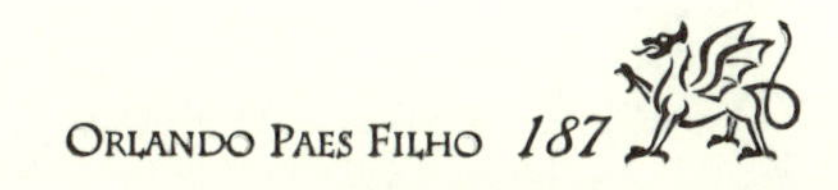

que ele não caiu e sim acabou sendo pregado à árvore logo atrás dele, ficando ali pendurado como um boneco de pano. Gwenora deu cabo de dois homens, rasgando suas barrigas e os degolando, o jato quente de sangue espirrando pelo chão. Nunca sentira tal fúria que a impelia continuar com a brutalidade e não cessaria enquanto ainda visse um nórdico em pé. Cyssin, do alto de sua montaria, perseguia uns covardes que começaram a correr ao ver o rebuliço. Nunca sentira tamanha ira. Com uma flecha certeira ela atravessou a garganta de um, bem no espaço entre duas vértebras e o outro ela conseguiu atropelar com seu cavalo, passando por sua cabeça três vezes, espalhando seus miolos pelo gramado.

Gwyneth e Alwine emboscaram dois *jarls* que acompanhavam Oslaf e que, ao ouvirem a confusão, saíram da tenda onde ainda comiam. Desnorteados pela bebida, sonolentos pelos excessos, foram presas fáceis. Elas entraram correndo, aos berros, e eliminaram um a um, atacando-os como se fossem animais selvagens. Mesmo eles sendo maiores, mais fortes e em número superior, não conseguiriam conter a fúria das mulheres. A desorganização entre eles impedia qualquer reação. Tentavam correr para suas armas e eram mortos. Um ainda tentou escapar do massacre, mas Alwine foi mais rápida. Arremessou um machado pelo ar que o acertou entre as omoplatas, abrindo uma fenda de onde vertia sangue. Ele caiu como um monte de pedras no chão, os braços estendidos. Em outras tendas, os aventureiros roncavam, jogados entre barris vazios de hidromel quando as mulheres furiosas entraram e muitos morreram sem nunca verem como e com o que tinham sido atingidos.

Logo, Gwyneth se lembrou do nórdico que tanto as ajudou, também se pondo em perigo para tanto. Na loucura de garantir a liberdade, acabou esquecendo que ele seria morto quando o vissem. O restante dos homens ia caindo e, no chão, perto da tenda de suprimentos que tinham armado, o viu caído de barriga para

cima, a respiração entrecortada, uma perfuração profunda tingindo sua roupa de vermelho.

— Ah, não... — Ajoelhou-se ao lado dele, viu que fora atingido por uma espada na altura do fígado e que um sangue escuro vertia por ali.

Ottar abriu os olhos e contemplou a moça tingida de sangue, com as bochechas salpicadas de gotículas vermelhas. Ela parecia se culpar pelo o que tinha acontecido a ele, mas não devia.

— Por quê? — perguntou querendo saciar a curiosidade. — Por que nos ajudou tanto, pondo a si mesmo em risco?

— Vocês lembram a minha filha Ymma... eu fiz apenas... o que achei... correto.

— Isso não é justo... — Chorava ao vê-lo ferido e sem poder ajudar.

— Sou um nórdico. Um inimigo... — respirou com dor. — Merecia morrer... isso é justo...

— Não! Você não é meu inimigo... Deus nos ensina que nossos inimigos devem ser amados e perdoados, pois é assim que também conseguimos a nossa redenção...

— ...meus deuses não se parecem com o seu... — deu um sorriso apagado. — Às vezes são piores que os homens.

— Apenas me diga o que posso fazer para ajudá-lo...

— Na tenda... dos *karls* — apontou para a esquerda, uma tenda de cor escura. — Pegue uma sacola de couro embaixo da mesa e leve...

— Por quê? O que tem nela? — Não entendia o que ele poderia querer com uma mochila em tal situação.

— Pergaminhos... tirei do fogo em alguns monastérios... achei que não deviam ser queimados... pois eram tão bonitos... — Algumas lágrimas penderam do canto dos olhos.

Gwyneth chorou por ele como chorou por seu pai. De alguma maneira estranha, a vida lhe mostrou que ainda existia esperança



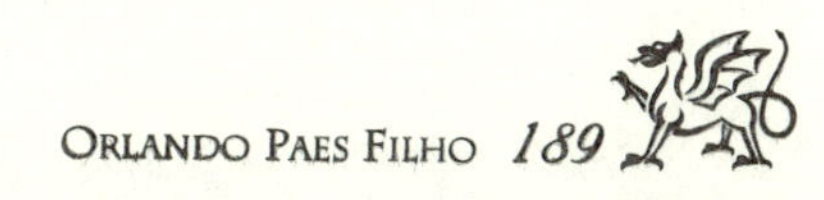

no mundo através daquele homem de outra nação. O nórdico chorava, a barba longa tingida de sangue, os tristes olhos azuis perdendo o pouco brilho que sustentavam. Quantas mortes mais, Senhor?, perguntava-se intimamente. Quantas mais até todos terem paz, inclusive os inimigos?

— ...talvez... seu Deus me perdoe — ele parecia pedir.

— É claro que Ele o perdoa — disse ela. — Deus é misericordioso e ama todos os seus filhos. E você é filho Dele, com certeza. Ele aparece em horas que a gente perde a fé. Não há nada a temer.

Ele então apertou sua mão e a olhou com firmeza, parecia ter algo grave a dizer:

— Oslaf ia atrás de um *jarl* traiçoeiro... chamado Hyrnig, que o traiu. Ele está na baía de Swan se preparando para ir a Erin... com centenas de escravos e com a ajuda de centenas de guerreiros. Não deixe que eles partam, ou... eles voltarão mais fortes... e... no rio Severn... existem embarcações aguardando ordens... queimem-nas...

— Sim... farei isso.

— Reconquiste seus domínios pois... mais virão... no futuro... — sua voz fraquejou de dor — ...mais virão.

— Não! Por favor...

Ottar respirou com sofreguidão uma última vez, o corpo reteso, espirrando sangue pela boca, que permaneceu aberta. Kara e Gwenora também olhavam a morte do nórdico com pesar. Não viram quem o acertara, mas nada podiam fazer. O homem tinha morrido. No campo de batalha, todos morrem iguais, não interessa o lado que representam.

— Deus, meu pai... — fechou os olhos —, receba-o em sua graça e lhe conceda a paz que não conseguiu neste mundo.

Olhando em volta, Gwyneth viu que tinham conseguido. Os nórdicos morreram e elas agora estavam livres. Havia uma expressão de liberdade salvadora no sorriso de muitas mulheres, muito

choro de alegria e reencontros. Mas essa liberdade ainda não era definitiva. Mais mulheres, crianças, guerreiros estavam sofrendo em outros lugares de Cymru e sua cidade estava quase destruída.

— Quero enterrá-lo em terra consagrada — disse Gwyneth, cobrindo o rosto sereno do nórdico. — Ele merece.

— Deus está com ele agora... — disse Kara. — Não poderia estar mais feliz.

— E então? — Gwyneth se levantou e olhou em volta.

— Estão todos mortos. — Gwenora parecia satisfeita com o resultado.

— Temos os animais e as provisões. — Syndia veio correndo e animada. — O acampamento é nosso!

Corpos estavam dispostos pelo gramado verde. Nem se comparava com a carnificina de Cair Guent. Precisavam agora desaparecer das vistas de tudo e de todos, sumindo com os nórdicos mortos. Primeiro, começaram a levantar acampamento, enquanto os mais famintos terminavam de comer os pratos servidos no banquete que não terminou. Cordas eram desatadas, lonas dobradas, provisões guardadas. Eram no total trezentas e doze mulheres e mais vinte e seis crianças, de zero a seis anos, algumas muito doentes. Das mulheres, muitas eram senhoras, porém dispostas a resgatar suas cidades e vingarem seus homens, precisavam apenas de um pouco de treinamento. Gwyneth sentia um embrião de felicidade brotando em seu coração após a desgraça. A sanidade parecia ter voltado à sua irmã. Ela agora sorria, falava com a força de sempre, e por alguns momentos pareceu esquecer o que tinham passado. Esquecer talvez não fosse de todo possível, mas certamente vingariam tudo. O acampamento fervia com a movimentação. Precisavam andar depressa antes que alguma tropa viking as encontrasse mais cedo do que queriam.

Assim que os vestígios do acampamento foram apagados, os corpos foram jogados em um vale abaixo, no caminho das caravanas.

Gwenora achava que era uma boa maneira de mandar avisos para aliados e inimigos. De que a reação estava começando e de que a guerra poderia estourar em breve. Margam tinha ficado para trás, então fizeram o caminho de volta. As mulheres mais velhas prepararam o corpo do nórdico para um enterro. Limparam e lavaram sua pele branca e fizeram preces para que sua entrada no céu fosse alegre e que vivesse sempre na glória eterna. No solo sagrado da igreja queimada, Gwyneth e Gwenora cavaram uma vala profunda perto dos destroços do altar e lá o depositaram já no começo da noite, cobrindo-o por terra fresca, orando por ele, por seu pai Ewain, por Arthia, Rhodri e Dimas, valorosos guerreiros, o bravo capitão Brangwaine e seu valente filho Aldwyn, Idwal, homens e mulheres de Gwent e Dyfed e ali deixaram o escrito em pedra: "Aqui está sepultado um guerreiro nórdico com coração cristão que morreu praticando a obra de Deus. Que sua alma seja exaltada junto aos anjos do Senhor."

Colocando a espada na cintura, as gêmeas conduziram as mulheres para os bosques. Lá, se protegeriam até o nascer do sol.

# 6. Encontro com o Inimigo

Aldwyn precisou se desviar de pequenas comitivas de nórdicos pelas planícies que atravessou e perdeu o rastro das escravas um dia depois de abandonar o esconderijo no bosque. Chegou a travar combate com dois nórdicos que encontrou quando pensou em comer algumas maçãs de um pomar que avistou ao longe. Tinha um corte de raspão no ombro esquerdo que não chegava a comprometer seu movimento mas que doía um pouco. Vinha jogando água gelada, o que aliviava a dor, como Owain costumava fazer. Mas matara os dois vikings. Aquelas comitivas deviam ser de salteadores e aventureiros que se desgarraram da tropa principal, tentando assim ganhar espólios mais valiosos e que não tivessem que dividir.

Prosseguiu pelo sul, andando paralelo a uma antiga estrada romana ainda em uso que conduzia para Neath. Pretendia encontrar a fila de escravas, seguindo na direção da baía de Swan. Assim prosseguiu por dois dias, parando para dormir algumas horas e logo montando em seu cavalo antes do nascer do sol. No entanto, precavido como costumava ser, fazia rondas periódicas no seu entorno para saber se podia prosseguir com segurança. Perigos ficam sempre bem escondidos e nunca à vista, mesmo dos bem preparados, já dizia seu amado pai. Foi numa dessas rondas que ele avistou uma imensa comitiva de galeses paramentados, descendo as charnecas na direção de Dinefwr, que seria a primeira parada de Aldwyn quando achasse os nórdicos traficantes. Esperou que a tropa estivesse mais perto para se certificar de que não se tratava de uma emboscada. Notou os padrões diferentes de tartã, de elmos e armas. Aliviado, sorriu de lado, eram bretões. Deviam ser aproximadamente uns seiscentos homens em marcha acelerada. Ele observava curioso, procurando pelo comandante. Qual não foi sua surpresa quando viu o próprio rei Rhodri, o Grande, na dianteira de seus homens, a expressão carregada, com o acúmulo de preocupações. Usava uma elegante capa azul sobre os ombros. O cabo de sua espada, onde repousava um dragão, sobressaía na cintura e brilhava ao fraco sol da manhã. As perneiras e pulseiras de prata e ouro tinham o dragão vermelho esculpido, e sua barba grisalha brilhava como ferro derretido na forja.

Aldwyn galopou rapidamente na direção da comitiva, chamando a atenção dos guardas que protegiam o rei. Um deles, que certamente era algum tipo de comandante por suas vestes e postura, se colocou entre o rei e o estranho que rapidamente se aproximava, já com a mão na empunhadura da espada. Sorte de Aldwyn que seu cavalo possuía uma testeira com o símbolo do javali de Cair Guent marchetado nela, tanto que suspeitava que aquele fosse o cavalo de Dimas ou de Ewain.

— Brenton, não — disse Rhodri ao seu capitão. — Ele me é familiar... Deixe-o se aproximar.

— Parece ser bretão. — O comandante fez o cavalo dar alguns passos para trás, mas não tirava os olhos do jovem que se aproximava.

Quando Aldwyn chegou a uma boa distância dos olhos do rei, enxugando o suor do rosto, sorriu aliviado ao ver o Grande, acenando para o imóvel comandante ao lado dele, que imóvel permaneceu.

— É muito bom vê-lo, senhor. Deus seja louvado!

— Você me é familiar, rapaz...

— O capitão Brangwaine era meu pai — disse, solene. — Ele morreu no ataque a Cair Guent junto com Ewain, o Nobre, quando a cidade foi tomada.

— E como você escapou da morte? — perguntou o desconfiado comandante Brenton.

— No meio dos próprios mortos, senhor. Deus quis que não fosse minha hora. — Sua resposta soou um tanto áspera aos ouvidos do capitão.

— Vamos — Rhodri havia se lembrado do rosto dele no torneio de Cair Lion. — Temos pressa em chegar ao sul de Cymru. Um batedor relatou ter visto uma comitiva apressada de nórdicos se deslocando mais à frente. Quero passar um a um ao fio de minha espada pelo o que fizeram com minha família — falou o rei com raiva.

Aldwyn acompanhou a marcha ao lado do rei, relatando todos os fatos, sem detalhes como exigira o Grande, que levaram à queda das cidades e vilas de Gwent e o que acontecera à sua família. O rei já sabia da tomada de Cair Guent e mencionou o capitão da guarda Idwal como um sobrevivente também. Aldwyn evitou comentar que já o tinha visto e inclusive salvo sua vida. Não era hora de reacender velhas mesquinharias nem de contar vantagem em um momento de necessidade e tinha uma certeza de que acertaria as contas com ele em algum momento no futuro.

Eles percorreram vales montanhosos e avistaram vilas e fazendas desoladas e abandonadas. Notaram a destruição de igrejas e monastérios, fazendas saqueadas, alguns rebanhos pastoreando sozinhos nos gramados. Porém, o mais estranho é que quanto mais desciam em direção ao foco mais perigoso do conflito, não avistaram nenhum nórdico, nem comitivas ou escravos. Era como se eles nunca tivessem chegado lá. O rei parecia desorientado a cada vez que se adiantava sozinho de sua comitiva, para o descontentamento do comandante Brenton, homem frio e de poucas palavras que Aldwyn aprendeu a respeitar. O rei sempre avistava seus territórios do alto das planícies e quando pela primeira vez na vida pedia para ver fileiras inimigas, via um ou outro animal, bosques, nuvens. Mais nada.

— Pensei que tinha dito seguir uma comitiva de escravos. — Brenton analisou o rosto quase barbado de Aldwyn com seus gelados olhos azuis.

— Foi o que disse — respondeu com firmeza. — Perdi o rastro deles fugindo de nórdicos aqui e ali. Não entendo aonde foram parar. Mas garanto que as gêmeas Sewyn estão nesta comitiva.

Rhodri voltou com seu cavalo para junto dos homens que aguardavam uma ordem ou ação. Ele parecia pensativo, talvez achando que a calmaria fosse preceder uma tempestade, como acontecia no mar.

— Brenton, mande os homens prepararem o acampamento e providenciarem a caça e mantimentos. Vamos nos fixar aqui. Mande patrulhas para varrer cem mil braças.

Meneando com a cabeça, o capitão deu meia-volta com seu cavalo, cravando os olhos sob o elmo em Aldwyn e seguindo em direção aos homens que o aguardavam e que agradeceram o fato de poderem esticar as pernas e comer um pouco.

— Senhor, eu...

— Não se preocupe, Aldwyn. Acredito em você. Mas pode ter havido algum imprevisto, a comitiva pode ter mudado de repente de direção. Vamos aguardar. Deus nos mandará uma resposta em breve — disse com um aspecto cansado, mas tentando sorrir.

Assim que o acampamento foi erguido, homens partiram nas quatro direções do vento, rápidos como um raio. Aldwyn viu como um exército bem organizado sabia de suas funções. Tendas e fogueiras foram rapidamente armadas, todas as provisões dis-

postas para o consumo e a fome dos guerreiros começou a ser saciada. Servos cuidavam dos cascos dos cavalos, davam-lhes de comer e providenciavam o conforto do rei em uma tenda guardada por seis homens. Por alguma razão, Aldwyn sentia que o comandante não lhe tinha nenhuma simpatia, se é que aquele homem podia saber o que seria isso. Falava com os outros como se ninguém fosse tão importante quanto ele, e tinha certeza de que muitas vezes Brenton gostaria de contradizer o grande Rhodri devido à expressão que seus olhos assumiam. Entretanto, não teria o posto mais alto entre o exército de Cymru se fosse um tolo ou um fanfarrão, era precavido e ardiloso. Por isso, Aldwyn preferiu se isolar entre os homens da infantaria, gente do povo e costumes pastoris em grande parte, e lá compartilhar boas histórias e cantorias. Pelo menos estava a salvo no anonimato, entre as últimas fileiras, e assim conseguiu dormir, pensando na sua doce Gwyneth e se estaria bem. Ela devia achar que estava morto depois do massacre na cidade. Temia ser tarde demais quando chegasse a comitiva e somente pensar que ela poderia parar em mãos de infiéis o enchia de preocupação.

Já era madrugada alta quando dois batedores voltaram apressados, trazendo dois nórdicos capturados não muito longe dali. Nesse rebuliço da chegada, Aldwyn acordou e viu os dois homens sendo conduzidos para uma tenda onde o capitão Brenton dava ordens e se reunia com seus tenentes. Pouco depois, o próprio Rhodri, vendo-se que tinha sido tirado da cama com urgência, abriu caminho entre os curiosos e sinalizou para Aldwyn da entrada da tenda. Os dois vikings já apanhavam quando entraram, mãos e pés atados fortemente, tanto que sangravam. Brenton os olhava com repugnância e se esquivava do sangue que voava pelo ar com as violentadas pancadas que recebiam de guardas irados, vendo o rei entrar.

— Os dois foram pegos dormindo em uma pedreira abandonada a leste com isso. — Brenton apontou para uma porção de obje-



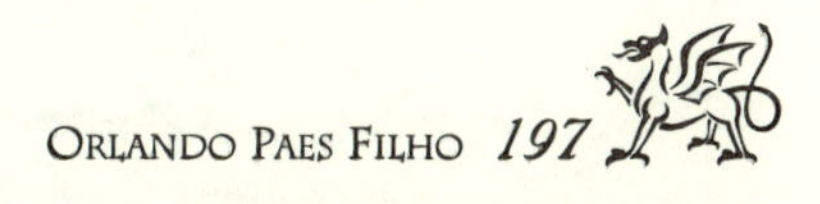

tos eclesiásticos no chão, cruzes, castiçais e taças. — Mas se recusam a falar.

— Pois faça-os falar — mandou o rei Rhodri.

Volta e meia, um deles praguejava alguma coisa que não entendiam, e Brenton simplesmente olhava para os guardas, que reiniciavam o espancamento. Chutes e pisões foram arrancando dentes dos dois cativos, até que um deles começou a balbuciar alguma coisa em tom de súplica. Brenton então se agachou perto dele com seus olhos baixos ameaçadores e lhe sussurrou alguma coisa na língua nórdica. O rei explicara antes, enquanto marchavam, que Brenton viveu quatro anos como escravo em Erin antes de conseguir fugir com uns poucos corajosos guerreiros da Nortúmbria que foram escravizados na cidade saqueada de Ravenglass, onde nasceu. O navio deles naufragou na costa de Gwynned havia muitos anos, antes que conseguisse chegar em casa, e ele foi o único sobrevivente, preferindo ficar onde fora resgatado. Mostrando-se um excelente guerreiro, ágil na espada e na lança, ascendeu rápido na hierarquia de Deganwy até se tornar o capitão da infantaria, subordinado ao grande comandante que tinha ficado com a tutela da cidade na ausência do rei. Talvez os olhos selvagens e frios que incomodavam Aldwyn viessem da convivência com os nórdicos por tanto tempo. Ele falava elegantemente uma língua rude, pronunciando palavras que pareciam ameaças, amedrontando o prisioneiro. Ameaça soa sempre igual em qualquer língua. Um deles chegou a urinar nas próprias roupas. Os guardas riram divertidos, perguntando com ironia onde estariam os grandes e malvados guerreiros saqueadores que agora mijavam nas calças. O rei apenas assistia a tudo calado, esperando respostas. Vendo que suas palavras não surtiram o efeito que desejava, Brenton tirou do fogareiro que iluminava o lugar com chamas bruxuleantes uma adaga cuja ponta estava vermelho vivo. Com muita calma, ele novamente

se agachou ao lado do homem e encostou a ponta acesa na poça de urina no chão, levantando uma pequena fumaça e chiando. Balançou a lâmina quente bem próximo de seu rosto para sentir o calor. Os olhos do viking acompanhavam os movimentos, seu coração batia descompassado vendo a adaga se aproximar do olho esquerdo, implorando para que não fizesse isso. Brenton avisou de novo que cumpriria a ameaça se não dissesse o que queria saber. Pelo visto, não tinha acreditado. Então, num movimento rápido, a adaga penetrou a órbita, rasgando a pálpebra, e o olho ensangüentado pulou para fora, fazendo o homem berrar de dor, caindo de costas com espasmos. Um cheiro de carne queimada se ergueu no ar, nauseando Aldwyn e o rei, que continuava impassível e imóvel assistindo à cena, indiferente ao prisioneiro. Agora, Brenton berrava furioso, exigindo na língua dos nórdicos que colaborassem ou ele arrancaria órgão por órgão e ainda os deixaria vivos para ver todo o processo. Assustado, o segundo viking, que urinara um pouco antes, começou a balbuciar algumas palavras, visivelmente apavorado, que interessaram a Brenton.

— Um *jarl* foi traído e está caçando as tropas de um tal de Hyrnig — disse, traduzindo. — Ele se prepara para embarcar escravas para Erin, e espera uma tropa de trezentos homens da Skania que deve chegar em breve para ajudar a estabelecer as famílias nórdicas aqui.

— Quantos homens são? — perguntou o rei e Brenton perguntou ao prisioneiro.

— Devem ser por volta de uns mil agora — ele disse. — Chegando nos portos já conquistados. Estão concentrados numa baía ao sul daqui. Deve ser Swan — concluiu o capitão.

Um número bem expressivo e preocupante, bastante perto de mais cidades ainda intocadas mais no interior de Cymru. Rhodri cofiou a barba brilhante e respirou fundo. O fato de ter havido

intrigas dentro das próprias forças nórdicas era sinal de que tinham uma liderança deficiente, algo vantajoso para o rei.

Vendo que o prisioneiro não diria mais nada, perdendo portanto sua utilidade, Brenton o degolou em um gesto rápido, fazendo esguichar sangue nos guardas e até em sua roupa, e em seguida degolou o caolho também. Assistiu em silêncio à agonia e à morte dos inimigos, sem esboçar reação. Mandou que os guardas pendurassem suas carcaças no galho mais alto da figueira da colina como um sinal para qualquer outro nórdico esperto que passasse por ali. Com o rosto salpicado de sangue, o capitão limpava a adaga olhando para Aldwyn, que não pareceu gostar do que viu.

— Temos que levantar acampamento o quanto antes — disse o rei. — Somos um alvo fácil. A fortaleza mais perto daqui é Dinefwr, onde sei que encontraremos reforços e segurança.

— Se o que o bretão disse é verdade, eles ignoram o que seja a fortaleza — Brenton disse.

— Pela manhã vamos partir — decidiu Rhodri, e saiu da tenda.

Ao que parecia, Brenton tinha um desrespeito natural pelos outros, em especial por aqueles que não conhecia ou de quem desgostava, pois vivia chamando Aldwyn por sua origem, nunca por seu nome. E isso estava começando a incomodá-lo. Queria evitar, porém, qualquer desavença com ele. Afinal, o capitão estava entre seus homens, que pareciam respeitá-lo e até evitavam conversas com ele. Era bem sensível no ambiente o certo temor dos homens para com seu capitão. Ninguém gostava de falar dele.

Aldwyn perdeu o sono pelo resto da noite. Também não queria comer. Começou a ajudar os homens a erguer acampamento, querendo trabalhar para esquecer as cenas da madrugada e assim pensar em alguma outra coisa. Owain lhe ensinara que a tortura nem sempre dá bons resultados e faz com que bons delatores morram antes

de abrirem a boca. O correto é vencê-los pelo cansaço e lhes incutindo o medo, mas não agindo como Brenton fez, como se gostasse daquilo, nem se importando com o que fazia aos cativos. Pensava nas táticas nórdicas e o que teria dado errado no ataque deles a Cair Guent, quando procurou o rei para lhe expor o que sabia sobre as táticas inimigas e suas idéias. Rhodri terminava de colocar sua elegante roupa de combate com o auxílio de um servo, quando Aldwyn entrou pedindo para lhe falar e deu prosseguimento.

— O que eles sempre fazem é atacar de surpresa. É a principal característica deles.

— Correto. — O rei já sabia disso.

— Mas o que me foi ensinado é que as táticas são como água.

— Como assim?

— Enquanto a água naturalmente vem dos locais mais altos para os mais baixos, na guerra devemos evitar o que é forte para golpear o fraco. O curso da água é modelado pelo terreno por onde ela passa, sendo assim, um exército consegue a vitória de acordo com o que o inimigo está passando. Nada é constante numa guerra, senhor, assim como a água.

— O que quer dizer, Aldwyn? — achando a analogia interessante.

— Não devia esperar os nórdicos chegarem. Isso é um erro. Eles sabem causar a desordem e esse é um perigo verdadeiro para qualquer tropa. Vi o que aconteceu em Cair Guent, com tantos homens e mulheres bem preparados. Estávamos embaixo de uma tempestade e com uma falha no muro principal. Assim eles conseguiram tirar nossa defesa, o que nos desorganizou, levando ao caos — falava rapidamente mas se fazia entender. — Se eles estão com uma cisão interna, significa que estão com um lapso de liderança. E se é verdade o que se diz — emendava os pensamentos — de que os nórdicos sempre ficam ligados ao chefe até o fim da viagem, então o moral interno está muito baixo. É a melhor hora para se atacar. — Aldwyn estava convencido disso.

O servo tinha terminado de fechar o broche em forma de dragão que segurava a capa de Rhodri, espantado com as explicações do guerreiro. Conseguira deixar o rei impressionado também. Muitas vezes, os *cymry* simplesmente sentavam e esperavam o inimigo avançar ou atacavam de peito aberto. Em alguns casos era uma estratégia horrível de se adotar e que causou muitas desgraças ao longo do tempo. Necessitavam de um pouco mais de organização.

— Já que eles ignoram Dinefwr, que continuem ignorando. — Aldwyn apontou para um mapa em pergaminho disposto na mesa do rei. — É uma arma que deveria ser usada em último recurso e creio que será uma impressionante fortaleza que defenderá essa região no futuro.

— Essa é a idéia, assegurar os canais da região.

— Então, reúna as tropas em um local amplo, acampe ali, protegido por colinas e coloque vigias e batedores próximos ao acampamento viking para que vejam movimentação. E deixe que venham. — Os olhos de Aldwyn brilharam.

— Quer atraí-los? — Rhodri temeu que fosse essa a intenção.

— Sim, senhor.

E explicou o porquê. Um sorriso astucioso se abriu por entre os fios brancos de barba no rosto do grande rei. Ele logo mandou chamar seu capitão, expondo animadamente seus planos e mandando que ele fosse executá-los imediatamente, despachando um mensageiro para Dinefwr. Brenton, já limpo e paramentado, mas não menos ameaçador para qualquer um, não questionou as ordens recebidas, achando no entanto que eram um tanto estranhas apesar de astutas. Ignorava que a idéia não tinha partido de Rhodri.

Três batedores visivelmente bretões tinham sido avistados nas proximidades da cidade tomada pelos nórdicos de Neath, onde ficavam cerca de cem nórdicos postados em guarda. Logo, avisaram Hyrnig de que uma tropa poderia estar se aproximando. De início, ele temeu que fosse Oslaf, que aliás já deveria estar atrás dele e atrasado, pois pensou que seria mais rápido. Inteligência não era lá seu forte, ria divertido. Traí-lo foi uma sensação muito boa. Mas ao saber que eram apenas os habitantes daquelas terras, que provavelmente pegaram foices e gritaram por vingança, soltou uma longa e gostosa risada, enquanto comia um pedaço de javali. Mandou que despachassem uns quatrocentos homens que já estavam entediados para terminarem o serviço, ficando mais seiscentos na baía. Em breve partiria, então deixou que se divertissem.

Os quatrocentos nórdicos liderados por um *jarl* de menor importância da comitiva de Hyrnig, percorreram os vales e não encontraram os tais batedores avistados antes. Parecia até uma brincadeira. Não deveriam estar longe. Portanto eles continuaram, sem se preocuparem com suprimentos ou muita ordem. Precisaram acampar para descanso apenas uma noite, pois no dia seguinte, um batedor voltou animado ao encontro da tropa, relatando que uma vila, antes deserta, agora mostrava algum sinal de atividade. Talvez os bretões que eles avistaram fossem apenas caçadores que se perderam e que tinham voltado depressa para a pequena aldeia buscando segurança. O *jarl* se animou, arreganhando um sorriso. Os machados já juntavam limo devido à falta de sangue em suas lâminas. O batedor ainda disse que viu os portões abertos, nenhuma bandeira hasteada e um ou outro homem varrendo algum feno do chão ou molhando a terra para aplainá-la, parecendo camponeses. Seria um alvo fácil. Dando a ordem, eles iniciaram uma marcha rápida que os levou ao declive que conduzia à entrada da vila. Poucas casas, nenhuma fumaça das chaminés, nada de animais. Aos berros, eles desceram, girando as espadas e machados no alto da cabeça para causarem o terror que sempre se seguia. O que normalmente acontecia era uma correria desesperada de homens e mulheres das casas, carregando suas crianças, porém desta vez foi diferente. Nenhum movimento, ninguém andava por ali. Os poucos homens que antes varriam e andavam de um lado a outro tranqüilamente, entraram nas casas, e não saíram. Do alto, em seu cavalo, o *jarl* não entendia o que estava acontecendo. Viu seus homens entrando na vila assombrada quando percebeu que tinha caído em uma ardilosa armadilha. Não teve tempo de gritar para recuarem. Duas vezes mais homens do que possuía saíram de esconderijos nas colinas e dentro da vila, cercando-os por todas as direções. Homens a cavalo, portando longas lanças, atropelaram os vikings e abriram caminho para os guerreiros a pé, com escudos redondos, ovalados e diferentes elmos e armas, todos unidos em aniquilá-los. A desordem os abateu. Existia uma regra tática muito simples que o viking ignorou: se seu inimigo faz algo inexplicável ou lhe deixa pistas inesperadas, é bom desconfiar, está para se cair em uma armadilha. De um lado, as tropas do rei Rhodri, e do outro, cerca de duzentos homens de Dinefwr que acompanhavam seus filhos, Anarawd, Merfyn e Cadell, mais Idwal. Os bretões se tornaram selvagens, dando cabo de cada nórdico, vingando as mulheres e crianças mortas com tanta sede de conquistas, e logo todo o vale se encheu de cadáveres. Mas acima de tudo, encheu-se de ânimo, algo que estava faltando nos nativos *cymry*. Nórdicos foram empalados e deixados aos abutres, como um aviso. A ordem agora era marchar com tudo para Neath e tomá-la de volta. Primeiro, um pequeno destacamento de homens se vestiu com as roupas dos nórdicos mortos e se paramentou com suas armas, montando em seus cavalos. Eles foram à frente, uns noventa guerreiros, enquanto o restante marchava apressado. Agora motivados, eles não se preocupavam em correr atrás da figura confiante do rei. Aldwyn tinha lhe dito algo interessante que o impelira a retomar Neath: o inimigo deve ser atacado no lugar em que ele não pode defender e tinham tirado isso deles. Com certeza havia reduzido drasticamente sua força.

De longe, a tropa reduzida voltava, já era início da noite. O sentinela no alto do muro mandou que abrissem os portões, imaginando que o resto dos companheiros vinha logo atrás, satisfeitos por mais uma batalha ganha. Eles tinham pressa. Logo, lanças eram apontadas na direção dos guardas que foram saudá-los enquanto o trotar furioso dos cavalos retumbava no solo. Era um ataque surpresa. Os bretões enfrentavam a resistência nos portões, impedindo que se fechassem, enquanto os restantes, em torno de setecentos, desceram em velocidade, encontrando o caminho aberto para o coração da cidadela. Praticamente não houve resistência armada, pois eles não tiveram tempo de se organizarem. Era incrível. O rei não lembrava de uma sucessão de vitórias desde que enfrentou o pérfido rei Gorm, o Astuto, anos antes. Sentia a vibração de seus homens em seu coração, reacendendo a vontade de extirpar a raça nórdica da Bretanha inteira. Ajoelhou-se no chão, segurando firmemente o cabo de sua espada e orou pela alma do irmão e dos sobrinhos, pedindo que Ele protegesse a todos.

Os dias que se seguiram foram de reconquista. Territórios antes dominados e arrasados foram novamente passados para mãos bretãs, fazendo o inimigo recuar ainda mais. A tropa formada pelo rei e seus filhos não descansou nos três dias seguintes. Marchando incessantemente e agora animada, eles conseguiram derrubar mais duzentos homens que se dirigiam para assegurar a região de Neath. O *jarl* assentado em Swan estava com pressa, mas não podia sair de onde estava, esperando o reforço de trezentos homens que a Skania mandara e não chegara. Neath tinha sido recuperada, contando agora com o apoio incondicional de Kidwelly, que mandara uma tropa de arqueiros e lanceiros, e uma linha de frente poderosa rechaçava os ataques de Hyrnig, diminuindo seu efetivo e aumentando seu medo. De início, ele achou que eram apenas camponeses incultos e que não sabiam manusear espadas e escudos. Só mais tarde, porém, percebeu que aqueles


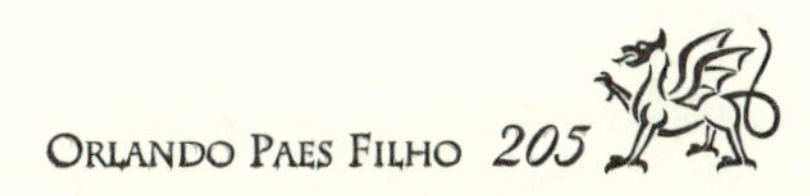

homens eram na verdade o exército do rei de Cymru e que não teria tudo tão fácil assim. Seus homens eram empalados às centenas, muitas cabeças eram jogadas junto aos vivos. Era como se lutassem contra próprios guerreiros nórdicos tamanha a ferocidade que via no campo. De fato, sempre ouvira que um inimigo desesperado, se pressionado demais, reage de maneira inesperada. Fazia sentido agora, já que não era esperada uma reação, e sabia que com Ivar e Halfdan não poderia contar por algum tempo, já que eles tinham a vingança do pai para cumprir.

Idwal voltara de mais uma luta vitoriosa, liderada por ele mesmo, onde uma tropa de lanceiros do rei havia ganho contra saqueadores que se jogaram para cima deles uma madrugada. O corpo moído desejava por uma cama e uma bela mulher ao lado a lhe aquecer. Talvez fosse até Kidwelly procurar por uma. Largou o armamento no chão assim que desceu do cavalo no pátio interior do monastério destruído de Neath, onde estavam acampados na entrada da cidadela. O lugar tinha uma penumbra austera, como se as almas dos velhos abades e monges mortos pairassem no ar e nas estrelas. Soltou o elmo, sentindo os cabelos loiros amarrotados e suados e enfiou a cabeça em uma barrica de água fria. Refrescado, ele se ergueu e tirou o excesso de água dos cabelos. Ao se virar para pegar as armas, deu de cara com Aldwyn, justo quem vinha evitando desde que soube que ele estava na companhia do rei havia dias. Seu rosto parecia mais austero, mas sua carranca naquele momento era de fúria pura. Não conseguiu conter a surpresa, contudo tentou parecer contente por vê-lo.

— Aldwyn! Como é bom ver você.

Ele se calou e cambaleou quando tomou um soco na boca do estômago, tirando-lhe o ar completamente.

— Desgraçado! — Ele estava irado.

Aldwyn partiu para cima e começaram a brigar, trocando socos. Ambos eram muitos fortes e experientes e não era uma luta para haver campeões tão facilmente. Foram ao chão se segurando pelas roupas e distribuindo pancadas raivosas no estômago, rosto, peito. Até que Aldwyn conseguiu ficar em vantagem apertando o pescoço de Idwal para fazê-lo falar quais seriam seus planos. Ele não se esquivaria sem motivos ou no mínimo já teria procurado pela pessoa que salvou sua vida.

— Você me deixou lá para morrer, seu cachorro sarnento!

— Do que está falando? — Respirava com dificuldade.

— Quando você partiu já tinha tudo em mente, não é?! Duvido que tenha escapado do massacre em Cair Guent sem ter fugido com o rabo entre as pernas como um covarde ardiloso!

Juntando forças, Idwal conseguiu chutar Aldwyn para longe e os dois novamente se atracaram, derrubando um ao outro no chão de terra. Eles rolavam de um lado a outro. Com uma joelhada no meio do peito, Aldwyn perdeu o fôlego e foi imobilizado por Idwal, que lhe aplicava uma potente gravata.

— O que foi? O filhinho do capitão perdeu a voz?!

Enfurecido e quase sem ar, ele tateava o chão procurando qualquer coisa que pudesse libertá-lo. Com um punhado de terra na mão, jogou nos olhos do loiro, cegando-o momentaneamente, dando-lhe tempo para se afastar e procurar algo com o que se defender. Algumas espadas tinham sido afiadas naquela tarde e jaziam recostadas junto a um muro parcialmente derrubado do interior do monastério. Ainda meio cambaleante, ele conseguiu pegar uma e, ao se virar, Idwal lavara os olhos na barrica e já vinha com espada em mãos, girando-a e cortando o ar. Uma luta espetacular se iniciou. Ambos eram especialistas nas armas que manejavam. Elas voavam com leveza sobre suas cabeças e tilintavam poderosas, algumas vezes faiscando. A força dos golpes seria suficiente para destroçar corpos com facilidade, tanto que um golpe desviado de Aldwyn encontrou a barrica de água como obstáculo, espatifando a madeira e esparramando água no chão. Idwal acer-


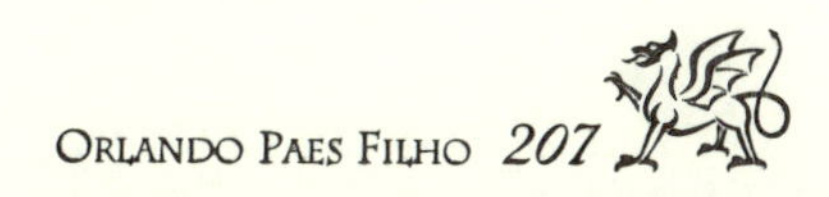

tou as pedras de um pilar, ao tentar acertar o ombro de Aldwyn com tamanho impulso que ela ficou presa. Assim ele se desequilibrou e foi ao chão úmido. A luta corporal recomeçou com uma rasteira que fez Aldwyn perder sua espada também.

Um soldado passava por ali em direção às latrinas e viu a luta, chamando os companheiros para separar os dois combatentes. Brenton estava junto aos homens, ouviu o chamado e também foi socorrer. Achou estranho o fato de ver os dois brigando como dois titãs e logo tratou de separá-los, o que não foi fácil. Já com alguns machucados no rosto e nas mãos, também cansados, eles soltaram as roupas um do outro e se renderam.

— O que estava havendo aqui? — perguntou o capitão.

— Você... — Aldwyn respirava procurando o ar — ainda vai me pagar. E vai revelar tudo o que está tramando.

— Está louco? O que eu posso ter feito que o irrita tanto?

— Eu salvei sua vida, seu porco imundo! E você me deixou nos bosques sozinho, sabendo que nunca mais voltaria! — A voz de Aldwyn soou poderosa.

— Estou agradecido que tenha me tratado, o que mais quer? Flores?

— Sua cobra peçonhenta! — Tentou partir para cima dele, mas Brenton o segurou.

— Sempre tinha o papai para defendê-lo, não é mesmo? Lembre-se de que agora o seu capitão sou eu!

— Meu capitão é Deus e o rei Rhodri, seu animal. Fique bem longe de mim ou vai se arrepender!

Desvencilhando-se das mãos do capitão Brenton, Aldwyn saiu enfurecido e bufando, pois sabia e sentia que Idwal vinha tramando alguma coisa. Seu comportamento parecia sempre calculado e dissimulado desde que o conhecera. Seu próprio pai não gostava dele. Agora que estavam vencendo, organizados e animados, ele se aproveitaria da situação para tirar vantagem de alguma coisa. Só ficou sabendo do carcamano quando ouviu alguns soldados comentando sobre a capacidade de galantear as moças de Kidwelly com histórias de bravura. Reconheceu que era aquele cão ao ouvir um pedaço de sua vida na boca dos lanceiros, especialmente uma parte em que diziam que ele fora atropelado por um cavalo e que conseguira escapar, tratando-se sozinho em um bosque nos arredores da cidadela. Sozinho?

— Parece que o bretão não gosta de ingratidão — disse Brenton com seu tom frio e áspero de sempre, dispensando o resto dos homens.

— O que quer dizer com isso?

Vendo-se sozinho com o capitão Idwal, prosseguiu com sua arrogância de sempre, tomando cuidado com o tom de voz.

— O que há entre vocês dois?

— E interessa? — Deu as costas para pegar suas armas e sair.

— Sugiro que pense em mim como seu aliado. O bretão agora é o principal conselheiro do rei... E Rhodri ouve cada palavra dele. É melhor você agir corretamente enquanto não puder resolver esse problema.

Idwal o olhou por sobre o ombro e notou a perspicácia do capitão nortúmbrio em seu rosto. Ao que via, ele também não simpatizava muito com Aldwyn. O modo como dissera sobre sua relação com o rei lhe interessou.

— O ataque certeiro na planície foi idéia dele desde o começo — disse Brenton. — Pensei que tinha sido do rei mas vi que isso não é do feitio dele.

— Pelo visto não gosta dele.

— Não gosto de ninguém que atravesse meu caminho — parecia um aviso.

— Aldwyn sempre foi muito bom em táticas e o paspalho do pai dele executava todas, especialmente com o destacamento das Evas.

— Busque aliados poderosos quando tudo isso acabar — murmurou Brenton. — Ainda há muitas terras precisando de senhores. — Sibilando tais palavras, Brenton escorregou pelas penumbras dos pilares e desapareceu, deixando uma sensação de desconfiança em Idwal. Teria que procurá-lo mais vezes para saber o que quis dizer, mas em breve teria que executar seu plano a respeito de Aldwyn.

No dia seguinte, o comentário a respeito da briga dos homens de Cair Guent foi abafado pelo capitão Brenton. Via que Idwal poderia ser um homem poderoso no futuro caso quisesse. Apenas não seria prudente deixar que a história chegasse aos ouvidos do rei, que ele tratou de deixar inacessível para Aldwyn. Rhodri permanecia ocupado ou descansando, causando uma imensa irritação em Aldwyn. Ambos pareciam machucados da briga, e não se encontraram mais pelo acampamento.

Uma noite calma se aproximou, regada a hidromel e assados, mas com pouco falatório e ceias sossegadas em torno das fogueiras. Aldwyn estava deitado no gramado fresco do lado de fora das ruínas do monastério olhando para as estrelas brilhantes e como piscavam como faróis. Sua mãe dizia que ali jaziam as almas e os anjos, um local de paz eterna. Devia haver uma imensa distância entre a terra dos homens e tal paz abençoada ao lado de Deus. Queria entender por que sua vida se tornou uma imensa tormenta. Reparava nas alianças perigosas de Idwal e como ele vivia de conversas secretas com o capitão frio e sem sentimentos da Nortúmbria, um homem que adquiriu vícios vikings, como o de forçar mulheres ao seu prazer e torturar inimigos. As mulheres de Kidwelly tinham asco somente de vê-lo serpenteando pela cidade.

Pensando em todas as vicissitudes da vida, ele acabou por ouvir um rebuliço na parte mais alta da colina onde estavam acampados, e resolver se levantar e seguir a vozearia. Os homens se acotovelavam e espichavam os pescoços para ver um clarão de fogo no mar, intenso e vermelho. Se da altura e distância em que estavam conseguiam ver o que estava acontecendo, então a tragédia devia ser imensa. Logo, muitos homens começaram a comemorar. Ao que parecia, era a esquadra viking vinda da Skania que o *jarl* inimigo tanto esperava. Algo, no entanto, havia acontecido.

— Deve ter havido uma luta no mar — Aldwyn ouviu o capitão Brenton comentando com Idwal logo ao seu lado. — Eles atrelam os navios uns nos outros através de ganchos e criam passarelas seguras por onde circulam entre as embarcações. Às vezes conseguem furar os cascos, quebrar os remos, e até atear fogo, depois cortando as cordas e evitando que o fogo se espalhe para os outros. Uma chuva de flechas e pedras costuma matar muita gente. Eles são povos do mar, vivem sempre perto dele

— E por que a luta se não havia navios no mar...

— Navios nossos, quer dizer — o capitão o cortou. — Eles estavam internamente divididos, aposto um barril de hidromel como eles lutaram uns contra os outros.

— Você que conviveu de perto com eles, como eles são?

— Não tem muito o que dizer — Brenton coçava a barba que crescia em seu rosto. — Os homens são grandes caçadores e construtores. Seus artesãos são hábeis e criativos. As mulheres, vi poucas, mas são lindas e diferentes. O pai passa seu conhecimento para o filho, mas se ele desconfia que o filho não é seu, sente-se no direito de matá-lo, bem como a mulher também e seu possível amante. Também gostam de cantar e de contar histórias. Os jantares deles são longos e inebriantes, com muita carne e hidromel. A arte deles, no entanto, sempre foi e sempre será a guerra, a pilhagem. São como abutres carniceiros rolando por cima da carne podre. Acredite, só servem como adubo — sibilou e desceu a encosta.

O fato era vantajoso para os *cymry* que poderiam até comemorar o fato. Hyrnig ficava cada vez mais isolado. As tropas do rei fecharam estradas e a passagem para a baía de Swan e acamparam nas regiões mais altas de Kidwelly para observarem a movimentação. Logo ele ficaria sem recursos, sem homens e sem espaço, podendo assim definir a situação.

Dias de espera e acampamento se seguiram até que um mensageiro do rei voltando de Deganwy chegou alarmado, esboçando porém um sorriso feliz. Vinha contando aos quatro ventos que tinha avistado algo espetacular. Corpos às centenas e pareciam ser de nórdicos. O capitão Brenton se pôs a caminho para verificar o que seria, deixando a cidadela. Após percorrerem um bom caminho entre as colinas, penetrando no interior do território, logo o cheiro se tornou presente. Brenton sabia que era o cheiro de muita carne apodrecendo, espalhado pelos ares. Viu uma nuvem de moscas sobrevoando a região inteira. Quando teve visão completa da cena, ficou espantado. Centenas de corpos jaziam pela colina, todos despidos com suas vergonhas à mostra, dispostos sem cuidado, como se tivessem sido jogados para rolarem. Não havia como não reparar.

— Eu não estava passando por aqui, seguia por outra trilha, mas o cavalo sentiu o cheiro e veio nessa direção — disse o mensageiro. — Nunca tinha visto tantos homens assim.

— Pode ser resultado de uma batalha.

— Olhe-os mais de perto, senhor.

Apeando do cavalo robusto, Brenton começou a descer a colina, protegendo o nariz com um pano e avaliando a condição daqueles cadáveres. Viu muitas marcas de golpes e cortes profundos que verteram muito sangue, ocupadas por larvas febris serpenteando nos ferimentos. Hematomas e membros amputados eram freqüentes. Aqueles homens entraram em uma briga feia com algum grupo muito forte. Foi olhando para o rosto, os cabelos, as tranças nas barbas deles que Brenton teve uma certeza. Eram todos nórdicos.

Ambos, mensageiro e capitão, voltaram a todo galope para Neath onde encontraram o rei, preparando os planos para o ataque final ao assentamento em Swan. Primeiro ele quis ouvir as mensagens de casa. Os nórdicos tinham sido rechaçados do norte e Deganwy estava em festa. O último navio havia sido perseguido e afundado, os sobreviventes foram mortos. Brenton pediu licença ao feliz mensageiro para falar. Assim que começou a relatar o fato, o rei parecia não entender por que aquilo seria relevante.

— Deviam ser quase uns trezentos nórdicos, todos passados habilmente ao fio da espada, amputados, decapitados. Pelo que vi, alguns foram pegos totalmente desarmados. Deve haver alguma força secundária organizada não muito longe daqui. Talvez fosse vantajoso procurá-la.

— Sim, mas quem a lidera? — Rhodri parecia intrigado, cofiando sua barba, quando uma luz brilhou em seus olhos. — Minhas sobrinhas!

Brenton não entendeu e chegou a vislumbrar os olhos de Aldwyn, que tinha um sorriso tímido de lado, mas olhava para o chão, evitando algum contato com o capitão. Ele conhecia a fama das gêmeas, apesar de nunca ter tido contato direto. Sabia de suas habilidades, achando um erro que mulheres fossem soldados, e sabia também de sua beleza.

— É claro! Já era para termos encontrado a tal comitiva. E você disse que os nórdicos estavam divididos — disse ao capitão. — Só pode ser isso. Elas são bravas, valorosas e muito ágeis com as armas. Aposto que conseguiram se insurgir e aniquilaram os escravizadores.

— Resta apenas uma pergunta — Brenton parecia interromper a alegria do velho rei. — O que aconteceu a elas?

# Terceira Parte

*No ano do Nosso Senhor de 865, tropas nórdicas invadiram o território de Cymru à procura de espólios e principalmente de escravos. Chefiados por um* jarl *chamado Oslaf, o Lobo, as tropas começaram a invasão por Dyfed, sudoeste de Cymru, matando seus reis e tomando cidadelas, vilas e fazendas. Uma tropa secundária invadiu o sul através do rio Severn, marchando sobre a cidade de Cair Guent, lar das gêmeas Sewyn, Gwyneth e Gwenora, sobrinhas do rei Rhodri, o Grande.*

*Após uma luta feroz e da queda da cidade, as mulheres foram escravizadas e os guerreiros mortos, incluindo Ewain, pai das gêmeas, e seus irmãos mais velhos, Rhodri e Dimas.*

*No norte, em Deganwy, o rei Rhodri enfrentava uma força nórdica sobre seus portões, impedindo-o de defender o irmão ao sul. Ao saber do massacre, ele imediatamente se pôs a caminho de Gwent a fim de reunir forças para um contra-ataque.*

*Juntando o ódio e a revolta, a insurreição das guerreiras começou.*

# 1. Caminho Invisível

Entre Margam e Llandaf estendia-se um majestoso tapete verde, denso de bosques e florestas, com vida animal e vegetal abundantes, muitos rios e quedas-d'água, local que as pessoas visitavam em sonho e em que evitavam entrar na vida real, achando que era perigoso, lar de bestas descomunais e de deuses pagãos. Entretanto, seus recantos escondidos foram por muitos séculos refúgios seguros e templos naturais para sacerdotes e deuses que cultuavam a natureza e seus fenômenos.

Os nórdicos ignoraram tal local por sua aparência inerte e inofensiva. Não conheciam o potencial que possuía. Além disso, não podiam enxergar os caminhos invisíveis que somente os moradores mais atenciosos do lugar conheciam. Os antigos druidas, sacerdotes da religião pagã, utilizavam tais bosques como locais de culto, locais do sagrado, escondidos aos olhos dos outros por sua natureza divina. Portanto, eles criaram caminhos sutis, marcados por presenças naturais, que servissem de guias para os observadores mais atentos da religião.

As gêmeas Sewyn conheciam tais caminhos. Curiosas desde crianças, elas percorriam grandes extensões de terra ao lado do pai ou do tio em viagens e caravanas. Arduinna, a adorável mulher responsável pela vida de todos em casa, sempre lhes mostrava sinais sutis que quase ninguém percebia enquanto sacolejavam pelas estradas. Procurar por sinais antigos ignorados era uma maneira gostosa e interativa de passar o tempo. Um dia, ela as levou para um lugar desses de que tanto falava. Estavam todos hospedados em Caerdydd para conhecer a nova igreja construída em homenagem a São Columba, e a tarde estava agradável e quente. Arduinna andava com elas nos bosques procurando por cogumelos quando reparou nos sinais naturais propositadamente dispostos. Eram pedras, árvores estrategicamente localizadas, súbitos clarões nos arbustos, flores de um mesmo tom, guiando por rotas invisíveis. Pegando em suas pequenas mãos, as três entraram no bosque soturno e silencioso, sentindo que olhos ancestrais as observavam. As meninas de sete anos se perguntavam para onde estariam indo. Arduinna apenas sorria para tranqüilizá-las, medindo seus passos e olhando tudo atentamente. As copas das árvores fechavam o ambiente com um teto abafado, bloqueando a passagem do sol. Foi quando entraram em uma clareira em algum lugar no meio do bosque, com o gramado curto e frondosas árvores de galhos maciços criando pilares naturais. Os raios de sol passavam por entre as folhas sacudidas ao vento, criando uma iluminação sempre diferente. Aquele definitivamente era um lugar sagrado. Sentiam-se protegidas e acolhidas em um afago quente. Nestas horas em que se sente o Espírito Santo de verdade, tudo o que elas puderam fazer foi sentar e apreciar o momento verdadeiro de paz.

Gwyneth lembrava-se deste episódio da vida com todos os detalhes. Lembrava até da roupa que usava, de como Arduinna prendera seu cabelo, a flor que Gwenora pegou no meio do caminho. Foi um momento em que se sentiu especial de verdade, exaltada entre os outros. Foi a lembrança que mais apareceu em

seus pensamentos na agonia da escravidão e, montada em seu cavalo em fuga, ela fechava os olhos e sorvia suas memórias.

Cavalgavam por muitas horas, porém logo parariam para descansar. Após se libertarem da escravidão e deixarem um recado visível de corpos mutilados pelo caminho, elas fugiram sem deixar rastros, sempre cuidadosas e atenciosas. Enfim, depois de muitos campos cruzados a pé e a cavalo, as mulheres já estavam cansadas, com os pés machucados, e as crianças sentiam fome e sono, chorando já irritadas. Assim, Gwyneth chamou Syndia e Alwine para conseguirem alguma caça, deixando Gwenora, Cyssin e Kara no comando, cuidando das outras.

Já estavam no interior de um bosque sagrado como aqueles que visitavam quando crianças. Frutas, cogumelos e alguns ovos foram achados pelas mulheres mais velhas que se preocuparam em começar a cozinhar para os pequenos, já impacientes. As três guerreiras saíram com lanças e arcos dispostas a achar carne para um melhor sustento. Não haviam avistado movimentação nórdica nos milhares de braças que percorreram e, portanto, achavam que eles estavam concentrados na costa e evitavam subir o território por completo enquanto não estivessem no total de seu efetivo. Se não esperassem por um reforço, provavelmente não teriam deixado tantos homens em Cair Guent e Cair Lion montando guarda. No entanto, uma erva daninha sempre brota nos lugares em que nunca se espera. Sendo assim, mais nórdicos podiam estar em outros territórios da Bretanha espalhando seu terror.

Assim que a caça foi prontamente conseguida, as guerreiras acharam por bem que os assados fossem feitos no interior mais oculto do bosque, a fim de ocultar a luminosidade e a fumaça de quem quer que passasse por perto. As copas das árvores eram tão densas que chegavam a abafar o ar que respiravam. Seus troncos nodosos pareciam velhos e carrancas feias diziam que não gostavam de visitas. Muitas mulheres mais velhas não queriam entrar no denso manto verde escuro, dizendo que ali era refúgio de deuses pagãos e demônios, temendo pelas almas de todos. Eis que Gwenora respondeu, convencendo-as todas e encerrando a discussão:

— Ora, deixe de ser tola, mulher. Os pagãos acreditavam na mesma força criadora que nós, eles apenas nomeavam-na de formas diferentes. Deus está lá, aqui e em todos os lugares.

Dividiram a caça igualmente e mesmo parecendo pouco, aliada aos suprimentos que pegaram dos nórdicos, conseguiram comer em paz acalmando os pequenos e os próprios estômagos. Até mesmo barris de hidromel fizeram parte da refeição. Aos poucos, o silêncio satisfeito caiu sobre o acampamento. Vez por outra uma criança acordava assustada de um pesadelo, sendo acalentada pouco depois. Seriam traumas difíceis de esquecer.

O comando estava agora com as mulheres de Cair Guent, reunidas em torno da fogueira branda, satisfeitas e descascando frutas com as mãos ágeis e pequenas, todas em um silêncio contemplativo e satisfeito. Para mulheres escravas subjugadas, a insurreição bem-sucedida foi algo notável. Cyssin olhou atentamente para as companheiras. Seus cabelos soltos, roupas surradas, manchas de poeira no rosto e nos braços, ainda denunciavam uma tristeza nos olhos, esta, porém, misturada à liberdade que podiam desfrutar agora. Alguns machucados e hematomas começavam a cicatrizar, mas devido aos estupros repetidos que todas sofreram e as humilhações, a cura completa ficaria por conta dos anos. Cyssin admirava as gêmeas por ver que tinham tirado forças em um momento em que todas as outras perdiam gradativamente as suas. Voltando-se para trás, por cima do ombro, ela viu montes de corpos respirando cobertos por mantas, enquanto outras guerreiras montavam guarda no alto das árvores com arco e flecha nas mãos. Eram todas tão jovens... Será que conseguiriam?

— O que faremos agora? — murmurou ela.

Gwenora a fitou e depois dirigiu seu olhar a todas as outras, como se tentasse juntar palavras para responder. Agora que estavam livres, tinham que pensar no que fazer em seguida. Lutar? Fugir? Pedir ajuda? Gwyneth respirou fundo, mastigando seu pedaço de figo e o engolindo.

— Nossos homens morreram — dizer isso lhe causou uma dor profunda, pois ela própria evitava admitir o fato. — Nossa nação está desconexa. Acho que nosso dever é reuni-la e expulsar os nórdicos.

— Como vamos fazer isso? — Kara parecia cansada.

— Lutando. Nosso tio Rhodri descerá para nos procurar e nos ajudar, disso eu tenho certeza, mas por enquanto, podemos contar apenas com nós mesmas.

— Somos pouco mais de cem guerreiras, Gwyneth, verdadeiramente treinadas para combater. Não chegamos nem a ser um exército.

— Não vejo isso, Syndia. Olhe para trás. Veja quantas mulheres sem pátria e sem esperança temos aí. É um exército pronto. Acredito que possam lutar. — Comeu outro pedaço de figo.

— Como? Nós temos anos de treinamento e prática. O que podemos ensinar a elas em alguns dias?

— Concordo com Syndia — disse Alwine. — Treiná-las pode levar um tempo que não temos.

— Temos tempo sim — falou Cyssin. — Nossa cidade já está tomada. Tudo o que podemos fazer é aguardar o melhor momento de retaliação. Enquanto isso, treinaremos as mulheres.

— Muitas delas — Alwine retratou — são cozinheiras, mulheres da casa e dos filhos, viúvas e desamparadas, não desmerecendo, claro, suas habilidades.



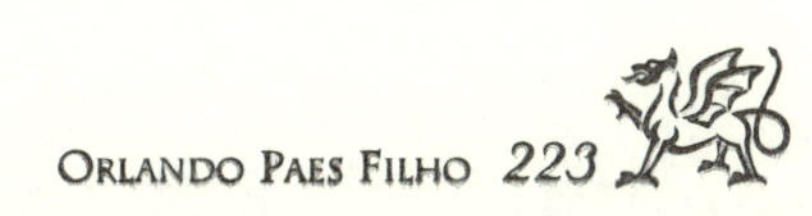

— Até Arduinna lutou do nosso lado quando a invasão aconteceu. — Gwenora lembrou-se com tristeza da velha ama. — Era uma mulher que ficou a vida inteira cozinhando e cuidando de nossa família, tendo certeza de que estavam todos bem alimentados e aquecidos, e que mesmo assim matou muitos homens com uma fúria que nunca vi. Na hora da necessidade, não temos idéia do que podemos fazer. E estamos necessitadas agora.

— Vamos começar a testá-las, separá-las por habilidades e aplicar um pouco do treinamento de Brangwaine. — Gwyneth mastigava. — Em alguma habilidade elas certamente se destacarão. Conversando com algumas, elas me disseram que eram responsáveis até pela caça da casa.

— Temos espadas, lanças e arcos em quantidade — disse Kara — Precisamos de algumas flechas e temos que afiar algumas lâminas.

— Temos muitos cavalos, o suficiente para ataques rápidos — Cyssin animou-se.

— Com um pouco de treino e de estratégia, imagino que teremos êxito. O bosque nos protegerá. — Gwyneth comeu o último pedaço de figo.

Syndia concordava em um ponto. Teriam muito trabalho pela frente.

Após uma ceia farta e amena, elas abrandaram o fogo e repousaram sobre a relva fresca. O escuro da noite pontilhado de estrelas passava pelos galhos, como se a própria noite fosse uma iluminação, um sol escuro, criando uma penumbra soturna que delineava os corpos o suficiente para as guerreiras de guarda nas árvores os distinguir entre as sombras. O sono manso caiu sobre as guerreiras que dormiam pesado. Gwyneth então ouviu barulho de passos. Abriu os olhos, querendo ter certeza de que ouvia corretamente. Nada. Devia ser algum animal pastando. Puxou a manta para cobrir as costas, suspirou e fechou os olhos. O ruído voltou. Chegou a ouvir a respiração pesada avançando. Num pulo, ela se pôs de pé e pegou a espada que jazia ao seu lado. Estranho era que as outras não acordaram. Contornando as companheiras, ela seguiu para o lado em que tinha ouvido o ruído. Ouviu de novo. Passos pesados, alguém grande. Em seus pesadelos pensou ser Oslaf novamente. Apertou o cabo da espada na mão e prosseguiu por entre as árvores. Sentia que havia algo se aproximando. Seus instintos a levaram adiante. Como enxergar naquela penumbra? Parecia que a rondavam, pois ouvia os passos por todos os lados. Agachou-se na tentativa de ouvir mais rente ao chão. Tocou a grama curta e fechou os olhos. À direita. Pôs-se de pé e andou depressa para lá. O sinal sumiu de novo. Tirando o cabelo da frente dos olhos, Gwyneth não entendia o que estava acontecendo. Devo estar imaginando coisas, ela pensava com a respiração entrecortada. Deu as costas para voltar quando o ambiente se encheu de luz, uma luz tão intensa que podia ver os nós nos troncos das árvores e até uma coruja a lhe observar de um galho. Ao girar nos calcanhares, não conseguia enxergar a fonte de tal poderosa iluminação, quando no meio dela viu uma sombra ser delineada perfeitamente a vir em sua direção. Parecia um homem poderoso, via um grande machado em sua mão. Então, ouviu o rugido. Paralisada, ela lembrou-se do vívido sonho em seu quarto em Cair Guent, e do portentoso leão a lhe aparecer. Pôde ver seus olhos ferozes de fogo no meio da luz, seguindo na frente do homem. Subitamente, lembrou-se do que Nennius dizia. O leão vivia na terra longínqua dos mouros. Era a coragem, a força, o mais bravo dos animais de toda a criação, o grande protetor da santa cruz. Magnífica e rápida, a luz aumentou a tal ponto que sua vista começou a doer.

Gwyneth acordou num pulo, achando que a luz a havia queimado. Os olhos ardiam. Mas já era dia. Na sua frente viu Cyssin, a lhe olhar curiosa, segurando uma porção de mingau quente.

— Você dormiu bastante — ela disse, passando-lhe a tigela. — Já estão todas de pé.

Ainda um tanto abalada, Gwyneth olhou em volta, vendo que o acampamento já estava em polvorosa. Crianças brincavam alegres e as mulheres juntavam roupas e mantas em montes, preparando o desjejum.

— Você está bem, Gwyneth?

A luz ainda estava marcada em sua vista. Ao olhar para cima, viu um céu azul e nuvens errantes sossegadas. Voltou os olhos para Cyssin e lhe sorriu, garantindo que tinha dormido demais e por isso estava meio desorientada. Agradeceu pelo mingau e se pôs a comê-lo, mas atordoada com sua visão. *Senhor, o que quer dizer com isso?*, pensava consigo.

Com o corpo dolorido pela má acomodação, estalando os ossos das costas, Gwyneth se pôs de pé, arrumou seus pertences e juntou-se às outras, mais quieta do que de costume. Gwenora achou estranho o silêncio da irmã e chegou a lhe perguntar duas vezes o que estava havendo. Como Gwenora não acreditava e tampouco se importava com sonhos premonitórios ou visões — em sua opinião, não passavam de crendices das mulheres mais velhas —, Gwyneth preferiu dizer que teve pesadelos com o cativeiro junto aos vikings, o que não deixava de ser verdade já que eram freqüentes, mas eles não a atordoavam tanto quanto naquela manhã.

Seguindo o ritmo do trabalho matutino, ela e Kara se puseram a avaliar o arsenal que tinham tirado dos nórdicos. Reviraram centenas de cotas de malha finamente tecidas, resistentes o suficiente para um combate corpo a corpo. Espadas longas e pontiagudas, de empunhaduras trabalhadas e adornadas com inscrições e desenhos. Muitos machados tanto para o corte de madeira quanto para decepar cabeças inimigas. Largos, estreitos, outros com entalhes de escrita na lâmina... Gwyneth admirava aquela arma pesada e potente.

Devia ser difícil de ser manejada. Chegou a ensaiar alguns golpes com Kara, mas não tinha a agilidade que necessitava, seus braços despencavam com o peso. As duas riram divertidas com as tentativas patéticas de tentar erguê-los, dizendo que quem sabe um dia elas pegariam um viking como cativo apenas para ensiná-las a manuseá-lo. Encontraram elmos pontiagudos com proteção para o nariz e uns de topo arredondado com uma máscara para os olhos. As lanças eram longas, feitas de madeira escura, cujas lâminas pareciam folhas, alguns cabos contendo inscrições. Havia inúmeros escudos, todos redondos, alguns coloridos, todos pesados e feitos de madeira forte, alguns continham marcas de combate e rachaduras feitas por armas. Flechas ainda estavam dispostas em suas aljavas e arcos rijos esperavam manejo.

— Admito que mesmo sendo pagãos incultos, eles têm talento. — Kara provava um elmo que escondeu suas madeixas vermelhas. — Veja a precisão, os detalhes...

— Até quando o homem achará que pode dominar e matar outro homem? — Gwyneth sempre perguntava a Deus em suas orações.

— Não creio que exista resposta para isso...

Remexendo em tantas armas e paramentos, elas notaram que tinham o suficiente para armar e proteger todas as mulheres dispostas a guerrear. Os cavalos estavam dispostos em um cercado improvisado no meio do bosque em um dos locais sagrados do passado, grande o suficiente para todos ficarem dispostos tranqüilamente. Eram quase cem animais que serviriam para ataques rápidos e precisos e que Cyssin se encarregara de cuidar.

Pesquisando entre as mulheres, Gwenora e Alwine encontraram dezenas delas dispostas a lutar e outras com treinamento militar realmente eficiente obtido em outras cidades. Cair Lion,


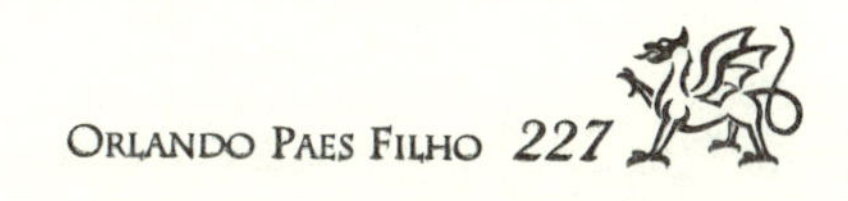

Usk, Raglan, vilas e fazendas pelo caminho. Elas ouviram as histórias das gêmeas guerreiras e quiseram tornar-se guerreiras do mesmo jeito para, como elas, tornarem-se lenda.

Assim que encontravam as mulheres certas, elas eram testadas uma a uma em diversos equipamentos e armas, na tentativa de destacar alguma habilidade. A maioria mostrou-se muito hábil no manejo de espadas e lanças. Outras tinham boa pontaria, mas faltava-lhes a técnica. No geral, elas eram talentosas e dispostas a continuar. Os contornos de um exército começavam a se desenhar.

Com o passar dos dias, as feridas físicas foram se curando. As peles brancas e alvas, machucadas e arroxeadas constantemente, agora voltavam a adquirir sua palidez usual. Os inchaços diminuíam. Recolhiam comida, salgavam peixes e carnes de caça. Remendavam roupas e cuidavam das mulheres doentes. Uma rotina dentro de um mundo diferente se instalou naquele bosque que elas passaram a conhecer tão bem. Viram tocas de coelhos e filhotes de coruja em ocos de árvores. Para manter as crianças ocupadas, algumas mulheres mais velhas trataram de ensinar-lhes um pouco de história, de trato com os animais, como escolher as frutas e os meninos maiores ofereceram-se para lutar. Logo a tropa foi definida, cada especialista em uma função as colocou para treinar. Os conhecimentos adquiridos do grande Brangwaine foram aplicados com o mesmo rigor de seu mestre, mostrando resultados rapidamente. Apesar de todas as tarefas estarem agora em aplicação, as pupilas não reclamavam, movidas pelo sentimento de vingança, de raiva, querendo logo pôr os nórdicos em uma vala e cobri-los de terra. Cortavam e carregavam toras, usavam tecidos como inimigos imaginários, lutavam e desafiavam umas às outras. Houve até alguns machucados nestes duelos, mas nada sério.

Quase duas semanas se passaram. Os treinamentos continuavam. As senhoras também queriam participar, as crianças ajudavam a afiar espadas e lanças. Gwyneth e Gwenora penteavam os cabelos na beira do lago, conversando sobre as ações para o futuro. Seus perfis de liderança fizeram delas as conselheiras de todo o grupamento e nenhuma decisão era tomada sem avaliação prévia das duas guerreiras. Por um respeito óbvio, já que eram as sobrinhas do rei Rhodri, as mulheres alegavam lhes dever obediência, o que elas contestavam. As antigas divergências subitamente desapareceram, porém, Gwyneth temia que pudessem voltar. Pensava sempre em Aldwyn e o que teria acontecido a ele. Um guerreiro tão habilidoso não teria morrido facilmente.

— Como vamos tomar nossa cidade de volta? — Gwenora se perguntava.

— Temos um caminho tortuoso pela frente. Estamos perto da costa e eles devem estar acampados perto de Caerdydd.

— Mas ela resiste a um sítio prolongado. Sempre foi um forte imponente.

— Não sabemos o que aconteceu — respondeu-lhe a irmã enquanto desfazia um nó de fios com as mãos. — Se até nossa cidade, tão bem protegida, foi tomada, o que podemos supor?

— Se tomarmos nossa cidade, teremos onde nos apoiar para expulsá-los do sul de Cymru. — Gwenora tinha urgência. — Nosso tio virá ao nosso encontro assim que souber.

— Para fazermos isso, temos que encontrar um meio de entrar na cidade. E não podemos ficar aqui por muito tempo, apesar de termos proteção e suprimentos. Não... — suspirou preocupada. — Logo vão nos achar. Somos uma carga valiosa e alguém certamente a estava esperando.

— Mas Oslaf, aquele cão maldito, morreu.


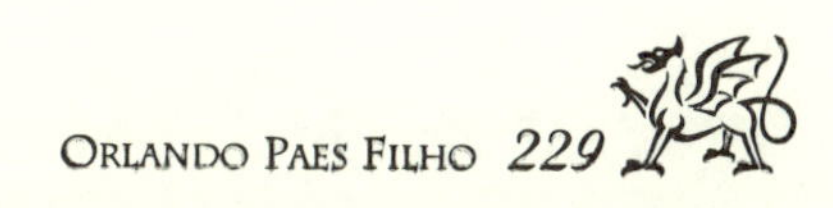

— O tal nórdico que o tinha traído, não. Não sabemos se já não está nos caçando.

Caso constituíssem uma tropa maior, talvez elas já tivessem se lançado ao revide. Gwenora, sempre ansiosa, temia ser tarde demais quando as tropas do rei viessem em seu socorro. E não pretendiam recuar para aguardar ajuda. Tinham o potencial para conseguir vitórias, apenas precisavam de tempo, que estava se esgotando.

Chamando as companheiras, as gêmeas expuseram o que estiveram pensando e pediram conselhos. Todas concordaram em não recuar e sim avançar: teriam que lutar para tomar o que por direito lhes pertencia, isso era certo; porém, precisavam de uma avaliação do que encontrariam pela frente. Entrar despreocupadamente em um território sem o conhecimento de sua situação era arriscado e pouco inteligente. Duas se ofereceram para batedoras. Kara e Gwyneth iriam para além do bosque em busca de informações, passando sorrateiramente por algumas vilas e fazendas e indo em direção à cidade mais próxima, que era Caerdydd. As demais teriam por função proteger o acampamento e aos outros, especialmente as mulheres velhas e as crianças.

Dois cavalos foram tirados do cercado e paramentados. Gwyneth ficou feliz em ver sua montaria novamente. Seu cavalo já sabia de todos os movimentos e as pressões executadas por sua amazona, seguindo sempre para as direções desejadas. Brangwaine a fez escolher essa montaria de uma maneira inusitada. O velho capitão costumava dizer que o cavalo escolhe seu cavaleiro, portanto, ela deveria ser testada pelos animais. Montada nele, tinha que entrar na água corrente de um rio e sentir se o animal bambeava as pernas ou se conseguia fazer as manobras na brita, com a correnteza nas patas. Este foi o único que a sustentou corretamente e não a tinha desapontado até aquele dia.

Elas colocaram as cotas de malha e protetores para pernas, trançaram e prenderam os cabelos e puseram os elmos. Seriam facilmente confundidas com nórdicos, mas precisavam passar incólumes perto deles. Já era perto do pôr-do-sol quando elas montaram os cavalos e lhes foram entregues uma bolsa com água e outra com comida. Seu retorno era esperado em uma semana. Sem muitas despedidas, ambas logo saíram a todo galope, sumindo por entre as árvores na penumbra. O acampamento ficou em silêncio e mergulhado na ansiedade por noites seguidas.

# 2. Olhe Sempre para o Céu

O dia amanheceu com sol forte e céu claro. O orvalho subia das charnecas, formando uma névoa quente sobre a grama esmeralda. Kara e Gwyneth já estavam na cavalgada desde a madrugada alta, cortando a escuridão, em direção a Caerdydd. Era uma cidade fortificada na costa, cuja fama de guerreiros corajosos e grandes batalhas vencidas era conhecida em toda Gwent. Não avistaram tropas nórdicas, nem viram sinais de movimento de homens. Aparentemente, eles aguardavam alguma coisa, porém, primavera e verão eram sempre as estações que eles usavam para pilhagem e ataques pelo território. A cisão interna que tinham sofrido abalou suas táticas, o que os havia imobilizado, mudando a sorte para o lado dos *cymry*. Gwyneth sempre olhava para o céu claro e orava em agradecimento por ter tido forças para se vingar pela escravidão, mas não conseguia deixar de perguntar aos céus sobre o significado de suas visões.

Ao norte de Caerdydd estava a cidade de Caerphilly, que fora tomada e quase arrasada por eles, e seu monastério jazia em ruínas. Algumas das mulheres feitas cativas entre elas eram de lá. A leste, viam-se amplas charnecas, bosques e vales, que conduziam a Cair Lion e Cair Guent. Neste espaço amplo sempre ocorreram batalhas e armas antigas enferrujavam sob a terra. Isso dava uma dimensão da história que lhes contava o chão em que pisavam e das inúmeras tentativas sem sucesso de conquista.

Elas foram na direção de Caerdydd, sempre percorrendo trilhas menos conhecidas, adjacentes às estradas romanas e fazendo contornos para evitar perseguição. Avistaram apenas alguns nórdicos perdidos indo em direção ao porto tomado de Swan, precisando abater alguns deles no caminho. Elas não se arriscariam a ir tão longe, até Swan. A prioridade era tomar Cair Guent de volta. Do alto da colina, parando os cavalos para apreciar a vista, elas conseguiram ver a fortificação de pedra e com largos muros que protegiam a cidade de Caerdydd. Sinais de luta e de fogo já consumido podiam ser vistos do lado de fora. Destroços de escudos, armas quebradas e aríetes esparramados no chão. Alguns abutres sobrevoavam a encosta e a planície logo abaixo.

— Devemos bater à porta? — Kara fez uma brincadeira em tom de ironia, coisa rara para ela.

— Acho que não será necessário.

Os portões foram abertos enquanto falavam e quatro homens a cavalo vinham em sua direção, com lanças e espadas. Estavam bem atentos a todo e qualquer movimento ao redor, talvez esperando mais ataques. Elas esperaram que se aproximassem e tiraram os elmos, fazendo as madeixas vermelhas caírem por sobre seus ombros. Nisso, eles desaceleraram o passo e o que parecia ser o líder pediu aos homens que viessem devagar e com cautela. As moças eram jovens, bonitas e pareciam bem paramentadas, usando vestes e armas, algumas nórdicas e outras bretãs, nas quais deviam ser habilidosas. Os outros três percorreram ao redor das duas mulheres, assegurando-se de que estavam sozinhas. Tirando seu elmo de topo redondo e com proteção para os ouvidos, o homem era troncudo, de olhos perfurantes e azuis, com um longo bigode e barba castanho-avermelhada.

— Estão entrando em território de Caerdydd — sua voz poderosa as interpelou. — Entraram nele muitas braças lá trás.

— Sou Gwyneth, filha de Ewain, o Nobre e sobrinha do rei Rhodri, o Grande, e esta é minha comandante, Kara.

Os olhos do bretão ficaram um tanto confusos, indo do rosto de Gwyneth para o de Kara sem parar, admirando seus olhos de cristal. Os outros três ouviam curiosos.

— Sua cidade foi tomada, não foi? — Parecia não entender o que elas faziam ali.

— Fomos feitas escravas e nos libertamos.

— Um feito notável para mulheres — disse-lhes um dos homens. Kara se remexeu incômoda sobre o cavalo ao ouvir isso. — Ouvimos falar de seu cativeiro e da quase destruição de sua cidade.

— Vejo que tiveram uma sorte maior que a nossa. — Gwyneth apontou para os sinais de fogo nas muralhas.

— Eles tentaram nos sitiar e depois de duas semanas inteiras, desistiram.

— Desejo uma audiência com Cydric — disse Gwyneth, secamente, mas em tom de cortesia.

— Lamento que ele esteja indisponível — respondeu-lhe o homem, com frieza.

— Para a sobrinha do rei ele não estaria.

Cydric era o líder de Caerdydd, um primo de menor grau de Rhodri e portanto praticamente desprezado e esquecido devido à sua arrogância e falta de humildade. Não gostava pessoalmente de lutar, apesar de ter alguma habilidade na espada e na lança. Assim, ele chamava os melhores guerreiros de outros territórios e cidades para treinar seus homens com o intuito único de proteger a ele, Cydric, salvando a cidade se possível. Gwyneth lembrava dele como um insuportável homem calvo, de barriga proeminente e de voz irritante que achava divertido ver as gêmeas gritando quando ele jogava besouros em seus cabelos. Ewain uma vez deslocou seu queixo com um soco ao se sentir ofendido pelas piadas sem graça que adorava despejar nos jantares, o que o fazia babar de vez em quando ao falar.

O capitão ficou um tanto indeciso sobre o que fazer. Ordenou que as escoltasse para dentro da cidade e acelerou o passo indo à frente para convencer seu senhor a receber as mulheres.

— O que está fazendo? — Kara cochichou com Gwyneth.

— Confie em mim.

Após uma breve cavalgada, elas foram escoltadas para dentro dos muros da cidade, que ainda mostravam as marcas da luta. Homens armados as olhavam das sentinelas e as pessoas humildes carregavam baldes de água e cestas com pães, cães magros dormiam pelos cantos. Sem nenhuma palavra, os guardas se afastaram e o capitão sumiu dentro do quartel. Ambas se entreolharam em dúvida sobre o que estaria acontecendo. Os cavalos descansavam, bebendo água fresca, enquanto elas esperavam entediadas pelo encontro que não acontecia nunca. Os habitantes as olhavam curiosos. O que duas mulheres belas faziam com roupas nórdicas?, perguntavam-se. Marcas do sítio podiam ser vistas nas paredes internas e no chão. Parecia que a população lentamente retomava a rotina.

Uma hora se passou. E então duas. Já irritada com tanta demora, de tanto andar de um lado para outro, Gwyneth entrou no quartel dos guardas com Kara a seu lado. Pisavam duro no chão, fazendo seus passos ecoarem, procurando pelos homens que as conduziram para dentro da fortificação. Não avistaram nenhum deles, mas assim que viram a porta em um canto do salão, que conduzia ao interior da segunda muralha, que normalmente protege as partes mais altas e nobres, elas forçaram a entrada. Os guardas não quiseram deixar que passassem e elas precisaram tirá-los do caminho. Depois de rendê-los, as guerreiras seguiram em frente, subindo uma escada em caracol e logo encontraram outra sala ampla e fresca que servia como estoque de armas. Viram várias espadas, lanças e adagas diferentes penduradas pelas paredes e dispostas em estrados de madeira no chão. Saíram pela porta principal para o pátio de treinamento, agora vazio, de onde avistaram a torre do palácio de Cydric. Não hesitaram e continuaram em seu caminho, ignorando os guardas e soldados que as viram passar. Entraram no palácio brigando com os três guardas que vieram de escolta e, logo à sua frente, no salão principal do palácio, estava um preocupado capitão, com um semblante de surpresa ao vê-las ali. O tom de vergonha estava bem pintado em seus olhos. Kara sentia que o capitão era um guerreiro e líder nato servindo a um idiota.

— Onde está aquele nojento? — Gwyneth foi para cima dele com agressividade.

— Ele não pode ser incomodado...

— Que virgem ele está importunando agora?

— Por favor, não pode entrar aqui!

— Cydric! Apareça, seu covarde pestilento! — a voz de Gwyneth ecoava pelo salão.

Ela já não podia ser vista, pois subiu as escadas, de dois em dois degraus, ofegando não de cansaço, mas de raiva. Um ousado inescrupuloso era Cydric. O capitão bem que tentou segui-la, mas Kara sacou tão rápido a espada que ele sentiu o vento cortante perto de seu nariz. Logo, ambas percorriam o corredor frio de pedras antigas das fundações do palácio e ao chegar ao quarto principal, Gwyneth investiu contra as portas, que escancararam ruidosamente. Cydric estava mais gordo do que ela podia se lembrar, apesar de nunca tê-lo visto nu como o via naquele instante, as bochechas flácidas. Uma moça de cabelos loiros jazia embaixo dele, de costas, com os olhos fechados e agarrada aos restos de seu vestido. Rápido como um relâmpago, ele rolou de lado, pôs-se de pé, vestindo as roupas e cobrindo as vergonhas, enquanto a moça jovem, de cabelos claros, corria dali.

— O que elas fazem aqui?! — Cydric perguntou ao seu capitão, em um misto de embaraço e raiva.

— Eu tentei impedir... — O capitão não completou a frase, pois Kara fechou as portas e o deixou no corredor.

— Gwyneth... eu ia atendê-las. — Deu um sorriso amarelo, afastando-se da guerreira que andava em sua direção.

— Seu verme rasteiro, sua larva imunda... — Gwyneth passava e derrubava um vaso ou uma tigela.

— Calma... vamos conversar... — Ele tateou na mesa e achou uma pequena faca de caça, que logo voou de sua mão com um tapa.

— Não seja tolo! Acha que pode me ameaçar com isso?! Molestando uma moça, em vez de nos atender! Por que não tenta conquistar uma mulher com seus próprios méritos e não com a força?!

— Veja lá como fala, mocinha! Sou primo do rei e tenho meus direitos em minhas terras!

Um forte tapa calou sua fala e mais outro o fez sentar numa cadeira aos tropeços. Com os olhos de âmbar pegando fogo, ela apoiou as duas mãos nos braços da cadeira e o observou profundamente.

— Vim aqui para tentar salvar nossa terra e você não faz mais do que pensar em si próprio. Deveria jogá-lo no campo dos nórdicos para que eles o reconhecessem como igual!

— Fui sitiado também, por acaso não viu as marcas nos muros?

— E onde você estava?! Se escondendo da batalha como o covarde que é, ao invés de ter o mesmo destino de seus homens!

— Escute aqui... — Cydric disse, mudando para um tom de voz mais firme, tentando se levantar da cadeira.

— Não, escute você. — Gwyneth lhe interrompeu o movimento e a fala. Ela, então, prosseguiu, mais séria e calma: — Tenho

um plano e você vai me ajudar. Não me importa saber de suas vontades, mas o objetivo é salvar nossa terra!

O capitão entrou com cautela ao ouvir a gritaria e viu a cena. Kara se servia calmamente de algumas frutas numa tigela, enquanto Gwyneth ameaçava Cydric encolhido numa cadeira. Um líder patético, o capitão admitia.

— Desta região, Caerdydd é a única cidade capaz de lançar retaliações, tendo um ponto de retorno fortalecido. Preciso de seus muros e de seus homens por alguns dias, a fim de criar uma distração. Preciso de um caminho seguro para Cair Guent e você deve partir daqui.

— O quê? — exclamou o homem, indignado. O que Cydric ouvira parecia uma afronta. — Está louca! Prefiro morrer a enfrentar esses pagãos frente a frente.

Com o sangue em ebulição, Gwyneth chutou um vaso com força, lançando-o contra a parede, espalhando os estilhaços por todos os lados.

— Isso também pode ser providenciado!!

O grito calou o quarto. Viam-se os lábios de Cydric tremendo, sem saber o que dizer em seguida, temendo ser queimado pelos olhos de falcão de Gwyneth. Kara mastigava, esperando uma resposta que não vinha. Ele chegou a olhar para seu capitão, que baixou o olhar, respondendo nitidamente que aquilo não era de sua competência.

— Vista-se decentemente — Gwyneth disse, dando-lhe as costas. — Conversaremos mais tarde. Eu o espero no quartel.

O capitão apenas sentiu o vento que os corpos das duas mulheres fizeram ao passarem do seu lado. Cydric até relaxou e respirou fundo, passando a mão na testa, limpando o suor. Temeu ser estraçalhado em seu próprio aposento.

Vestido e sentindo-se acuado, Cydric desceu com seu capitão até o quartel de sua tropa, onde as encontrou sentadas a uma


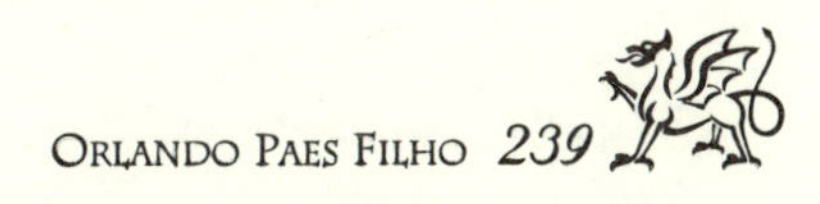

mesa, comendo. Lembrava-se de Gwyneth muito vagamente, apenas não esperava que virasse uma bela mulher. Ainda lembrava, no entanto, do soco poderoso de Ewain. A mulher que viera com ela tinha olhos ferinos, que pareciam investigar até os cantos mais imundos de sua alma.

— Devo imaginar que já esteja confortável — disse Cydric, sentando-se na cabeceira da mesa.

— Quantos homens você tem para lutar?

— De quantos exatamente precisa? — perguntou ele.

— Do suficiente para nos deixar passar pelos campos de Caerphilly. Não temos tempo para dar a volta para entrar em minha cidade.

— Caerphilly virou um covil dos nórdicos, você enlouqueceu?

— Você é quem está com medo de ter que empunhar uma espada e lutar por seu povo — Gwyneth sentiu o sangue ferver.

— Eu... não disse isso. Apenas acho que não tenho uma tropa grande o suficiente para realizar tal empreitada — disse-lhe Cydric, passando a mão em sua própria cabeça, colocando os poucos cabelos para trás.

— Quanto a isso, não se preocupe. Tenho uma tropa bem preparada esperando ordens — raspou o prato de mingau e o pôs de lado.

— Posso saber como conseguiu tal tropa?

— Não. Não pode — ela lhe devolveu a resposta.

— Está pensando em tomar Cair Lion também?

— Sim. Meu pai protegia aquela cidade. Tenho um dever moral com ela.

Mas moral era algo que faltava em Cydric, pois uma idéia lhe ocorreu:

— Os nórdicos perderam alguns navios no mar, está sabendo? — falou.

— Como assim?

— Eles lutaram entre si até a morte — deu um sorrisinho de lado. — Alguma contenda interna. Talvez não recebam reforços tão cedo. É possível que sua empreitada seja bem-sucedida.

— E você quer levar o seu nome nela, não é? — perguntou Gwyneth, não espantada com a esperteza dele.

— Bom... poderia ao menos dizer ao seu tio, meu amado primo, que forneci o que precisou para sua reconquista.

Com os olhos frios e ferinos, ela o analisou por inteiro, deixando-o encabulado. Gwyneth sorriu de lado, descontente.

— Você não presta, Cydric. É por isso que está se tornando esse velho gordo e decadente.

— Você entra na minha cidade e se acha no direito de me insultar? — ele se ardeu.

— Sabe que é verdade, portanto não me conteste. — Gwyneth se levantou e Kara também. — Posso então contar com sua força, ou melhor dizendo, com a força de seus homens?

Pensativo, Cydric brincava com um anel no dedo. Gwyneth era a sobrinha do rei Rhodri, uma forte candidata a rainha daquelas terras. Exercia plenamente seu poder, mesmo tão jovem, e realmente não podia contestá-la. Volveu os olhos para seu capitão, o verdadeiro homem responsável pelas vitórias gloriosas de Caerdydd e concordou. Forneceria homens, armas e suprimentos para o que ela quisesse, contanto que garantisse que sua cidade não seria mais atacada. E Gwyneth deu sua palavra.

Conversando com o capitão, Kara soube que os batedores de Caerdydd e Llandaf não haviam avistado grandes tropas nórdicas na região por uma semana. A baía de Swan ainda tinha um bom efetivo, contudo imobilizado, não sabiam por quê. Achavam que a perda dos navios havia levado embora o reforço do qual necessitavam para se moverem. Porém, a maior parte do contingente se concentrava na foz do rio Severn, justamente onde estava Cair Guent. Ele suspeitava que estivessem ali para assegurar uma passagem segura da Mércia para Cymru. Informações seguras indicavam uma grande movimentação nórdica na Ânglia do Leste, motivada por vingança e pilhagem. Eles marchariam pelas grandes cidades e, ao contrário de outros anos em que partiam depois da destruição, pretendiam nelas se fixar. O capitão parecia conhecer bem as histórias.

Kara examinava mapas da região com atenção na sala de guerra do quartel-general, memorizando vales, rios e córregos, e notou que o capitão a analisava cuidadosamente. Seus olhos de gelo eram atraentes e belos. Não havia um homem que não reparasse neles. O capitão tentava encontrar palavras que pudessem explicar sua admiração. Não costumava se admirar por alguém.

— Algum problema, capitão?

— Devo pedir desculpas por minhas palavras durante nosso encontro na planície. Eu não queria desmerecer suas virtudes, conheço as lendas das mulheres guerreiras de Gwent. De como são valentes e fortes.

— Desculpas aceitas — disse e voltou seus olhos para os mapas.

— Também não consigo imaginar o sofrimento que passaram nas mãos daqueles cães.

Kara baixou os olhos, tentando apagar de sua mente as cenas de violência e humilhação e, percebendo que tinha magoado a moça, o capitão pediu desculpas mais uma vez.

— Meu nome é Hadrian — disse-lhe o capitão. Ela ergueu novamente o olhar e o encarou, enquanto ele prosseguia: — Cydric casou-se com a minha irmã, Irmma, e a matou de tanto desgosto.

— E ainda serve fielmente a um homem como ele?

— O médico pessoal dele salvou a vida do meu filho quando ele era muito pequeno. Creio que devo retribuir com minha gratidão.

— E sua esposa?

— Morreu um ano depois que nosso filho nasceu. Hoje ele tem nove anos.

Kara pensava enquanto ouvia a narração de Hadrian. Aquele homem de aparência tão dura e impenetrável mostrava-se dedicado à família e à nação, era fiel defensor de sua cidade, onde não era valorizado. Em Cair Guent, Kara era conhecida por sempre analisar o íntimo das pessoas e ver no fundo o que preenchia seu coração. Aquele homem era amargurado. Era como se tivesse um punhal sobre o peito de Cydric e não pudesse empurrá-lo. Agora entendia por que Gwyneth o odiava tanto.

Gwyneth voltou para o bosque na companhia de oito guardas bem armados de Caerdydd dois dias depois de chegar. O capitão explicava para Kara, a comandante da sobrinha do rei encarregada de preparar as forças, como estavam organizados, quantos homens tinham disponíveis e o armamento que possuíam. Perdera um bom número de soldados na batalha fora dos muros contra os nórdicos, mas foram bem-sucedidos e conseguiram rechaçar os poucos que ficaram. Assistindo aos treinamentos, Kara percebeu que Hadrian era mesmo habilidoso e tinha o porte garboso de Brangwaine ao lutar, mas era mais sutil e tinha o total controle da espada pesada que empunhava. Um homem impressionante, tanto que decidiu desafiá-lo para um duelo uma noite. Testar as pessoas era algo que Kara não gostava de fazer, porém, havia algo naquele homem que chamava sua atenção. Estavam sozinhos na arena do quartel, archotes iluminavam bem o chão batido. A primeira investida foi de Kara, bem desviada. A segunda investida também foi sua. Logo notou que Hadrian evitava confrontá-la, talvez com medo de machucar uma mulher. Esse não era um comportamento que ela fosse aceitar facilmente. Portanto, partiu para cima do capitão com fúria, pesando seus golpes e fazendo-o suar para se proteger. Um tufo de sua barba voou pelos ares quando ela quis assustá-la. Kara não conseguiu esconder um leve sorriso disfarçado, apontando-lhe a espada. Hadrian se preparou e partiu para cima dela, espantado com tanta força e inebriado por seus olhos cintilantes e seu cabelo vermelho. Tilintando espadas, ela não percebeu que estava dando passos na direção de uma parte irregular do chão batido, o que a desequilibrou. Como se tivesse feito aquilo de propósito, Hadrian a segurou pela cintura e a juntou a seu corpo, a fim de sentir o perfume e a respiração dela. Segurou sua mão e Kara soltou a espada. Seus lábios rosados exalavam calor e o convidaram a um beijo. Um beijo de paixão que Kara nunca tinha recebido. Seu primeiro contato com um homem fora com um nórdico bêbado e de hálito ruim. Mas Hadrian era cuidadoso, pois sabia que mexia com uma mulher fragilizada.

Os berros de uma sentinela no alto do segundo muro os separaram como se tomassem um choque.

— Capitão!

— O que foi?! — respondeu ele irritado, olhando para o alto.

— Vejo pessoas se aproximando rapidamente!

— Nórdicos?!

— Acho que não, senhor!

Contrariado com informações vagas, ele e Kara subiram para a passagem do muro e esticaram a visão para o fundo escuro das planícies. Conforme o olhar se acostumava, viram que o guarda tinha razão, pessoas se aproximavam.

— Não são nórdicos — disse Kara. — Os padrões de tartã são da região.

Estreitando os olhos, Hadrian concordou. Por isso, ele desceu a fim de recebê-los. Ao todo deviam ser uns quarenta homens das mais variadas regiões de Cymru, e pareciam ansiosos.

— Sou o capitão Hadrian. Quem são vocês?

— Conseguimos escapar com vida das invasões nórdicas. — O homem respirava em busca de ar. — Soubemos que as sobrinhas do rei estão se levantando contra o inimigo e viemos oferecer nossas espadas para ajudar. Nossas mulheres e filhos foram feitos escravos pelos bastardos e queremos afiar nossas espadas na carne deles.

Kara percebeu que a sorte estava ao lado das mulheres de Gwent. Assim como Gwyneth costumava fazer, ela ergueu os olhos para o céu estrelado e agradeceu. Nennius tinha razão. Nos céus sempre há uma resposta para as inquietações dos homens.

# 3. A Tomada de Swan

Neath fora recuperada pelo rei Rhodri, o Grande, e a boa notícia começou a se espalhar pelos campos. Homens chegavam de várias partes contando histórias de como escaparam da morte e como estavam dispostos a lutar para expulsar os intrusos de suas terras. Juras eram feitas ao rei e a seus soldados. A vitoriosa batalha entregara nas mãos dos *cymry* uma importante região do sul de Morgannwg, ponto de encontro de trilhas e estradas, região de um importante porto. O rei preocupava-se principalmente com três coisas: seus pensamentos iam primeiro para as amadas sobrinhas. Não tinha notícias de nenhuma comitiva de escravos havia dias desde a retomada da cidade. Depois, pensava em como tomar a baía de Swan, pois precisava dela para assegurar a região inteira, até Margam. E, por fim, o que fazer para ajudar Dyfed, uma região agora sem reis e entregue à própria sorte. Sabia que esta última seria algo difícil de reconquistar, já que não possuía unidade interna desde que os reis Bedwyr e Meliogrance começaram a brigar por possessões e linhas em mapas. Pedia a Deus que Cair Merdin resistisse para defender as vilas e fazendas da área.

Aldwyn havia se tornado seu melhor estrategista e conselheiro, pois sabia que dele ouviria idéias e planos vitoriosos e, mesmo desconhecendo seu passado, o rei percebeu que tinha rusgas com Idwal, que se tornara capitão da guarda de Cair Guent após a morte de Brangwaine. Idwal tinha alguma coisa que o desagradava, apenas não sabia o que era. Era sempre educado e solícito, muito hábil e valente em campo, mas seus olhos baixos às vezes o confundiam. Essa invisível desavença entre ambos parecia não atrapalhar suas funções, apesar de quase nunca se falarem e de trocarem olhares odiosos vez por outra. Aldwyn evitava tocar no assunto, sempre reservado. Preocupava-se apenas com as gêmeas e com as outras mulheres cativas, além de pensar na cidade e em como estaria. Rhodri achava que seria um excelente líder e um capitão experiente, capaz de treinar homens com perícia. Aldwyn em pessoa se ofereceu como espião para rondar Swan, a despeito dos perigos e dos protestos de Brenton, e descobriu nos dias em que ficou fora da proteção dos muros de Neath que, ao todo, eles deviam ser 1.500 homens, algo que o capitão Brenton já desconfiava. Vários navios ainda estavam no porto, mas não havia movimentação. Não estavam embarcando nem desembarcando. Estavam, no entanto, desmotivados e aguardando um reforço que não mais viria. Hyrnig não sabia que Olaf, o Branco, não mais mandaria homens e armas para ajudá-lo, pois pensava em espólios maiores e nas batalhas de Ivar. Assim, ele começara a organizar expedições de pilhagem para enviá-las para além das muralhas do forte de Swan, onde estava alojado, a fim de conseguir riquezas para levar aos mercados de escravos dos mouros.

Com a movimentação de tropas de cerca de trezentos homens, o rei ficou apreensivo. Não queria entrar em batalha tão cedo contra uma tropa grande e poderosa, mas sabia que teria que expulsar os nórdicos do forte à força, ou nunca o recupera-

ria de volta. Chamando seus homens, Aldwyn, Brenton e Idwal, o rei e seus filhos reuniram-se para pensar em estratégias emergenciais.

— Se eles sabem que não terão reforços, por que não sobem de uma vez? — O rei andava em volta de uma mesa onde estavam vários mapas. — Por que não partem para uma conquista mais efetiva?

— A falta de liderança interna deve tê-los abatido, já que encontramos o líder da empreitada em pedaços. — Merfyn enchia uma caneca com hidromel e deu um farto gole. — Sou a favor de atacá-los diretamente.

— Aldwyn, o que acha? — O rei lhe dirigiu o olhar.

— Atacá-los diretamente é prematuro. Pode enfraquecer nossas tropas. Temos que atacá-los onde não podem se defender. E eles têm as vantagens: estão fortificados, de costas para o mar, com uma única frente de batalha.

— Isso nos encurrala no vale. É uma descida íngreme até a baía — disse Brenton.

— Ficaremos imobilizados já que estaremos, em nossa maioria, montados em cavalos.

O rei deu razão a eles.

— Ao que parece — disse Idwal —, eles vão começar a mandar pequenas expedições de pilhagem para fora de Swan. Tal ação enfraquecerá sua retaguarda.

— Se atacarmos tais expedições, poderemos diminuir o número de homens a enfrentar em Swan — Brenton o apoiou.

O rei respirou fundo e cofiou a barba esbranquiçada. Olhando para os mapas, viu a fortaleza de Swan acuada na baía, favorecida pelo terreno. Precisaria primeiro tirar centenas de homens do seu interior antes de tentar invadir a fortaleza. Os olhos de Aldwyn cruzaram com os de Brenton e Idwal que o olhavam de


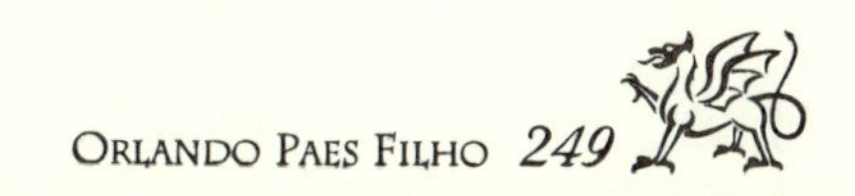

viés. Estranho concordarem com alguma coisa que diziam em uma reunião com o rei. O que estariam tramando?, ele se perguntava. Idwal andava com muita conversa com um homem de Morgannwg chamado Meurig, um homem de poucas palavras, longas barbas escuras, experiente em combates. Dizia-se ser um comandante militar a serviço de Bran ap Rhys, que fora enviado para engrossar as tropas do rei Rhodri. Aldwyn, ouvindo um comentário ou outro pelo acampamento, descobriu que ele, na verdade, era conhecido de Brenton, que foi quem o apresentou a Idwal. Alguma coisa lhe dizia que os três preparavam algum golpe sujo, já que representavam toda a força militar de três grandes e importantes territórios de Cymru: Morgannwg, Gwent, Gwynned. Pretendiam matar o rei? Trechos desconexos de conversa diziam que "ele", alguém que não soube identificar, não ficaria sempre acompanhado. Isso o enchia de apreensão. Sibilavam e cercavam o rei com gentilezas e prestação de serviços enquanto tramavam em suas costas. Havia mais por trás de tais ações.

Ficou acertado que eles esperariam pelos acontecimentos dos próximos dias. Enquanto isso, treinavam e armavam os homens o máximo que podiam. Se não pudessem guerrear perto dos muros, teriam que dar um jeito de fazê-los se mover.

Encontraram a primeira tropa quatro dias depois. Dois batedores voltaram às pressas aos vê-los se mover, cerca de duzentos homens, poucos a cavalo, a maioria a pé. Rhodri então liderou seus homens até a planície esverdeada que logo se tornou rubra com o sangue dos inimigos. A cavalaria pesada investiu contra homens abatidos, porém selvagens, que derrubaram alguns de seus soldados. Mesmo assim, foi uma vitória que rendeu boas risadas e choros de alegria.

Continuaram descendo de Neath até a baía encontrando mais comboios de vikings com escravos e suprimentos. Não os deixa-

ram vivos. Os escravos quiseram se juntar ao exército de Rhodri em agradecimento. O rei os questionou se havia escravas em Swan, e ele disse que sim, em grande número, prestes a embarcar para Duiblinn para serem vendidas. Sua esperança se acendeu. Suas sobrinhas poderiam estar lá e foi isso que motivou ainda mais o Grande a descer com pressa na direção da fortaleza. Usariam de fúria, exatamente como seus inimigos faziam em todos os confrontos. Depois de terem enfrentado com sucesso mais três tropas, era chegada a hora de tirar-lhes a vantagem que levavam há semanas por estarem protegidos atrás de dois muros. Usando de algumas armas de guerra de Neath, Brenton ordenou que os corpos dos vikings mortos fossem jogados por cima das muralhas a fim de causar fúria nos homens, obrigando-os a lutar do lado de fora, mesmo contra a vontade dos filhos de Rhodri. Passionais, os vikings aceitaram o desafio. Hyrnig gritava, invocando seus deuses por causa da provocação. As portas de Swan se abriram vomitando hordas de homens enlouquecidos que berravam e giravam suas espadas e machados no ar. A cavalaria pesada, armada de lanças afiadas, com Aldwyn, Anarawd, Idwal e Merfyn na dianteira, desabou sobre eles tal qual uma tempestade, de tal maneira que a primeira linha de nórdicos desapareceu, pisoteada e deformada por golpes. Uma segunda horda surgiu ainda mais irada. Anarawd mandou que recuassem para que os arqueiros usassem de sua perícia. A chuva de flechas perfurou crânios, olhos, e atravessou corações. O rei ordenou que a infantaria avançasse em busca de vingança. Brenton os liderava. Com o apoio da cavalaria, o que o rei via o enchia de alegria. Homens motivados e libertos unidos e abrindo o caminho para a vitória.

Na tentativa de se defender, Hyrnig mandou que fechassem as portas, no entanto era tarde demais. Os deuses o haviam deixado à própria sorte. Os cavalos de Anarawd e Aldwyn empinaram e empurraram os pesados portões de madeira escura, dando passagem para a infantaria e para as outras montarias. Brenton conseguiu entrar com um grande contingente de homens e os combates corpo a corpo se estendiam pelas ruas e vielas. A ação, o terror no ar, tudo isso era motivo de alegria para Brenton, que achava a vida palaciana uma chatice. Homens cercaram a montaria de Aldwyn, querendo derrubá-lo, mas com giros leves e golpes pesados, ele abriu seus crânios e os entregou às valquírias, vendo, ao fundo, que um nórdico grande, de longos cabelos loiros e barba trançada, lutava ferozmente contra jovens soldados, matando a todos com uma fúria desmedida. Aldwyn foi atrás dele. Sentindo a aproximação, Hyrnig berrou aos céus pedindo auxílio, atraindo a atenção dos homens em volta. A luta não durou muito, Hyrnig não pôde contra o enorme cavalo malhado e se viu golpeado com tanta força no pescoço que sua cabeça saiu voando pelos ares. Enxugando o suor da testa, Aldwyn avistou a igreja parcialmente destruída da fortaleza em meio à confusão de corpos e perseguiu nórdicos que recuaram com seu líder, derrubando-os para abrir caminho até lá. Muitos homens do campo, agricultores, gente simples que não fora treinada para a horrível verdade de um combate, assustou-se com a fúria dos inimigos vikings, tendo suas esperanças abaladas, e Aldwyn pretendia animá-los. Desceu de seu cavalo e correu para dentro da igreja quase em ruínas, com seus bancos destruídos, partes do teto estilhaçado e restos de comida já azeda pelo chão. A carcaça do abade continuava atrás do púlpito. Correu até a nave, de onde pendia uma corda grossa iluminada pelo sol do final da tarde. Ele recolocou uma enorme cruz de pedra no lugar, beijando-a no centro e se pendurou na corda, puxando-a com a força do próprio corpo para baixo. O sino, lá no alto da torre, começou a se mover. Primeiro devagar mas, depois, seu badalo poderoso calou a batalha do lado de fora com um ribom-

bar magnífico. Os bretões reconheceram aquilo como um chamado divino. Os nórdicos, procurando o sinal estrondoso que ouviam, se distraíram e muitos foram abatidos dessa maneira, pegos de surpresa. Gritos de alegria e vingança se ergueram no ar fazendo o ânimo novamente correr nas veias dos bretões. Aldwyn sorriu no interior da igreja ao sentir a energia da vitória correndo nas veias, enquanto balançava no vazio pendurado na corda. Chegara o momento de achar as escravas e procurar por sua amada Gwyneth. Pedia a Deus que a encontrasse logo. Largando a corda e correndo em direção à porta, ele foi surpreendido por uma adaga afiada que o acertou no meio do peito e o derrubou violentamente no chão. A dor era de enlouquecer. Não acreditava que aquilo estivesse acontecendo. O ar começou a lhe faltar. Porém, mesmo ferido, apoiou-se no cotovelo para ver de onde viera o golpe inesperado. Viu apenas a silhueta sem definição de um homem na entrada a vir em sua direção. O homem tirou a adaga de seu corpo, uma adaga dos nórdicos, e o ergueu, causando gemidos de dor, fazendo-o cuspir sangue espumoso e rubro pela boca. Era um nórdico? Não, não parecia ser. Quando a luz alaranjada do sol iluminou o rosto do inimigo, não pôde acreditar no rosto que via.

— ...Idwal... — ele arfou.

— Olá, Aldwyn.

Mais uma figura entrava na igreja após deixar o cavalo do lado de fora. Brenton tirou o elmo e observou a cena com seus olhos frios, indo em sua direção. Segurou o homem moribundo de tal maneira que não poderia se defender, puxando seus braços para trás, erguendo a cabeça de Aldwyn para olhar para seu algoz.

— Seja rápido — avisou Brenton.

— Eu sabia que um dia teria a sua vida nas mãos, assim como teve a minha. — Idwal segurava a adaga em uma das mãos. — Sempre pensei no que diria a você quando esse dia chegasse.


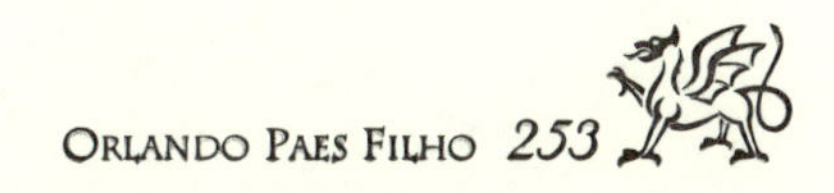

— ...devia tê-lo deixado se afogar quando tive a chance...

— É, talvez devesse. Mas não fez enquanto podia. Agora, eu posso — sorriu Idwal, maliciosamente. — O território de Gwent será meu. Vou conquistar terra por terra. Talvez um dia o rei esteja na minha frente, assim como você está neste momento — sibilou ele.

— ...tenho pena de você... — Aldwyn falou, ofegando — ...traidor, covarde... tinha certeza de que não prestava...

— Quer que eu dê algum recado para sua doce Gwyneth? Ela ou a irmã serão meus trunfos para conquistar o trono. O sangue nobre de suas veias será útil quando chegar a hora.

— ...não toque nelas! — Seu peito parecia se partir em dois cada vez que falava.

— Acha mesmo que está em posição de negociar comigo? — Ele estreitou os olhos e socou o ferimento de Aldwyn, fazendo-o gemer e se curvar. — Acha que pode se defender ou correr atrás do rei para lhe contar o que tenho feito? Se nem meu pai me impediu, por que você conseguiria?

E enfiou a adaga em sua barriga, rasgando o ventre de Aldwyn, enquanto Brenton abafava seu grito.

— Está sentindo isso?! — berrou furioso.

Brenton o deixou cair no chão e foi buscar alguma coisa do lado de fora. Era o corpo de um nórdico abatido por espada que ele trouxe puxando pelas pernas. Ainda com forças, Aldwyn respirava ofegante, seu peito subindo e descendo. A traição, o golpe inesperado. Profundamente triste por não poder ver mais sua Gwyneth nem dizer o quanto a amava, ele pedia a Deus que cuidasse dela, de sua irmã Gwenora e em especial do rei, pois cobras ardilosas os serviriam nos dias que viriam.

— ...você... ainda vai ter o que merece... — disse Aldwyn, derramando lágrimas pelas pessoas que amava.

— Cale essa boca! — Idwal se irritou e tampou sua boca para que o homem não mais respirasse. — Cale a boca maldita! Vou conquistar o que quero e você não pode mais impedir. Uma das gêmeas será minha e vou lembrar de você quando estiver na cama com ela! E espero que seja Gwyneth... para que eu possa provar o que você não pode.

Em agonia, Aldwyn não conseguia mais respirar, não tendo mais forças para lutar por ar. Não queria morrer. Sua boca e seu nariz estavam totalmente tampados pela mão forte de Idwal, que desprezava seu sofrimento. Ele lutou por algum tempo. Logo, sua vista ficou baça, os sons distantes. Ele via apenas os olhos sádicos de Idwal se distanciando, o ambiente ao seu redor ficando escuro. Até onde podia ir a ambição de um homem?

Suspirando satisfeito, Idwal só tirou a mão da boca de Aldwyn quando ele não mais se mexeu. Nunca pensou que fosse tão gratificante matar uma pessoa daquele jeito. Brenton jogou o nórdico perto, para dar a impressão de que tinha sido derrubado pelas costas e colocou a adaga suja de sangue em sua mão, que antes empunhava uma espada. Pareceria que Aldwyn lutara contra o nórdico e perdera. Idwal ainda falaria que tentou salvá-lo, contudo, quando chegou e abateu o viking furioso, Aldwyn jazia morto no chão.

O rei entrou triunfante em Swan procurando por seus homens. Entre mortos e feridos, poucos de seus soldados ainda estavam em combate corpo a corpo com seus inimigos, já saboreando mais uma briga vencida. A cidade era novamente dos bretões. Respirou satisfeito ao ver o corpo do líder decapitado. Seus filhos estavam bem e logo dois vieram ao seu encontro, Anarawd e Cadell, satisfeitos com os resultados. Brenton apareceu com sua espada na mão, mostrando sinais de luta intensa, andando e puxando sua montaria. Logo atrás vinha Idwal, abatido, os olhos baixos, trazendo o elmo de Aldwyn na mão. Rhodri apeou seu cavalo na direção do capitão e o interrogou com o olhar.

— Meu senhor — disse-lhe, estendendo o elmo —, Aldwyn está morto.

— Como... o que aconteceu? — perguntou o rei, incrédulo.

— Foi encurralado por um nórdico na igreja logo depois de tocar o sino — respondeu Brenton.

— Quando cheguei lá, já era tarde demais — Idwal lamentou.

A morte de Aldwyn perturbou o velho rei, que o tinha em grande estima. Era o tipo de homem que faria falta à tropa e sabia que ele era querido pelas gêmeas e até mesmo por seu falecido irmão. Não seria tão considerado se não fosse justo e valoroso. Pediu para ver o corpo e Idwal o escoltou até lá, trocando um olhar com Brenton, que estava acompanhado de Meurig. Temiam que o rei desconfiasse de alguma coisa. Dentro da igreja, entrando na penumbra de mais uma noite, Rhodri andou pelos bancos quebrados e avistou o corpo do rapaz no chão. Muito sangue derramado. Ao que parecia tinha sido pego de surpresa, pois sua espada ainda estava na bainha. Passou a mão nos cabelos de Aldwyn, pedindo que o Senhor o recebesse em Sua graça e misericórdia. Considerava aquele rapaz como a um filho legítimo seu, e então pediu que recuperassem seu corpo para ser devidamente limpo e enterrado com as honras que merecia. Anarawd e Cadell se encarregaram disso.

Merfyn se aproximou apreensivo e o rei logo o notou.

— O que foi? — Esperava que não fossem mais notícias ruins.

— Elas não estão entre as escravas, meu pai. As gêmeas não estão aqui.

Uma contradição atordoante. Se não estavam entre as escravas, que Merfyn estimara como sendo quase duzentas, elas deviam estar em algum lugar em Morgannwg ou Gwent. O próprio Idwal

falou que a comitiva saiu de Cair Guent e Aldwyn havia confirmado.

Rhodri, determinado a encontrar suas sobrinhas, mandou que libertassem os escravos, queimassem os navios no porto, enterrassem os mortos e que retomassem o caminho na estrada em direção a Cair Guent. Viraria cada pedra de Cymru atrás delas se preciso fosse.

# 4. Olhos de Falcão

O guarda na torre de Caerdydd lutava contra o sono naquela manhã brumosa. Devia ficar de olhos bem abertos no horizonte a fim de dar tempo para os soldados se prepararem caso algo acontecesse. Mas o sono era mais forte. Com o queixo apoiado no beiral de uma seteira, ele lentamente fechou as pálpebras e suspirou relaxado. Acordou sobressaltado quando ouviu o relinchar de cavalos se aproximando. Segurando o elmo no lugar e aprumando sua lança, viu uma grande concentração de mulheres se aproximando rapidamente. Crianças também. Na frente, vinha a sobrinha do rei, junto de outras três que pareciam comandantes como aquela que andava na companhia do capitão Hadrian.

Quando avistou o denso bosque no dia seguinte ao de sua saída de Caerdydd, Gwyneth apeou do cavalo e fez com que os guardas a esperassem na clareira. Novamente ela identificou os sinais indeléveis dos druidas. As pedras, as árvores, a sensação de deixar o plano mundano do lado de fora para penetrar na magia de uma terra antiga. Embrenhou-se na escuridão e na austeridade, pedindo desculpas às árvores por incomodá-las mais uma vez. Logo, Cyssin saiu de seu esconderijo, os cabelos cacheados cheios de flores por ter se escondido junto a arbustos do campo, feliz por vê-la. Tinham todas se escondido, com medo de nórdicos que andaram pela região não fazia muito tempo. Mais um motivo para correrem.

Os guardas, postados na clareira da entrada do bosque, espantaram-se e ficaram maravilhados ao verem dúzias de mulheres de cabelos vermelhos, a maioria armada, saindo apressada da escuridão e aparecendo no sol ameno da primavera. Muitas vinham a cavalo passando por eles, aguardando por Gwyneth, que saiu por último, fechando a comitiva.

Elas iniciaram o caminho de volta a Caerdydd, Gwyneth galopando na frente para chegar mais rápido, deixando sua irmã no controle. Chegando junto aos portões adiantada várias horas, ela mandou que chamassem por Kara e por Cydric.

Enfim reunidas nas muralhas, as guerreiras eram observadas com admiração pelos homens, alguns demonstrando uma volúpia desmedida. Não era todo dia que viam um grande destacamento de soldados de vestido e cabelos trançados. Pela janela do quartel, Cydric se encantou com a visão rara.

— Podemos continuar?

Gwenora o tirou da visão contemplativa para encarar cinco mulheres de olhares furiosos e a reprovação estampada em seu fiel capitão. Pigarreando como se estivesse distraído com qualquer outra coisa, ele voltou para junto da mesa onde mapas estavam dispostos.

— O que exatamente pretendem fazer? — Hadrian perguntou às gêmeas.

— Não poderemos enfrentar várias tropas seguidas até chegarmos a Cair Guent. Portanto, precisamos vencer a primeira resistência em Caerphilly e seguir direto até Cair Lion, contornando-a se preciso for. — Gwyneth acompanhava uma linha imaginária com o dedo no mapa até sua cidade. — Tenho uma idéia para nos colocar no interior da cidade. Não deve haver mais de duzentos homens nela.

— Batedores afirmaram ter visto uma movimentação em Caerphilly e Cair Lion. Talvez estejam se reunindo em um único ponto — falou o capitão.

— Que deve ser Cair Guent, é a cidade mais próxima da Mércia e do rio onde estão aportados — disse Alwine.

— Seus homens nos darão cobertura em Caerphilly para que possamos seguir adiante até Cair Guent — falou Gwenora. — Portanto não se preocupem em se fixar lá, apenas derrotem a tropa que encontrarem e nos dêem passagem.

— Não acham um plano arriscado demais? — Cydric meteu-se na conversa, atraindo um olhar negativo de Gwyneth.

— Não é você quem estará liderando seus homens. Então não deveria querer saber a respeito, certo?

Hadrian precisou abaixar a cabeça para esconder um sorriso contido e divertido. As gêmeas diziam coisas para Cydric que ele próprio sempre quis dizer.

Com os planos feitos, a comitiva apressada partiu no dia seguinte. Toda a tropa de seiscentos soldados, quase duzentos deles sendo mulheres guerreiras. Os outros eram homens de vilas e fazendas ao redor de Caerdydd e da cidade em si. Hadrian forneceu cavalos e armamento para os guerreiros mais bem preparados, enquanto na frente já havia partido uma comitiva com mais cem homens a pé.

Os trotes dos cavalos se tornaram poderosos à medida que se aproximavam de Caerphilly. Despreparados, os nórdicos não tiveram tempo suficiente para se organizar e foram pegos de surpresa, inclusive com os portões abertos. Deviam imaginar que a terra estava arrasada demais para uma retaliação. Não foi difícil entrar e desenhar muitas baixas no chão com poucos homens, o que gerou um intervalo de tempo suficiente para as mulheres passarem com seus cavalos. Hadrian liderou seus homens no campo e só partiu para se juntar a elas quando nenhum nórdico mais se movia. A cidade estava livre.

Pararam no final daquele dia para um descanso junto a um lago a meio caminho de Cair Lion, ficando vários homens de guarda na noite fresca e estrelada que tinham sobre as cabeças. Gwyneth, deitada no chão, olhando para as estrelas, pensava no pai e nos irmãos. Aproximava-se o momento em que vingaria seus nomes e faria os inimigos se arrependerem. Gwenora evitava tocar no assunto, como se não conseguisse lidar com ele. Talvez evitasse pensar sobre o que vinha acontecendo, parecendo se fechar em uma concha para não pensar na dor. E essa dor viria muito forte. Além disso, Gwyneth pensava nos estranhos sonhos que tinha com o tal leão e a sombra misteriosa do guerreiro que caminhava em sua direção, protegido pela fera. Devia haver um significado nisso tudo, ou não apareceriam em suas visões. Não contara a ninguém sobre elas a não ser para Kara, que agora tinha seus pensamentos na proposta espantosa feita pelo capitão Hadrian. De se casar com ele. O primeiro pensamento dela foi de que aquilo era um absurdo. Em meio a uma guerra, o homem pensava em casamento. Mas durante as horas que passara sobre o lombo do seu cavalo, Kara avaliou que não era enfim tão estranho e anormal. Começava a achar a idéia muito interessante e se pegava constantemente pensando em Hadrian.

Gwyneth sempre acordava assustada pelas manhãs com os sonhos cada vez mais freqüentes, temendo ser queimada pelos olhos de fogo do majestoso leão e pela claridade ao seu redor, que sempre ocultava o guerreiro. Nennius dizia que olhar para um anjo causaria a mesma sensação. Se ele ao menos dissesse quem era, o que queria dela, qual era a sua missão, assim seu coração se aquietaria. "Respostas que eu talvez nunca encontre", ela pensava.

O plano do dia seguinte incluía Cair Guent. Tentariam acampar o mais perto possível do local e esperariam anoitecer mais uma vez. Havia ansiedade no ar. Hadrian não entendia o que queriam fazer; todavia, as ordens das gêmeas e de suas comandantes eram de que o capitão colocasse seus homens a caminho da entrada principal da cidade, com o intuito de lutar ou de fazer um cerco. A segunda parte do plano era por conta delas. De início, as próprias comandantes aliadas das gêmeas não entenderam o estratagema, que só foi esclarecido mais tarde. Elas se reuniram privadamente em um canto do bosque. Com um rascunho do palácio feito apressadamente, Gwyneth enrolou o cabelo para trás e apontou para um local atrás da construção.

— Cair Guent foi construída sobre sólidas rochas romanas, pretendendo ser um forte — ela explicava —, para possibilitar que os comandantes conseguissem fugir em caso de necessidade, para voltarem a Roma em segurança. Foi construído um corredor que sai de dentro do palácio em direção ao bosque. Aqui, em algum lugar, ainda existem as ruínas de estábulos e da porta de saída.

— Como sabe disso? — Gwenora espantou-se que sua irmã soubesse de algo que lhe fugisse ao conhecimento.

— Arduinna me contou. Nosso pai, que abençoado seja, disse a ela que, em caso de ataque, fugiríamos em segurança da cidade através dele. Ele deve estar agora coberto por árvores e arbustos. A entrada do bosque está fechada, mas não será difícil encontrá-la. Dentro do palácio, ela está aberta.

— E se os nórdicos conhecerem esta entrada? — perguntou Syndia.

— Não creio que isto seja possível. Nem quem trabalhava dentro do palácio sabia de sua existência. Nem mesmo os guardas. A entrada fica junto a uma fonte na saída da cozinha. Entrando por ali, se conseguirmos tomar a construção, a cidade será nossa novamente. Depois, é só abrirmos os portões e dar passagem a Hadrian.

— Parece muito fácil, mas não vamos conseguir combater a todos ao mesmo tempo — Cyssin se preocupou. — Estimo que


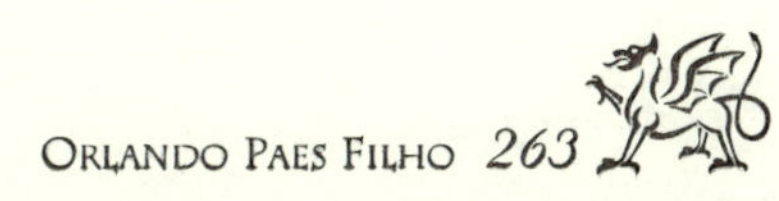

haja uns trezentos homens lá e não sabemos se receberam reforços.

— Ninguém disse que seria fácil — falou Gwenora, com razão.

Era um plano arriscado, admitiam. No entanto, qualquer risco era preferível a deixar sua nação morrer. Com as funções de cada guerreiro e guerreira acertadas, o dia seguinte foi marcado pela ansiedade e movimentação intensas. Os cavalos foram atendidos, alimentados e exercitados. Lâminas eram afiadas e arcos, testados. As mulheres continuaram seus treinamentos intensivos e já se mostravam muito fortes e hábeis, resultado de anos cuidando da família sendo convertidos em força bruta. Os homens de Hadrian ficaram surpresos e foram até humilhados em algumas disputas e duelos contra elas.

Ao cair da noite, a tropa de 190 mulheres se escondeu mais uma vez na escuridão do bosque, a observar a movimentação na cidade. Era estranho vê-la de fora. Parecia grande e impenetrável, obscura. As lembranças da pesada noite chuvosa invadiram suas mentes mais uma vez. Cyssin sentia as palmas de suas mãos suarem. "Seríamos capazes?" "Conseguiremos tomar a cidade?" Dúvidas acometiam os corações dos homens nos momentos em que não cremos em nossas capacidades, já dizia o querido Nennius. As gêmeas tentavam passar ensinamentos àquelas que nunca tinham vivenciado aquilo, pedindo apenas que seguissem seus instintos e que tivessem fé no Senhor e em seus braços. Só porque o inimigo é grande, não quer dizer que sua queda seja impossível.

Uma guerreira apareceu na penumbra com um nítido ar de satisfação, pois havia encontrado uma construção de pedra no meio de árvores e muito musgo. Com o auxílio de facas, as mulheres começaram a podar os pequenos galhos e a raspar o lodo das junções, esculpindo a forma retangular de pedra que lembrava uma passagem. Toda ela estava obstruída por pedras escuras

Gwenora passava os dedos na pedra lisa e, então, comentou:

— Creio que existe algo escrito aqui. Acho que é latim.

A penumbra deixava transparecer alguma luz e com o auxílio dos dedos, ela leu:

— Marius, filho de Túlio e Cícera, fiel servidor do imperador Magnus Maximus, encerra aqui sua tarefa na Bretanha.

— Isso faz tanto tempo... — Gwyneth sussurrou. — Mas Marius vai entender.

E, com uma lança, ela começou a forçar a junção dos blocos maciços até conseguir movê-los. Alwine e Syndia faziam o mesmo, auxiliando a guerreira, até que um bloco caiu, levando outro, e outro. Logo, toda a passagem estava aberta, um vento gelado soprava de seu interior.

— Deus, como está escuro aqui... — Cyssin sussurrou, espremendo os olhos e tentando distinguir formas na escuridão. — Tem certeza de que a passagem está aberta do outro lado?

— Tenho — disse Gwyneth. — Era lá que eu encontrava... — Hesitou e olhou para Gwenora, que ignorou o que a irmã dissera. Continuou: — Vamos acender umas tochas lá dentro. Não queremos chamar a atenção de ninguém aqui.

Uma a uma, tochas foram carregadas para dentro e acesas com dificuldade devido ao ar úmido e carregado. Anéis de ferro já alaranjados de ferrugem pendiam das paredes onde elas encaixaram os archotes improvisados, criando uma iluminação rubra por várias braças. Gwyneth e Gwenora lideravam uma enorme fila de mulheres armadas que caminhavam através do corredor úmido. O ar fresco ficara do lado de fora e ainda que o vento frio enregelasse seus ossos, as duas irmãs transpiravam.

Aquela iluminação bruxuleante fazia Gwyneth se lembrar do sonho. Era como se fosse encontrar o leão logo à frente.

Com a aproximação de uma escada em caracol, as gêmeas pararam a comitiva silenciosa e desembainharam suas espadas. O ar ali



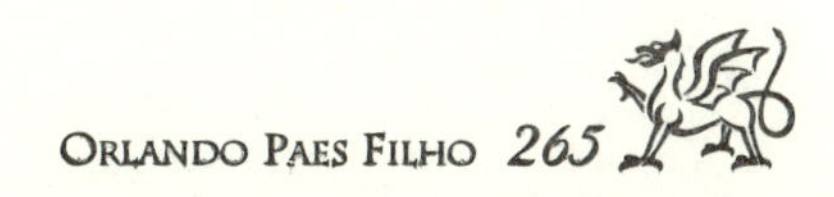

era mais fresco, indicando uma entrada acima. À memória de Gwyneth retornaram as imagens de Aldwyn naquela escada. Medindo o som dos próprios passos, elas seguiram degrau por degrau na direção da claridade. Precisaram esgueirar-se por uma fresta um pouco maior que dois palmos, sem deixar de pensar que algumas mulheres não conseguiriam passar por ela. Gwenora sempre achou que aquela fresta fosse alguma passagem de ar, pois ela podia ser vista em outros andares do palácio. Saíram no corredor que dava acesso à cozinha e a uma saída de serviço para uma horta familiar na parte mais baixa do terreno. Havia pouca iluminação ali. Também não sentiam mais os cheiros dos assados e das infusões doces de Arduinna. Apenas silêncio, um silêncio mortal.

Os nórdicos deixaram vivos na escravidão alguns homens e mulheres para trabalharem nas plantações e no trato dos animais. Enquanto as mulheres estavam paradas na passagem, um velho conhecido viera da cozinha carregando uma cesta de frutas e segurou um grito ao ver as gêmeas, filhas de Ewain, apontando-lhe espadas.

— Minhas senhoras... — sussurrou ele.

— Não conte a ninguém que nos viu. — Gwenora pediu num murmúrio. — Onde eles estão?

— A maioria se reúne no quartel. Mas três de seus líderes estão vivendo aqui no palácio. Estão nos andares superiores e com alguns guardas.

— Consegue estimar quantos são ao todo?

— Por volta de quatrocentos. Chegaram em uma grande comitiva essa semana.

Era um número bem superior ao que imaginavam, mas carregando a esperança em seus corações, em breve o capitão Hadrian chamaria a atenção dos nórdicos e então as mulheres guerreiras poderiam agir. Elas pediram ao bom homem que acordasse os outros e que os pusessem espalhados pela cidade.

— Armem-se com o que puderem — completou Gwenora.

No momento certo, seriam de grande auxílio. Os olhos cansados do velho homem se iluminaram e, fazendo uma leve cortesia, ele saiu em direção à cozinha.

Andando pelo corredor, elas chegaram a outra escada em caracol, mais larga que a primeira, que dava acesso a um salão de refeições mais reservado para a família. Estava vazio e desarrumado. Todas as relíquias de tempos anteriores haviam desaparecido, provavelmente divididas entre os homens. Mais mulheres se juntaram às gêmeas no salão. Elas então se organizaram em grupos menores. Alwine e Syndia deviam assegurar o andar em que estavam. Trancariam as portas e colocariam arqueiras nas janelas aproveitando a capa escura da noite para se esconderem. Kara e Cyssin montariam guarda com um grupamento nas escadas e portas internas: deveriam imobilizar o movimento de qualquer nórdico desavisado. Gwyneth e Gwenora subiriam com algumas mulheres para eliminar os invasores dos aposentos.

A meio caminho da escada, começaram a ouvir algumas risadas. Por volta de quatro a seis homens riam e bebiam em um dos quartos. Sentiam o cheiro de comida de longe. De onde estava, Gwenora podia ver os movimentos deles sendo refletidos pelas tochas do corredor. As mulheres começaram a passar, posicionando-se, cerca de vinte delas. Olharam de relance para o interior do aposento e viram que os homens alegres começavam a cantar segurando as taças da casa cheias de hidromel. Num golpe de vista em que estavam todos distraídos, arqueiras se posicionaram nos dois lados da porta. À ordem de Gwyneth, elas dispararam flechas certeiras para o interior e recuaram à posição original, sem terem conhecimento do que tinham atingido. Gritos e urros de dor surpresos foram ouvidos. Quando correram até a porta para descobrirem o que tinha ocorrido, foram derrubados sem esforço pelas espadas das mulheres. Seus corpos ficaram inertes na passagem.

Os andares foram vasculhados e encontraram outros dormindo no chão. Eles nunca mais acordariam. Sem muito trabalho, tinham posse do castelo.

— Veja isso — Gwyneth chamou a irmã, enquanto olhava pela janela de um aposento. — Eles deixaram o portão interno aberto, mas a maioria dos homens se concentra na parte baixa da cidade.

— Devemos atacar os que estão mais perto do palácio.

— Mas e o capitão Hadrian? Precisamos que ele crie a distração que precisamos.

— Acho que isso acontecerá antes do que imaginam — falou Alwine de uma janela em outro ponto do aposento.

Quando se reuniram para ver o que era, notaram algo no horizonte escuro iluminado por relâmpagos distantes. Uma tropa grandiosa se aproximava rapidamente dos portões de Cair Guent. Um nórdico alertou do alto da sentinela e outros correram na parte mais baixa da cidade, junto aos muros. O ataque era iminente. Assim que uma chuva de flechas e pedras começasse a cair sobre a primeira muralha, elas causariam surpresa e pânico pela parte de dentro.

O capitão Hadrian estava feliz e confiante. Haviam encontrado várias braças atrás a tropa de ninguém menos que do próprio rei Rhodri, que se iluminou ao saber que suas sobrinhas estavam bem e tinham armado uma estratégia para tomar sua cidade de volta. O rei admirava a força das duas moças e logo tomou a estrada que o levaria até lá. Por isso, o que elas viam de grandioso pelas janelas do castelo eram duas tropas reunidas.

Os nórdicos começaram a correr, acordando os companheiros e pegando em armas. Não tinham bem em mente o que poderiam fazer. Sabiam que lutariam como se exige de um guerreiro, mas não imaginavam o tamanho da força que se aproximava dos muros. Eles haviam erguido novamente a parte destruída e tinham enterrado os corpos podres dos cidadãos em uma vala comum fora da cidade a fim

de evitar doenças, como aquelas que já haviam ceifado a vida de alguns deles. Mandaram também que se fechassem os portões internos.

Alwine postou suas arqueiras ao longo de uma série de janelas nos andares superiores do palácio. Lanceiras se reuniram atrás da porta de entrada, prontas para sair quando fosse dada a ordem. Aquelas que estavam com espadas viriam logo atrás. Uma corrente tensa passava pelo exército de guerreiras. Do alto, Alwine sorriu ao ver que os nórdicos tentavam em vão se organizar para o sítio.

— Atenção! — bradou Alwine enquanto erguia a mão e as arqueiras retesavam os arcos.

Eles andavam de um lado para o outro, praguejando, não entendendo o que estava acontecendo. Berravam na porta do palácio, chamando pelos *jarls* que lá estavam para a batalha e não recebiam resposta. Quando um grupo de aproximadamente trinta homens se dirigiu à porta, uma chuva de flechas mortais atravessou o ar e acertou um a um, no rosto, no peito e no abdômen. Ruidosamente caíram, atravessados pela dor, chamando a atenção dos companheiros, preocupados com o ataque de flechas que já vinham sofrendo da tropa reunida fora das muralhas. De onde aquelas outras estariam vindo? Assim que a confusão se instalou, as gêmeas colocaram seus elmos e mandaram que as portas fossem abertas. Alwine continuou o ataque com flechas, desta vez passando acima da cabeça das companheiras para atingirem o alvo mais adiante, onde os homens subiam para enfrentá-las. Lanças atravessaram corpos e as espadas realizavam arcos maravilhosos no ar, derrubando os inimigos. A vingança era seu combustível.

Quando o capitão Hadrian, junto de Brenton e Idwal, notou que uma luta armada havia se iniciado no sopé do monte, sabia que era a melhor hora para uma invasão. Mandou que trouxessem o aríete que havia sido preparado na véspera, cortado de uma

enorme árvore vista pelo caminho. Os homens se puseram nas laterais e começaram a empurrá-lo cada vez com mais força contra a madeira machucada dos portões que não haviam sido trocados desde a tomada. A cada investida, as dobradiças de madeira afrouxavam e se espatifavam, dando a abertura necessária para que centenas de homens armados e em seus cavalos entrassem com uma fúria maior do que a dos próprios nórdicos. O rei Rhodri entrou confiante, girando sua espada e ansioso para ver suas sobrinhas.

No alto, dentro da segunda muralha, uma luta feroz das mulheres contra os inimigos tornava-se cada vez mais sangrenta. Notando que não enfrentavam simples mulheres locais, eles começaram a aumentar as investidas e a força com que as atacavam. Na mesma proporção que caíam nórdicos, mulheres também começaram a tombar. Alwine desceu com sua tropa para a arena de combate. Com excelente pontaria, as arqueiras escolhiam seus alvos e derrubavam aqueles que se mostravam mais perigosos. Gwyneth lutava contra dois, Gwenora improvisou uma maça quando foi desarmada e deformou a cabeça de um e de outro, investindo contra vários homens que vieram ao seu encontro. Seus olhos de falcão avaliaram a situação. Parecia um caos amorfo de braços e pernas brigando, segurando espadas e realizando movimentos precisos sobre os inimigos. Olhando para o céu, Gwenora viu um firmamento escuro e pontilhado de estrelas brilhantes. Esperava não ver chuva tão cedo.

Os escravos que tinham ficado na cidade abriram as portas da segunda muralha, deixando os nórdicos atordoados ao verem a imensa tropa de bretões que invadia a cidade. Kara passou como um tornado por três invasores quando conseguiu montar em um cavalo para tirar Syndia do meio de uma emboscada. Foi quando viu Cyssin caída por terra, respirando ofegante, desarmada e com um enorme corte no tronco. O nórdico estava para atravessar a

espada em sua garganta quando Syndia arremessou uma lança em suas costas, fazendo-o cair. As duas acudiram a companheira, mas não tinham o que fazer. Era um ferimento profundo demais para ser curado e o sangue quente lhe abandonava o corpo com a rapidez de uma correnteza. A dor era lancinante, bem como a tristeza.

— ...eu lutei bem...?

— Sim, lutou muito bem. — Syndia alisava seus cabelos. — Você sempre foi a melhor de todas, sabe disso...

Neste instante, Cyssin respirou sem encontrar o ar e olhando no rosto da amiga, seu corpo relaxou e sua cabeça caiu para trás, já sem vida.

— ...não... isso não está acontecendo. — Syndia chorava, sem mais se importar com a batalha que se desenrolava ao seu redor.

— Levante-se — pediu Kara. — Não vencemos ainda.

Sempre mais realista do que as companheiras, Kara evitava olhar para o corpo da amiga para não perder as forças numa hora tão desesperada. Era o momento de lutar com toda a força que tinham ou seriam sempre escravas do medo e da humilhação. Pouco a pouco, a situação foi sendo controlada e tomada pelas mulheres que, quando viram a luta na parte mais baixa da cidade, não hesitaram em descer. Os homens lutavam com raiva no olhar e com muita força nos braços. Rostos conhecidos foram avistados na multidão. Após um período que pareceu se estender por horas, os poucos nórdicos que sobraram foram feitos reféns e desarmados, e um mar de corpos caídos jazia sobre a terra escura de Cair Guent.

## 5. Irmãs Sewyn

Gwyneth encontrou o corpo morto de Cyssin próximo às escadas do palácio. Suas pálpebras estavam azuladas, os cachos de seu cabelo sujos de terra. Gwenora trazia um tecido branco que usou para cobrir seu corpo delgado e agora com a aparência de frágil. Colocou sua espada ao lado e ambas oraram e choraram juntas pela companheira fiel e amável.

Apressado, o rei Rhodri recusou a ajuda de Idwal para descer e subiu correndo até o interior da segunda muralha, espantado ao ver os corpos de centenas de bravas mulheres pelo chão. As companheiras se encarregavam de cobri-las e retirá-las dali para um enterro cristão e digno. Causava-lhes espanto pensar que todas aquelas corajosas guerreiras que tombaram haviam sido escravas poucas semanas atrás.

O rei vasculhou com os olhos o rosto de cada uma daquelas moças quando as viu. As irmãs Gwyneth e Gwenora estavam ajoelhadas ao lado de um corpo. Como se sentissem a observação intensa, as gêmeas viraram-se ao mesmo tempo, tão fisicamente iguais, mas diferentes ao extremo no comportamento, e encontraram o rosto cansado e adorável do tio. Em lágrimas, elas correram até ele. Como pareciam crescidas e maduras... Eram verdadeiras mulheres. Ambas se ajoelharam perante a majestade do rei, mas ele não queria esse tipo de formalidade. Ajoelhado também diante de mulheres tão virtuosas, Rhodri as abraçou e alisou seus rostos sujos da batalha.

— Minhas lindas sobrinhas! Como procurei por vocês!

Um abraço forte selou a vitória. Ainda que tivessem muito a fazer, agora podiam calmamente reerguer o que fora destruído.

Idwal procurava pelo capitão Brenton e não conseguia encontrá-lo. Perguntou aos homens de Gwynned e eles não sabiam o que dizer. Não entendeu o que estavam falando, quando apontaram para uma árvore. Brenton fora surpreendido por um nórdico que o atravessou com a espada e o golpe fora tão forte que ela ficou presa no tronco. Lá ele jazia pendurado, o queixo encostado no peito, sem vida. Meurig observava com um quase imperceptível olhar de satistação, lembrando que Brenton sempre fora precavido e altamente consciente de seus movimentos. Foi um lance de grande azar para Idwal ter perdido o suporte de Gwynned para seus propósitos.

Ele encontrou Gwenora ao lado do tio. Os olhos de falcão da bela ruiva o fitaram, descrentes. Sempre acreditou que seu corpo estava na vala comum feita para todos os guerreiros, como o de seu pai, indigno e sem identidade, juntamente com seus irmãos. Sua reação foi um riso largo, da mais genuína surpresa e alegria. Quando o abraçou, ele a envolveu com saudade e amor de um pai. Abraçou-a e a beijou, um beijo carinhoso de boas-vindas, com lágrimas contidas pela experiência da autoridade, da soberania, do não fraquejar.

Gwyneth soube pelo tio sobre o fim de Aldwyn e chorou por ele. Um homem valoroso que não podia ter morrido. Servia-lhe de consolo saber que havia servido nas batalhas e morrido como herói.

Nas horas e dias que se seguiram, o rei enviou suas tropas até as margens do rio Severn, lideradas por Idwal, para queimarem e

destruírem navios e assentamentos nórdicos a fim de impedir sua reentrada no território tão cedo. Gwyneth e Gwenora acompanharam a tropa do rei para se certificarem de que nenhum deles escaparia. Elas se encarregaram de percorrer as embarcações e nelas atearam fogo. Depois, ainda marcharam na direção de Tintern e Usk, chegando a Raglan, livrando um monastério de ser atacado. Na viagem de volta, passaram por vilas e fazendas, pequenos povoados, sem deixar de notar a felicidade daqueles que sobreviveram ao inferno na mão dos invasores. Sabiam que eles voltariam, porém teriam agora como lutar e se defender. Elas eram recebidas como as nobres defensoras de todo o reino.

Ao voltarem a Cair Guent, um banquete foi oferecido pelo tio, que já esperava as sobrinhas nos estábulos, indicando que fossem imediatamente para o palácio. Era hora de comemorar. Sem sequer descansar das batalhas e das várias horas de cavalgadas, as irmãs Sewyn puseram vestidos e encontraram as jóias que tinham sido roubadas de seus aposentos, suas tiaras, brincos e pulseiras, novamente nos mesmos lugares. O conforto de suas camas, o cheiro de ervas perfumando o quarto... Todo o palácio estava novamente decorado, as relíquias que puderam ser recuperadas estavam de volta a seus lugares e grandes bandeiras vermelhas com o símbolo do javali se encontravam novamente penduradas no alto e nos salões. Gwyneth chorava ao andar pelos corredores agora limpos e familiares, lembrando do pai e de como gostaria de ter o seu abraço.

No salão principal, o rei convidou à mesa suas sobrinhas, o capitão Idwal, o capitão Hadrian, e as guerreiras, Alwine, Syndia e Kara. Os mortos tinham sido enterrados dias antes e uma enorme cruz de pedra continha os nomes de todos aqueles que foram levados desta vida na praça central da cidade. As gêmeas se espantaram quando viram o bom e velho Nennius entrando no salão, com sua sacola de pergaminhos, e correram para cumprimentá-lo. Ele percorrera um caminho perigoso para estar ali com elas. Mesas e mais mesas estavam servidas para que todos ou quase todos aqueles que lutaram pudessem compartilhar do banquete e da paz que a tanto custo finalmente chegara ao território. Do lado de fora, ouvia-se música na praça.

De onde estava, Idwal admirava os belos traços de Gwenora. Ela usava um vestido verde-escuro como a cor das charnecas e vales ao redor de Cair Guent. Seu cabelo estava finamente trançado desde o alto da cabeça e enfeitado por flores de ouro. Usava um cinturão com javalis esculpidos em alto-relevo, o que lhe conferia um ar de nobreza comparável ao de uma grande rainha. Gwyneth tinha o mesmo penteado e cinturão, e o vestido azul que trajava realçava sua tez alva.

— Dou felicitações a todos e que as bênçãos de Nosso Senhor Jesus Cristo esteja entre vós — proferiu o grande rei de toda Cymru. Ele prosseguiu: — Assistimos a eventos terríveis nos últimos dias que passaram. Passamos por provações e fomos testados até os pilares de nossa fé. Vendo todos aqui nesse momento, só posso meditar em como Deus, O Todo-Poderoso, pôde permitir que eu ainda esteja vivo e ainda reencontrasse minhas sobrinhas, nobres princesas e nobres guerreiras que herdarão meus reinos e lhes trarão properidade e paz. Essas "Senhoras da Guerra" provaram sua coragem no campo de batalha, no terreiro da luta e nas mãos do inimigo, ultrajadas. Mas tudo foi vingado e a justiça feita por suas mãos, mãos delicadas de guerreiras soberbas. E punhos fortes como de príncipes da guerra. Minhas sobrinhas são e serão as Princesas de Cymru, as senhoras de Cymru, o sangue da terra que corre, os rios de ouro que abastecem os prados e que dão vida nova. Elas são as Princesas da Guerra, as temíveis princesas de Cymru! — bradou o rei com sua voz imponente.

Um surto de uivos, vivas e palmas explodiu no meio do povo e ecoou por todo o território. O rei prosseguiu:

— Por isso, na presença de todos, quero anunciar que Gwyneth e Gwenora são agora as princesas de todo o território de Gwent, e sob sua tutela estão todas as cidades e povoados aqui existentes, bem como seu povo, com o poder a mim investido e com as bênçãos de Deus.

O anúncio causou uma enorme comoção e todos os convidados se puseram de pé a aplaudi-las, orgulhosos da decisão do rei e do reconhecimento por seus feitos. Ambas estavam atônitas e surpresas com tal anúncio e correram a abraçar o tio, que estava visivelmente orgulhoso de seus feitos e eternamente agradecido por sua força e astúcia. Nem o império romano teria visto mulheres tão nobres e valorosas como as gêmeas Sewyn. Seus primos batiam palmas felizes, porém, ainda mais exultante estava Idwal, carregando um sorriso que exibia todos os dentes, pois, orgulhoso de si, conquistara em pouco tempo as atenções do coração de Gwenora, que agora recebia um título de nobreza. Cavalgavam juntos pelos vales, lutaram um ao lado do outro, pareciam um casal feliz. Idwal aguardaria o momento propício para propor-lhe união.

A festa durou toda a noite e, no dia seguinte, por onde passavam, os cidadãos agradeciam pela boa comida e bebida, e mais ainda, pela liberdade que aquelas mulheres valorosas tinham fornecido.

Ewain estava feliz ao lado de Deus, bem como Aldwyn e Arduinna. A nação estava agora liberta e aproveitando uma paz que poderia ser ilusória, mas que precisava ser vivida intensamente.

# Epílogo
# O Testamento de Gwenora

Aquele foi um ano difícil para toda a Bretanha, assim como foram os seguintes. Não me lembro de passar um ano sem receber notícias horríveis sobre as atrocidades dos nórdicos. Foi um período de intensa reconstrução para Cair Guent e para Cair Lion, que também governávamos naquele momento. Mensageiros trouxeram notícias para o rei Rhodri e para nós, suas sobrinhas, semanas após o banquete oferecido em comemoração à libertação de Gwent. Uma grande tropa de dinamarqueses e noruegueses havia aportado na Ânglia do Leste, pilhando-a até os alicerces. As nações da Mércia e da Nortúmbria estavam em alerta total, e o próprio rei Aethelred de Wessex junto com seu irmão Alfred, o Grande, o rei mais abençoado da Bretanha, temiam uma invasão devastadora dos nórdicos. Os saxões souberam das vitórias de Cymru e felicitaram o rei Rhodri por toda a graça e bravura. O rei Alfred ofereceu-lhe então uma aliança entre os dois reinos, uma aliança poderosa, visto que Alfred era o Grande Rei de toda Wessex. Rhodri Mawr se tornaria irmão e vassalo de Alfred. Ambos sabiam que a próxima invasão seria ainda mais letal e destruidora.

Dyfed, entretanto, continuava sob a tutela dos nórdicos. Nosso tio não podia mais defendê-la, pois ainda havia dissidência interna, sendo que alguns lordes chegaram a apoiar *jarls* nórdicos em suas missões, recebendo em troca a própria vida e suas possessões. Seria um território dividido por muitos anos.

Escrevo isso por motivos particulares. Hoje não tenho mais idade para usar belos vestidos ou para cavalgar por dias seguidos como na juventude, tampouco para erguer uma espada. Na verdade, mal posso erguer minha taça sozinha sem a ajuda de minha neta, minha linda Rhiannon. Meu neto, o forte e orgulhoso Owein, sempre acompanha essa velha resmungona e, portanto, achei que devia escrever minhas memórias como uma maneira de dar voz aos acontecimentos e deles tentar extrair alguma lição de valor e honra. Sim, pois honra talvez seja o que mais falta aos homens. Que tristeza... Fanfarronada e velhacaria brotam nos corações dos jovens amantes da aventura, mais que da virtude. Eles diminuem aqueles que possuem as virtudes.

Nossa cidade e Cair Lion levaram um ano e meio para ser reconstruídas. Muitas pessoas sem lar, famílias inteiras sem teto pediram para se instalar no interior de nossos muros altos e refeitos, entremeados por longas lanças de ferro e sólidas pedras escuras. Eles foram aumentados e sentinelas foram construídas no segundo, o mais interno. Inspecionávamos as obras todos os dias. As pessoas carregavam pedras e juntavam argamassa para emendar os blocos. As luzes das primaveras que se seguiram encheram aquelas terras de cores e de festas, trazendo alegria ao coração obscurecido de muita gente desolada e de viúvas. No inverno, sabiam que tinham um teto e o calor de um fogo para dormir em paz. Agora podiam deixar que suas crianças corressem e brincassem sem medo. Foi um período de tranqüilidade e prosperidade como eu nunca tinha vivido.

Sentia em minha irmã uma dor profunda que ela se recusava a revelar. Talvez fosse devido à morte de nosso amado pai, ou de Aldwyn. Na época eu não entendia e chegava a ser rude com ela.

Nossos laços tão unidos na infância pareciam ter sumido naqueles tempos tão difíceis em que precisávamos justamente nos unir. Admito que não deixava a situação confortável para ela ou para quem quer que fosse, evitando a aproximação das pessoas, sempre teimando em ser a certa, a melhor. Deus às vezes nos mostra o caminho de uma maneira dura e penosa. Um que um dia teve minha total confiança justo aquele que não a merecia: Idwal. Aquele que muito depois foi desmascarado como sendo usurpador, traidor e covarde. Jamais conseguirei imaginar quais tipos de crimes ele cometeu e o quanto me enganou e a todos, e ainda acredito que ele teve participação na morte de Aldwyn. Mas fomos vingados pelas mãos de Angus MacLachlan, o escravo que se tornou guerreiro e Senhor da Guerra, e que cortou o crápula em pedaços.

Nossas comandantes viveram na paz e prosperidade de que todos usufruíam. Kara se casou com o capitão Hadrian e voltaram para Caerdydd, onde ela assumiu a educação do enteado e, com a morte de Cydric, que não tinha herdeiros, acabou se tornando a senhora da cidade ao elevarem Hadrian como tal por escolha do povo e de seu Exército. Ela ainda teve mais dois filhos e constantemente trocava correspondência conosco, dizendo que treinava homens e mulheres no quartel de Caerdydd e que estava feliz. As noites tenebrosas que passou sob o jugo de nórdicos bêbados tinham sido apagadas de sua mente.

Syndia, apesar de seu sorriso luminoso e corpo robusto, adoeceu gravemente dois anos depois da nossa vitória e da retomada de nosso território. Era uma experiente capitã e vivia constantemente discutindo com Idwal. Ele sentia o peso de sua presença, competindo com suas habilidades. Uma vez, não me esqueço, chegou a dar-lhe um soco no estômago, que o pegou desprevenido e o deixou roxo, sem ar . Ela recebeu preciosos cuidados de seu marido e morreu sob as orações do abade Mabon em uma noite fria. Uma noite amaldiçoada, cheia de brumas e uivos. A morte de um herói tem muito de sinistro, disso eu já sabia...

Alwine reencontrou o marido Gladwyn poucos meses depois de iniciada a reconstrução da cidade. Ele voltara do monastério em Cair Gloui com a triste notícia da morte de nosso irmão Donn em um ataque. Apesar de terem conseguido rechaçar o ataque com a pequena tropa que tinham, Donn fora morto em combate. Era mais uma tristeza para nossos corações, muito mais profunda para o coração de Gwyneth, que a cada dia que passava se tornava mais calada e triste, imersa em sua solidão. A solidão foi uma rocha que a cercou. Foi minando suas forças, espreitando-a. Apesar da austeridade que ela emanava, foi se tornando fria e impassível, diferente da guerreira que nada deixava sem resolução. Kara uma vez me contou que ela tinha sonhos estranhos com um homem e um leão, mas não sabia o que significavam. Creio que sonhou com isso por anos, até que, a certa altura, lhe veio a resposta, em uma carta do abade Nennius.

Cair Guent tinha se tornado novamente o lar cálido e querido que sempre fora. Éramos uma cidade guardada por homens e mulheres guerreiras, o que atraía muitos jovens das regiões vizinhas para passarem por nosso treinamento militar. Gladwyn, naquela época, lamentava o fato de ter que servir para um sujeito como Idwal. Conseguimos uma paz forçada com um antigo inimigo, porém compatriota, Bran ap Rhys, que retrocedeu para seu território com a invasão viking e tentou retomá-lo após a expulsão deles. A retórica de Gwyneth foi decisiva para isso. Gwyneth falou "com a voz do leão", ela me disse em uma confidência.

Recordo em cores ainda vivas, construídas em minha memória do final de 867 de Nosso Senhor, quando ficamos sabendo da terrível morte sofrida pelo rei Aelle da Nortúmbria. Não que ele tivesse alguma consideração e respeito por outros reis, porém, o modo como suas costelas foram arrancadas e seus pulmões expos-

tos no ritual macabro da águia de sangue me causa repulsa até hoje. Esse era um assassinato ritual para aqueles que cometessem grandes faltas com os vikings. Atrocidades contra o povo eram vividamente descritas nos pergaminhos que Nennius recebia de outros monastérios. No entanto, tudo parecia enevoado quando olhávamos a paz e tranqüilidade de nossas terras, do verde de nossas montanhas e dos vales coloridos pelas flores. Evitávamos lembrar que um dia estivemos presos na angústia e no desespero, sob o jugo dos nórdicos. Naqueles dias, eu estava cada vez mais envolvida com Idwal, um mal oculto que me encantava, e que me cercou como os homens do norte.

Estávamos porém cada vez mais ocupadas com os assuntos de Gwent. Minha irmã e eu percorremos cada vila, cada vilarejo, fazenda e pequena cidade para avaliarmos o que realmente estava sob nossa tutela. Assim, ganhamos mais respeito e fidelidade de nosso povo. Mostramos nossa disposição para a guerra, para a defesa das terras de Gwent.

Eu, talvez por puro instinto, evitava uma união oficial com Idwal, apesar de idolatrá-lo. Cometi muitos erros na companhia daquele traiçoeiro de lindos olhos e porte de príncipe. Minha salvação foi pensar que minha relação com Gwent e com meu povo era mais importante e a situação da guerra vinha em primeiro lugar. Idwal não aceitava o fato de não selarmos nossa união, mas não ousou me contrariar em excesso. Eu imaginava que era porque ele me amava... Como era ingênua! Tola como as jovens que admiram a beleza de cavaleiros sem honra.

Honra! Pude ver isso de perto; tive essa graça. Vi nos gestos de meu tio, na bravura de minha irmã, na coragem dos nossos guerreiros mais humildes e nas atitudes de Angus MacLachlan, que poderia ter nos deixado algo de sua linhagem. A mim não me importaria se lhe tivesse dado um filho... não! Confesso isso somente ao meu coração. Mas esse era um homem com honra e jamais me olhou de forma vulgar. Ao contrário, de forma mais e mais severa, talvez para se proteger do espelho que eu era de minha irmã, sua grande amada. Honra... Eu, um espelho sem ser desejada na mesma intensidade, sequer insinuada? A resposta estava na honra!

Sim... O amor verdadeiro existiu bem em frente aos meus olhos. Vi, nos de Angus e de minha querida irmã! Senti, muito depois, nos braços do meu amado Owain, o Gigante.

As flores e folhas que caíam sobre as paredes de nosso castelo me transportaram para aquele longo ano de 869 do Nosso Senhor. Lembrar de Angus me fazia bem... Me restaurava a esperança de um mundo mais justo.

Pequenas invasões de saque feitas por daneses foram rechaçadas por nossas tropas em nosso território. Até que uma delas, liderada por Alwine, ao encontrar um pequeno grupo levando seis mulheres cativas, foi auxiliada por Angus MacLachlan. Eu estava junto, sempre andando disfarçada de soldado para não servir de possível refém. Ele era um homem alto, longos cabelos ruivos, e possuía profundo olhar azul, mergulhado no mar. Carregava seu machado nórdico, a extensão de seu braço. Alwine logo o interpelou sobre quem era e de onde vinha e desconfiou de seu nome, podendo ser nórdico ou saxão. Devo lembrar que escondi e guardei minha surpresa ao vê-lo. Tinha certa nobreza, mas mostrava-se forte e vigoroso como um bárbaro da Pictávia. Quando perguntei qual era seu propósito, sua resposta pareceu absurda. Um homem que parecia ser nosso inimigo mortal trazia documentos enviados por Nennius, que deveriam ser entregues a nós, as gêmeas Sewyn. Ordenei que ele fosse levado a Cair Guent, sob forte escolta. Tanta desconfiança deve ter lhe causado estranheza.

Tratamos das escravas assustadas e de seus ferimentos. Quanto a Angus, lembro com frio na espinha de tê-lo jogado sem ceri-

mônia no estábulo e posto guardas para vigiá-lo. Enviei mensageiros imediatamente, para confirmar com Nennius se o que ele dizia era verdade e se estava bem. Ao examinar os manuscritos, vi que pareciam ser mesmo de nosso querido mestre Nennius, mas poderia ser também uma armadilha qualquer. Quando tomei a direção do palácio, retirando as armas, vi que minha irmã Gwyneth assistira a tudo de um dos andares. De braços cruzados na janela, vi quando deu as costas. Acabei por encontrá-la no salão principal de nosso palácio e ela queria saber o que tinha acontecido, quem era aquele homem. Expliquei a situação resumidamente e disse que em breve esclareceríamos aquilo com o próprio Nennius. Senti que não gostou de minha atitude. No dia seguinte ela discutiu com os guardas que o vigiavam e mandou que fosse retirado dali e alimentado decentemente. Brigamos naquela mesma manhã, pois eu acreditava que não poderia ser dado melhor tratamento a um homem que era nosso inimigo. Gwyneth insistia, dizendo que aquele nórdico não poderia ser um inimigo por carregar manuscritos de Nennius.

Lembro-me claramente de que Idwal ouvira nossa conversa e disse que descobriria o que ele queria de verdade. Pedi que fizesse isso para convencer minha descrente irmã de que ele realmente representava perigo. Estava tão certa disso na época que não conseguia enxergar a verdade. A briga entre os dois causou turbulência na cidade. Entretanto, mais tumulto ainda causou o convite feito por Gwyneth ao jovem. Queria que ele ceasse conosco naquela noite e mandou que tudo fosse preparado de maneira a surpreendê-lo. O que poderia tê-la deixado tão agitada, eu não imaginava na época.

Naquela noite ficou claro que Gwyneth esperava que algo acontecesse. Ela observava o escocês com uma curiosidade que seria capaz de fazê-la se levantar para sentar ao lado dele. Angus parecia incomodado com a pompa e realeza da ceia e Gwyneth observava cada movimento seu com o canto dos olhos e visível admiração. Cochichei algo com ela para provocá-la. Com o hidromel na mesa junto das iguarias, logo veio o abade Mabon, o que muito nos alegrou, e Gwyneth pediu que ele sentasse. Como ele revelara que Nennius realmente tinha Angus em estima, senti-me de certa forma incomodada com o olhar severo e vencedor que minha irmã depositou sobre mim. Idwal olhava para o homem com ódio, inveja, e esperava por uma boa oportunidade de desafiá-lo. Eu, jovem tola que era, continha o orgulho desmedido de Idwal em meu coração, e sentia a mesma repulsa que ele em relação ao guerreiro estrangeiro.

Nossos bardos alegravam a noite, contavam histórias antigas que faziam parte de nossa tradição, até que um deles convidou o jovem Angus, incitando-o a contar seus feitos e falar das lendas de seu povo. Imagine se eu me lembraria daquele Senhor da Guerra, um jovem em nossa mesa de banquetes. Ele iniciou sua narrativa com uma bela explanação sobre a cultura dos nórdicos. Eu ouvia sem interesse, não queria saber o que motivava nossos inimigos, suas crenças e tendências à tirania. Ao contrário de mim, minha irmã estava fascinada pelo jovem guerreiro. Até que ele disse algo que calou o salão. Era sobre o número de guerreiros nórdicos na ilha, dez mil ao todo. Até nossos melhores guerreiros ficaram pétreos com tal afirmação. Gwyneth baixou o olhar e suspirou, pensativa. Na tentativa de melhorar os ânimos e acalmar os guerreiros, ergui minha taça e disse que lutaríamos, como sempre fizemos, já que aquele homem, ao que parecia, nada conhecia sobre o valor da história de Gwent.

Minha suposição sobre seus conhecimentos mostrou-se equivocada quando ele narrou, maravilhosamente, a história do tirano rei bretão Vortigern. Idwal se ardeu com a súbita admiração que naquele momento todos demonstraram pelo nórdico. Um elogio envaidecedor de Gwyneth serviu para inflamar ainda mais

o ciúme de Idwal. Foi o suficiente para fazê-lo acabar com o clima de comemoração e alegria que permeava a ceia. Então, sem mais delongas, desafiou o nórdico para um combate em nossa arena. Não apreciei o desafio de Idwal, feito em público demonstrando seu ciúme e sua gana por admiração e respeito.

Numa das minhas freqüentes discussões com Gwyneth, ela me contou, aos prantos, que vinha sonhando com a imagem mística de um leão e um guerreiro já havia alguns anos. O leão era uma besta gigante cheia de luz avermelhada como a cor do fogo e o guerreiro era ruivo, muito forte, de aspecto nórdico, e que o Verdadeiro "Santo Graal" pairava sobre a cabeça do guerreiro. Esses sonhos repetidos a afundaram na tristeza, por não obter respostas para tal visão. Eu não compreendia na época que o tal guerreiro sagrado, como ela o chamava, pudesse ser Angus MacLachlan. Muito menos sobre a importância dos sonhos que se repetem como alertas do alto, como mensagens de um anjo guardião. Quando Gwyneth viu Angus pela primeira vez, ele ainda era um jovem. Ela disse que quase podia reconhecer nele o guerreiro de seus sonhos, mas era ainda muito moço e não tinha o porte do guerreiro de seus sonhos. Eu negava e dizia a ela que era um camponês picto ou escoto ou pior, um nórdico karl, um semiescravo. Eu repetia que o grande guerreiro místico que ela vislumbrara não poderia ser um jovem plebeu como aquele. Especialmente porque era um que seria um possível inimigo sentado à nossa mesa. Gwyneth, porém, rebatia minhas certezas, dizendo que um dia a verdade iria revelar-se, mesmo contra nossa vontade, pois a verdade é Divina e o Poder é só de Deus. Eu não podia acreditar no que ouvia e chamei-a de louca. Disse a ela que veria seu guerreiro gigante até em árvores, em sombras, ou ursos ou cães, tamanha a obsessão que ela nutria por aquela imagem. Eu ofendia os pensamentos mais sagrados de minha irmã, recusando sua sinceridade e sua confiança para me contar o que ia no fundo de sua alma. Mas nosso laço era forte e não se desfazia facilmente, depois de tudo o que passamos juntas, depois de tudo o que sofremos no silêncio da humilhação.

Eu estava ansiosa para ver o desfecho daquele desafio. Isso poria em teste minha opinião sobre o guerreiro e sua força teria de se demonstrar extraordinária, mas não foi o que aconteceu.

Idwal quase o matou no combate em Cair Lion e Gwyneth foi a responsável pelo total restabelecimento do nórdico. Às vezes penso que, por uma ironia do destino, Idwal tenha contribuído para que minha irmã se apaixonasse totalmente pelo guerreiro, já que ele foi o responsável por seus ferimentos. Não vi, em nenhuma ocasião, exceto com Aldwyn e nosso pai, minha irmã ter tanta devoção e caridade por alguém. Especialmente por algum homem. Com Angus, ela se sentiu à vontade até para contar sobre nosso martírio nas mãos dos nórdicos, sobre toda a violência sexual e tudo por que passamos no cativeiro, nossa reação e fuga, o que acabou por uni-los nas noites que se seguiram, pois o guerreiro demostrava uma primeira qualidade rara: a de ouvir uma mulher com silêncio e respeito. Suas conversas tornaram-se aos poucos mais leves e eram regadas a ensinamentos, contos, batalhas. Eles sentiam-se próximos. Nennius uma vez me disse que aquele homem valoroso seria a cura para todas as tristezas de minha irmã, de que seria amada e querida antes que sua missão fosse cumprida. Ele nunca me falou que missão seria esta. Eu não aprovava tal relação e evitava brigar com ela por isso, afinal ela estava feliz.

Gwyneth ensinou ao jovem nórdico tudo o que Brangwaine nos instruíra, especialmente o uso do arco longo. Ele ensinava-lhe o uso do machado viking. Idwal observava seus treinamentos com ódio e desprezo. "Machado! Arma de camponês", dizia, acrescentando que devíamos ter cuidado com o nórdico e sua proximidade com Gwyneth. Afinal não podíamos misturar nosso

sangue com um animal do norte como aquele. O orgulho de Idwal era o tom de nossa nação bretã. Possuíamos orgulho imenso de nossa raça. Talvez por isso Deus nos tenha ensinado, permitindo as dores da invasão. Os novos partos não seriam mais "os puros partos da Bretanha". Estávamos de fato cercados: por jutos, saxões, pictos, escotos, dalreatianos, irlandeses, mércios e ainda vinham os nórdicos daneses em massa a tomar nossa ilha.

E no ano do Nosso Senhor de 871, novas notícias vinham do sul. Os reis Aethelred e Alfred vinham combatendo os nórdicos e conseguiram sair vitoriosos. Entretanto, nova leva invasora vinha da Mércia e da Nortúmbria, e os que restaram nas batalhas contra os saxões fugiram para engrossar as fileiras e novamente atacar. Nossos corações congelaram de temor, pois não ousariam enfrentar os reis saxões sem ter poder para aniquilá-los. O rei Rhodri ordenou que nos preparássemos para a guerra e que usássemos todo o efetivo, inclusive o das guerreiras. Neste ano, Angus MacLachlan partiu, para vingar a injusta morte de seu pai e ter suas próprias batalhas. Eu rezava para que ele tivesse sucesso, pois não queria minha irmã aflita, mas ocultava esse desejo. Enquanto isso, Idwal, de forma cada vez mais insistente, pedia que nos casássemos. Ele tornava-se cada vez mais real, mais obscuro na medida em que eu o rejeitava, mesmo provisoriamente. Seu lado mais ganancioso aparecia dentro da transparência de seus olhos e sua fronte ia se transformando em algo que me causava certa repulsa. Mesmo assim não o desaprovei, pois eu era outra orgulhosa e em meu trono interno vi-me ao lado de Idwal, talvez o homem mais formoso de Gwent, ao que nenhum casal de nobreza e sangue poderia se igualar. Ah! Como eu era tola!

Nenhuma notícia de Angus MacLachlan chegou nos anos que se seguiram. Foi um mergulho no silêncio. Assustava-me; talvez minha irmã tivesse razão em seus sonhos? Apareceria Angus como um novo guerreiro, paladino da justiça? Eu desejava justiça! Todos desejavam!

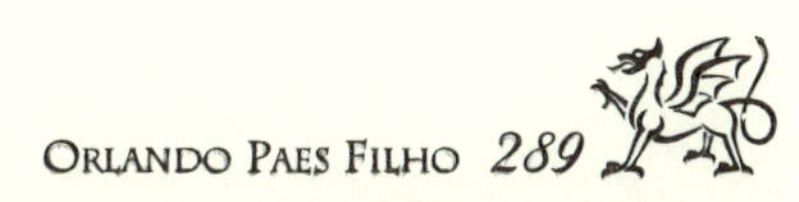

Foi também no ano de Nosso Senhor de 871 que o rei Aethelred morreu nas mãos dos nórdicos e seu irmão Alfred assumiu o trono de Wessex. Eram tempos perigosos aqueles. Vivíamos em nosso palácio, mal protegidas em nossa fortaleza, embora isoladas dos fatos sangrentos de fora. Os nórdicos pilhavam os territórios com uma fúria avassaladora, pisoteando o que encontrassem pelo caminho, e temíamos que essa fúria viesse bater em nossos portões como antes. Gwyneth passava horas sobre seu cavalo com lança e espada nos campos de treinamento de Cair Lion. Eu treinava com Idwal no quartel. Gwyneth e eu questionamos se o guerreiro voltaria. Idwal estava convencido de que não. Gwyneth ignorava o capitão, pois conhecia seu ciúme e sua sede de poder. Idwal possuía um triunfo permanente no olhar. Usava-o como arma de sua superioridade. Eu gostaria de compartilhar o mesmo sentimento, o mesmo poder que Idwal emanava com sua arrogância, mas, nessa época, Gwyneth parecia uma prisioneira, uma inimiga, vendo-me ao lado de Idwal e não dividia mais nada comigo.

Informações vinham com tamanha rapidez que temíamos sofrer novos ataques. Dyfed estava sofrendo uma nova invasão. Um motivo de esperança era a conclusão da fortaleza de Dinefwr, o poderoso castelo de pedra e altas muralhas e torres, que poderia suportar um longo sítio, enfraquecendo o inimigo. Invernos se sucederam e a tensão aumentava com o passar dos anos, anos inseguros, anos amargos, anos tristes em que vivíamos enclausuradas pelo medo em nossos corredores internos. Eu discutia freqüentemente com minha irmã, que me alertava sobre a perfídia de Idwal, mas me recusava a ouvi-la. Subitamente, as notícias pararam de chegar. Gwyneth perdia horas sobre a torre do palácio observando o horizonte à procura de movimento de tropas, de aliados e do seu sonho... Do leão; do seu homem-guerreiro e do Graal. Mas esperava em vão. Por cinco anos recebemos notí-

cias de combates ferozes nas cidades ao norte e sudeste de Gwent, como Llangollen, Cair Gloui, Llan Gors e Cair Ligion, liderados por nosso amado tio, o rei Rhodri. Observamos com cautela a subida de *drakkars* pelo rio Severn. Sabíamos que ali era um bom corredor de invasões. Mas eles seguiram diretamente para cidades do norte e do sul de Wessex, reforçados por exércitos da Mércia.

O ano de 875 foi marcado por notícias surpreendentes e animadoras. Surgia um novo Senhor da Guerra, um nórdico cristão. Sabíamos que nosso tio estava de regresso após anos de batalhas ferozes e vitórias. Mandamos enfeitar a cidade com flores, estandartes e bandeiras com o emblema do dragão de Cymru tremulavam no alto das torres e das capelas. O povo estava num alvoroço que parecia querer saciar a fome do rei para sempre. Preparavam carnes e javalis, que foram colocados para defumar, assim como peixes e aves exóticas. Muita cerveja estava a fermentar e o hidromel descansava nos grandes barris, para que estivessem perfumados na chegada do rei Rhodri. Alguns barris receberam pétalas de flores, que eram esmagadas aos montes, e ramos de pinheiro. Deles extraíamos pequenas quantidades de óleo, cheirosas o suficiente para trazer novos aromas à bebida predileta do rei e de toda Cymru. Nunca imaginaríamos que o Senhor da Guerra aliado do rei Rhodri era Angus MacLachlan e estivesse em sua companhia. Só os sonhos de Gwyneth poderiam prever tal evento, mas ela já estava por demais desgastada com as guerras, as notícias terríveis e, principalmente, com o pior de todos os inimigos da esperança: o tempo.

Foi também uma grande surpresa para Idwal, que gelou quando o viu ao lado do rei. Um momento saboroso, perfumado... Gwyneth se iluminou no momento em que ele tirou o elmo e se identificou. Logo senti o braço forte de meu tio me puxando de lado, me excluindo da contenda que eu desconhecia.

O retorno de Angus foi uma surpresa para todos, especialmente por ser o Senhor da Guerra dos sonhos de Gwyneth e, ainda mais, possuía seu próprio exército de pictos e escotos, homens que estavam na escravidão e cujo destino havia sido alterado pela coragem de Angus MacLachlan. Esses leais guerreiros, antes escravos, tinham novo porte, uma altivez que um dia conheceram quando livres, mas era ampliada pela qualidade de seu novo líder e das vitórias somadas.

Idwal sentiu-se sem autoridade, sem poder diante de tal Senhor da Guerra. Ainda mais por ter a posição de aliado do rei Rhodri Mawr de toda Cymru. Um aliado desse porte era um príncipe nas maneiras de Gwent.

Com as acusações expostas em seu rosto, ele tentou reagir, mas meu tio ainda era o maior guerreiro, e os soldados o obedeceram. Ambos lutariam novamente em um duelo. Naquela noite, porém, meu tio e minha irmã sentaram-se comigo e me contaram das perfídias e maldades de Idwal, que eu julgava ser o homem com quem passaria minha vida; falaram-me do modo como tramava já havia anos para tomar Gwent e se tornar o rei de Cymru, e de como conspirou para matar Angus. Meu coração caiu em mil pedaços dentro de meu peito. Eu havia sido enganada. Justo a empertigada e forte princesa Gwenora de Gwent. Chorei toda a noite, com Gwyneth ao meu lado, alisando meu cabelo. Ela dizia que Idwal era como um tambor. Apesar do barulho que fazia, estava vazio e que eu não devia ter pena dele. Na arena, ele buscava meu olhar, mas eu não conseguia encará-lo. Meu tio segurava firme minha mão. Angus arrancou seu braço e sua cabeça. Seu corpo morto foi jogado numa fossa usada para esterco e aquele foi o seu enterro. Admito que coloquei flores sobre a cova uma tarde, e chorei, por tudo ter sido como foi.

Concentrei minha fúria nas batalhas que se seguiram. Combatemos forças nórdicas que se multiplicavam como demônios.

Era o ano de 876 do Nosso Senhor e estávamos sufocados entre invasões e preocupações. Angus conhecia a maioria dos *jarls* que enfrentávamos e dizia-se preocupado com as batalhas. Temia não estarmos em número suficiente. Gwyneth o apoiava, bem como seus homens. Quanto a mim, vivia amargurada pela cegueira e por ver um mundo cruel e com poucas cores.

Desde a decepção com os eventos envolvendo Idwal, busquei me ocupar de outros assuntos, como táticas e batalhas. E acabei por me esquecer de que existe uma parte muito importante do corpo, o coração, que não tem hora para se manifestar. Entre os homens que lutavam com Angus existia um grande guerreiro chamado Owain Lyundegwir. Ele me prestava gentilezas constantemente e lutava sempre ao meu lado, como se me protegesse. Grande como um urso, feroz como um lobo selvagem, era um homem temido por suas habilidades e era extremamente respeitado. Durante o período de paz que se seguiu ao pagamento pela paz feito pelo rei Alfred, notei que aquele homem com jeito rude e bravo se afeiçoava a mim. Temi que meu coração e meu amor fossem usados como um brinquedo. Gwyneth ficou muito feliz em ver o que acontecia e me convencia a cavalgar com ele, a lhe dar atenção, a ouvir o que tinha a dizer. Angus parecia feliz também. Eu estava apreensiva, mas em nossas cavalgadas, ele me ensinava coisas interessantes, falava de passagens da sua infância difícil e de como se tornou o exímio guerreiro que todos admiravam. Fora com ele que Brangwaine aprendera tudo o que nos ensinara e eu podia ter da fonte os ensinamentos. Descobri que, por trás daquela brutalidade estampada em seu rosto, estava um homem fiel e amoroso, desejoso por paz, família. Tornamo-nos muito próximos e acabei por afeiçoar-me a ele. Aceitei seu pedido de casamento, que foi oficializado pela bênção de nosso tio.

Mas novamente fomos abalados pela perfídia do inimigo. Mesmo pagando o tributo pela paz, Alfred era agora novamente ata-


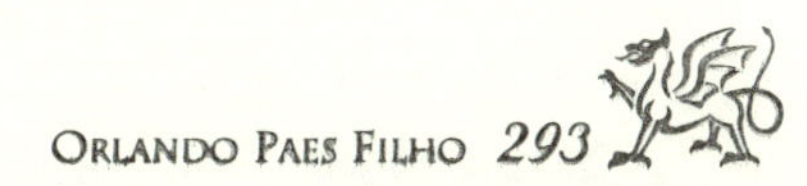

cado pelo sul de Dornsaete. Assim, decidimos voltar com boa parte do nosso destacamento para proteger a fronteira ao sul. Nesta época estava quase pronto o castelo de Dinefwr, a mais impressionante fortificação da região, para onde rumaram nosso tio Rhodri, Angus, Bran e Owain no ano de 877 de Nosso Senhor. Eu, minha irmã e todos os outros achávamos que, se Alfred caísse, cairíamos com ele, pois Wessex resistia às invasões, mas até quando? Logo seriam nossas fronteiras a ser atacadas.

Tropas nórdicas haviam desembarcado no sul de Gwent e acompanhávamos seus movimentos com apreensão. Mas não se voltaram contra nós. Seu alvo parecia ser Alfred. Mal dormíamos, mal comíamos. Nosso tio havia mandado um aviso de que Angus e sua armada dirigiam-se para Wessex a fim de oferecer uma aliança e ajuda ao rei Alfred. Nós defenderíamos o sul de Cymru. O abade Mabon se reunia conosco todas as manhãs e orávamos pela segurança de todos e dos territórios. Orávamos pelos mortos e pelos vivos. Alfred, que Deus o abençoasse com força e sabedoria.

Enquanto Angus preparava a defesa de Wessex, vivíamos com ansiedade diante de invasões cada vez mais freqüentes, mesmo que fossem apenas saques. Soubemos que as incursões junto de Alfred deram resultado, inclusive com o maléfico rei nórdico Guthrum, convertido para a verdadeira fé nos idos de 878 do Nosso Senhor.

Tal fato encheu de ânimo e alegria nossos exércitos. Conversávamos com nosso tio Rhodri no salão principal do palácio de Cair Guent, eu, minha irmã e nosso capitão da guarda, Gladwyn, quando um batedor esbaforido chegou à porta. Amparado por guardas, ele foi levado até nós e contou que uma imensa força nórdica havia ultrapassado a fronteira da Mércia com Cymru e tinha atacado sem piedade a fortaleza de Monmouth. Eram lideradas por Ceolwulf, o mesmo guerreiro que Angus, juntamente com nosso tio Rhodri, havia derrotado no sul da Mércia, o mes-

mo ministro traidor do rei Burhed, que passara para o lado dos nórdicos e agora era o rei fantoche. Ele conseguira se reorganizar mesmo sem o apoio dos outros *jarls* como Halfdan e Guthrum e agora marchava com fúria para cima de nós. Ceolwulf acreditava que nós, no sul de Cymru, éramos a parte mais fraca e fácil de ser dominada.

Nosso tio Rhodri refletiu, enquanto andava, preocupado, pelo salão. Antes de deixar que se aproximassem dos muros da cidade, o melhor era reunir uma tropa e partir em direção a ele. Owain e Gladwyn partiram apressados para reunir o maior número de homens possível. Minha irmã e eu corríamos para providenciar provisões, armas e montarias.

A primeira vez em que vi uma tropa tão grande foi naquela tarde fria, de cima do meu cavalo. Ceolwulf tinha reunido um número impressionante de quase mil e duzentos daneses e mercianos, além de alguns noruegueses. Desciam a colina numa fúria bestial, berrando e batendo os machados e espadas nos escudos. Junto de nós estavam meus três primos, os filhos de Rhodri, Anarawd, Merfyn e Cadell, e o líder Bran ap Rhys. Nosso tio fazia questão de estar entre as primeiras fileiras. Mulheres guerreiras já estavam paramentadas com suas lanças em punho ou com as flechas em posição nos arcos. Gwyneth parecia muito tranqüila. Olhei para Owain, ele respirava fundo como se tentasse captar o sabor da batalha em sua essência. Alwine liderava suas arqueiras e, com o consentimento do rei, disparou a primeira saraivada de flechas sobre a tropa de Ceolwulf. Muitos caíram por terra, mas parecia que nada podia pará-los. Preocupava-me o fato de sermos apenas oitocentos guerreiros e eu sabia que essa preocupação também ia no coração dos outros. O rei Rhodri pediu a bênção aos céus e ordenou que descêssemos a colina ao encontro deles. Os trotes vigorosos dos cavalos foram ocultados pelos gritos de raiva dos inimigos. O choque entre as duas forças assemelhava-se aos poderosos trovões de noites de tempestade. Nossas tropas eram muito bem treinadas. Tínhamos o domínio de nossas armas e causávamos pesadas baixas ao inimigo. Toda a planície se transformou num mar de sangue. Eu via pedaços de corpos por todos os lados. Eu mesma tinha sangue nos braços e no rosto, e não sabia dizer se era meu ou de meus oponentes. Owain lutava com paixão, massacrando quem chegasse perto dele. As mulheres eram os alvos prediletos da maldade dos nórdicos, mas nossos guerreiros eram mais rápidos. No entanto, Deus tem seus motivos misteriosos. Mesmo com nossa destreza e agilidade, eles ainda eram maioria, e logo começamos a sofrer perdas em larga escala. Rhodri mandou que recuássemos e mudou de estratégia: aqueles que estivessem montados dariam cobertura aos que estavam a pé. Eu já puxava as rédeas para obedecer às ordens de meu tio quando vi alguém sinalizando para mim. Era Owain. Agitava os braços com a espada na mão. Fui até ele, que jogou um corpo em cima do lombo do meu cavalo. Perguntei quem era, mas ele deu um tapa no animal e saí cavalgando. Olhei para trás e o vi montar no cavalo de Gwyneth, derrubando alguns vikings que vinham atrás. Fomos obrigados a recuar cada vez mais, deixando feridos no campo de batalha, ou morreríamos todos. Assim que consegui manter uma distância segura, olhei novamente para trás para ver de quem era o corpo que jazia comigo. Era Gwyneth. Não acreditei no que via. No mesmo momento desmontei e a puxei. Ela caiu no meu colo, mole como uma boneca de pano, o rosto sujo, o nariz coberto de sangue. Tinha um grande corte no peito e uma flecha quebrada na barriga. Entrei em desespero, sem saber o que fazer primeiro. Não sabia se gritava por socorro, se tentava acordá-la. Fiquei paralisada diante de seu corpo inerte. Gwyneth abriu os belos olhos de âmbar e pegou minha mão. Ela estava tão fria... Owain chegou neste instante, cansado e ofegante.

— Ela foi derrubada do cavalo... e foi ferida por dois nórdicos, esses malditos! — ele me disse. — Quando vi, era tarde demais!

Até hoje essas memórias causam dor profunda em minha alma. Lágrimas de saudade, de impotência. Onde estava eu para salvá-la? Nada era lógico na morte de minha irmã. Depois de tudo o que havíamos suportado... Tudo ao redor ficou em silêncio e eu só via seu rosto.

— ...diga a Angus... que hoje lutei por ele... E que ele terá meu coração para sempre...

E sua cabeça pendeu pesada para trás, seus longos cabelos ruivos jogados por terra. Minha metade morria ali também. Talvez mais da metade. Meu coração parecia explodir. Gritei alto, agarrada ao corpo de minha irmã, porque em uma vida tão curta eu não poderia ter perdido tanto. Minha irmã, minha alma, minha gêmea jazia agora sem vida em meus braços. Minha mente rodopiou... Eu segurava o punho da espada, como a estrangulá-la, olhava os nórdicos em sua bestial satisfação e me jogaria sobre aqueles cães nojentos que tiravam nossa terra e matavam nossa vontade, nosso espírito e nossas vidas. Owain fitou-me, tentando me conter, mas eu já estava à frente dos nórdicos, cravando minha espada no pescoço de um, desfazendo sua cara de satisfação. E continuei em um acesso de fúria: degolava um, batia em outro, arremessava a espada no que vinha atrás. Meu rosto estava coberto de sangue e eu gostava do gosto e do cheiro da morte. Eu seria a morte...

Gladwyn veio ao nosso encontro. Owain pediu que levasse o corpo de Gwyneth, enquanto corria em meu auxílio. A campanha tinha sido um desastre e Ceolwulf mandava o restante das tropas para nos massacrar. Anarawd recuou com uma pequena tropa para nos escoltar de volta. Fizemos um caminho por entre vales e colinas íngremes, a fim de impedir que nos seguissem.

Passamos a noite inteira sobre o lombo dos cavalos na direção da fortaleza de Raglan. Mal tinha descido do cavalo na companhia do querido Owain, meu primo Cadell me perguntou quando os portões se fecharam:

— Meu pai veio com você?

— Ele não está aqui? — perguntei, atônita.

Ninguém sabia de meu tio Rhodri desde a batalha. Anarawd esteve ao seu lado no começo e o perdeu de vista junto com sua guarda. Dei meia-volta e peguei um cavalo descansado, o de Merfyn, voltando para o campo no mesmo instante. Não olhei para trás, mas sabia que Owain viria comigo. Uma angústia martelava em meu peito, o que me impediria de permanecer quieta num lugar sem saber o que estava acontecendo. Tinha que encontrar meu tio. Mal havia saído do interior da fortaleza, vi silhuetas na escuridão. Ouvia o trotar dos cavalos de Merfyn e Cadell logo atrás de mim. Owain parou ao meu lado, tentando distinguir quem seria. Logo vimos que eram alguns homens. Um cavalo branco finamente decorado e com alguns machucados coxeava na nossa direção. Uma carroça com um aro quebrado era conduzida por dois homens e mais alguns vinham atrás.

— Anarawd?! — Cadell berrou ao reconhecê-lo.

Silêncio. Eu não agüentava aquilo, mas tive de esperar que viessem mais perto. Só então pude ver que o cavalo era o garanhão predileto de meu tio Rhodri. No rosto de Bran, a humilhação perante a derrota, e no de Anarawd, o cansaço e o ódio misturados em um semblante de dor. Na carroça jazia meu tio Rhodri. Meus primos faziam perguntas desconcertadas enquanto eu descia do cavalo para vê-lo de perto. Uma adaga ainda estava presa em sua mão. Bran disse que ele fora encurralado pelo próprio Ceolwulf, que havia lhe atirado uma lança no meio do peito. Os abutres nórdicos voaram para cima dele e o espancaram, tiraram sua armadura e suas jóias reais, arrancando os medalhões do cavalo também. Bran conseguira chegar a tempo de aniquilar dois, mas os outros fugiram. Ceolwulf havia recuado até um acampa-

mento não longe dali para se reorganizar. Sua intenção era avançar cada vez mais para o sul.

De volta aos muros da fortaleza de Raglan, eu não conseguia pensar direito. Dispostos numa mesa do quartel estavam os corpos de Gwyneth e Rhodri. Os corpos daquelas pessoas que me eram tão caras seriam lavados e vestidos para o funeral. Lembro de ter ficado na sala a noite inteira, sem me mexer, sentada no chão em um canto da parede, ainda suja, cansada e sem acreditar no que havia acontecido. Eu não conseguiria pregar o olho tão cedo.

Depois de muito pensar e meditar sobre toda a batalha, lembrei-me das aulas de Brangwaine e de suas estratégias em campo. Lembrei-me também dos ensinamentos de Nennius, que eu julgava tão tediosos quando era criança. Lembrei-me de uma frase dele em especial, que dizia que o coração do homem pede por esforço e sacrifício. Acho que eu já estava no maior de todos eles. O que mais Deus poderia querer de mim?

Saí dali para o enterro. Uma comitiva acompanhava as duas carroças onde estavam os corpos lavados e enrolados em tecido. Nem mesmo o abade Mabon conseguia esconder sua emoção. Meus três primos e eu estávamos ao lado dos túmulos preparados às pressas, revestidos no interior com lajes de pedras locais. Cruzes foram esculpidas com dizeres de saudades embaixo de seus nomes. Lembro-me do canto triste, das flores, do vento frio e, principalmente, lembro-me do olhar de meus primos. Era uma convocação.

Ainda naquela tarde, mensageiros espalhariam a notícia de que o grande rei Rhodri e sua sobrinha Gwyneth tinham sido mortos pelo rei-fantoche da Mércia chamado Ceolwulf. Era um apelo à guerra. E a convocação seguia a direção dos ventos. Não tardou uma semana, as comitivas começaram a chegar. Vinte, trinta homens. Depois cem. Mulheres, jovens, senhores, pastores. Todos vinham. Até mesmo um destacamento de soldados fora enviado por Kara e Hadrian de Caerdydd. Enquanto isso, mantínhamos atualizadas as informações sobre Ceolwulf. Ele tinha parado de receber mais contingentes, porém estava prestes a se mexer. Tinha tomado Abergavenny e lá se instalado. Os moradores, sabendo do perigo que corriam, abandonaram a cidade do jeito que estava e desceram até Raglan.

O amor de Owain apaziguava meu coração e nos casamos no final daquele ano trágico. Ele era verdadeiro e sincero. O meu aliado mais leal. Junto com ele, meus primos e eu montamos um esquema tático com a quantidade imensa de homens que tínhamos conseguido juntar.

Montamos uma linha de defesa de modo a impedir que Ceolwulf alcançasse Gwent e Morgannwg. Combates se seguiram por muitos meses e eles não conseguiam atravessar nossas barricadas nem tomar Raglan. Com a proximidade do inverno, eles precisaram recuar, enfraquecidos. Assim, começamos a envenenar as reservas de comida e a criar diques nos canais que abasteciam Abergavenny com água fresca. Perdemos alguns homens nessa arriscada empreitada, mas tivemos resultados. Na primavera, eles saíram como abutres para cima de nós. Os mil homens de Ceolwulf contra os mil e cem nossos. Cada batalha era desgastante e terrível. Enquanto lutava e matava os nórdicos, eu pensava onde estaria Angus e por que ele não havia retornado. Não era possível que não soubesse do triste fim de Gwyneth, minha amada irmã.

Durante os dois anos de luta desgastante, Ceolwulf e sua corja desceram em direção ao centro-sul de Cymru à procura de fortalezas e monastérios para pilhagem. O moral dos homens estava baixo e ele queria encorajá-los a continuar lutando. Anarawd tinha voltado a Dinefwr no verão de 881 e lá havia se preparado para um sítio. Assim que se instalaram ao redor dos muros de um castelo impossível de ser tomado, sabíamos que era a nossa chan-

ce de vingança. Espiões acompanharam todos os movimentos dos nórdicos naqueles meses longos, dizendo qual seria sua direção. Eles foram atraídos na direção do centro-sul quando impedimos que se alimentassem e que atacassem o sul de Cymru, jogando-os nas mãos de Anarawd. No momento do ataque, eles ficaram prensados entre muralhas e nossas armas. Foi algo bonito de se ver. Meus primos e eu demos a ordem de que o verme Ceolwulf fosse mantido vivo. Encurralado por guerreiros de diversas partes de Cymru que queriam degolá-lo, ele achou que teria alguma misericórdia quando me viu. Eu montava o mesmo cavalo de meu tio, curado e refeito do ferimento na pata. Anarawd, Merfyn e Cadell logo apareceram, formando um bloco sólido prestes a esmagá-lo.

— O que quer que façamos com ele, Gwenora? — perguntou Anarawd.

Todos os ensinamentos de Nennius desenrolaram-se em minha cabeça neste instante. Pensei no nobre ato do rei Alfred perante Guthrum, a besta inominável. Nada disso era possível de ser aplicado naquele caso. Mandei que o empalassem e que o executassem de maneira que cada instante de sua débil vida fosse agonizante. Aos gritos, ele foi levado para o interior da fortaleza de Dinefwr, e minha ordem foi plenamente executada. Do alto da torre assisti à cena grotesca com frieza. Vi o modo com que um soldado pegou uma lança e o varou de uma extremidade à outra, lentamente. Nenhum dos meus primos quis fazer parte do ato, mas todos assistiram de perto. No derradeiro final, decidi fechar os olhos.

Foi um ato nobre? Não. Tive piedade? Não. Foi justo? Digo que sim. Seguiu-se um mar de tranqüilidade na região montanhosa de Cymru. Outros reinos, porém, não tiveram tanta sorte. A sonhada Danelaw tinha sido instituída, abrangendo os restos da Ânglia do Leste, Nortúmbria e uma parte de Mércia.

Após viver aqueles intensos anos nas batalhas, tudo o que eu e Owain queríamos era voltar a Cair Guent. Nesta época eu já estava grávida de três meses e não sabia. De nossa união nasceu uma menina, a quem chamei de Artia.

Anarawd se tornou o rei de Cymru e seus irmãos governavam diferentes reinos. Mesmo com algumas dissidências internas, vivemos uma paz significativa por esses anos que se seguiram.

Quando Artia completou cinco anos, eu estava grávida novamente. Mas meu menino Ewain nascera morto. Mais uma batalha perdida para mim. Artia era a luz de nossas vidas, nossa pequena princesinha, como Owain a chamava.

Eu nunca havia entendido certos princípios que o amado Nennius havia me passado. Comecei a compreender melhor depois de aceitar que nem tudo está em nossas mãos. As rédeas de nossas vidas são conduzidas por outro cavaleiro. E foi somente quando aceitei isso que comecei a viver plenamente.

Vi meu amado marido morrer ao resolver uma contenda, e também meus amigos e meus primos. Cadell assumiu o trono de Cymru em uma briga conturbada por sucessão e quis se casar com minha Artia, o que não permiti. A Bretanha parecia ser incapaz de se unir. Diante de tanto conflito, resolvi peregrinar. Minha filha se casou com um homem bom e forte, que tomaria conta de Cair Guent enquanto eu saía pelo mundo com ela e meus netos, Owein e Rhiannon.

Estive em Roma e beijei o chão sagrado da Basílica de São Pedro. Confessei-me com um velho padre da paróquia, um velhinho que jamais esquecerei. Assisti à missa solene do Santo Padre e estive diante dele. Fui cumprimentada e abençoada pessoalmente pelo papa como princesa de Cymry, o que me concedeu grande sentimento de verdadeira autoridade em meu território... Algo como jamais havia sentido. Conheci o castelo de Carlos Magno, o supremo rei dos cristãos. E não pude deixar de conhecer, já quando retornava à amada Bretanha, o monastério de Lindisfarne que, junto com sua igreja, foram fundados no ano de 635 do Nosso Senhor. Nunca tinha estado tão ao norte da Bretanha, nem mesmo em tempos como aqueles em que ainda pegava em armas. Hoje já tenho 71 anos e esses relatos podem ser meus últimos.

Entrei na igreja, de construção simples na forma, com exceção dos vitrais. O sol visitava a entrada com sua majestade e entendi que a nudez das formas estava a ser vestida pela luz multicor. Assim vislumbrei minha velhice. Foi um imenso sinal que Deus me enviara naquele momento, para que a minha pobre inteligência pudesse compreender. Eu retornava para a simplicidade, despida do vigor e da beleza, humilhada pelas marcas da velhice. Mas, simplificava-me por dentro. Minha alma seria agora meu alvo, o alvo da verdadeira beleza, a ser coroada pela Luz de Deus e Suas Cores Eternas. Minha neta Rhiannon me ajudou a ajoelhar e me pus a rezar, coberta pelo manto solar. Pedi a Deus que cuidasse das almas de todos aqueles a quem amei e amo. Que cuidasse da Bretanha e de todos que nela residiam. Que enchesse o coração dos homens com a verdadeira justiça, com igualdade e que persistissem na fé mesmo quando ela não mais parecesse suficiente. Em meio às minhas orações, vi uma sombra se formando no chão de pedra. E me virei para ver quem entrava. Era um homem alto, já idoso e que não tinha perdido seu porte de guerreiro. Pela cor do tartã e do leão vivo em seu brasão, logo vi que era um chefe de clã. Ele parou na escada, barrando a luz do sol, aproximando-se de minha neta. Owein já havia levado a mão à espada quando o homem disse:

— Gwyneth?

A voz não mudara de timbre. Seu rosto estava marcado pelo tempo e seus olhos continham a experiência de uma vida: era Angus MacLachlan. De fato, Rhiannon se parecia muito com Gwyneth quando era jovem. O escocês dirigiu a palavra a mim:

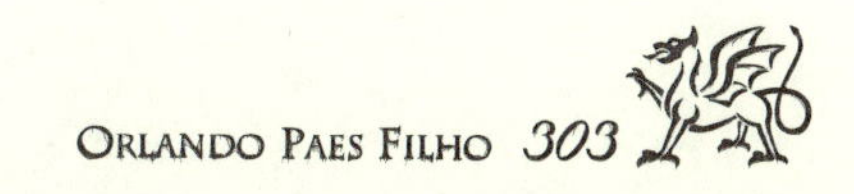

— Gwenora, é você?

— Angus... — sorri aliviada e fui até ele. — Faz tanto tempo.

Ele pegou minha mão e a apertou. Parecia não acreditar no que via. Nos abraçamos como grandes irmãos que o elo chamado Gwyneth concretizou. Owein tampouco acreditava no que via e abraçou o guerreiro. Lágrimas correram no rosto do gigante. Eram irmãos na guerra e isso era algo que eu não podia compreender totalmente. Era um sentimento deles, de mestre para guerreiro, de aliados que debochavam da morte, tal a confiança de que um gerava no outro. Conversamos boa parte do dia sob o sol ameno no jardim do monastério. Lembramos muitas coisas como fazem os velhinhos. Ele me contou sobre sua vida, sobre a fundação do seu clã, sobre seus filhos e netos e disse que tinha ido até Lindisfarne, pois sentia que precisava. Convocara os chefes dos clãs mais importantes da Escócia e disse-me em confidência que sentia que deveria devolver o Santo Graal ao monastério. Fiquei estarrecida com aquela revelação. Angus era envolto em mistério e a mística cristã penetrava sua alma, como se ele fosse uma espécie de anjo, de guardião das coisas de Deus na Terra. Disse que teria de compartilhar sua missão e preparar os chefes de clãs para o pior. Fiquei ainda mais excitada com tal revelação. Mas soube aguardar o momento de sua revelação. Permaneci no mosteiro, imersa em paz e oração.

O dia da apresentação do Graal no altar do mosteiro chegou. Houve uma missa solene, antecipando o momento sagrado. Angus foi autorizado pelo abade e entrou subindo no altar não sem antes prostrar-se três vezes de joelhos. Ele trazia algo embrulhado em um pano branco, com brocados de ouro e pingentes em cruz. Despiu o que era um cálice brilhante, maravilhoso, que parecia conter a própria luz. Todos se ajoelharam, prostrados diante da maravilha. O abade acenou com a cabeça e Angus depositou o cálice dourado sobre o altar e disse: "Deus não precisa de objetos materiais para iluminar nossa alma. Ele o faz em Espírito. Esse é um cálice comum que trago de minha terra, para a consagração da sagrada comunhão, essa, um sacramento de união com Deus. Sua vinda como carne demonstrava o desapego a Sua Própria Divindade. Deus não necessita de objetos sagrados para nos abençoar. Ele É! É o próprio Verbo!" E ele pediu então que todos ouvissem com muita atenção suas últimas palavras: "Deus nos deu tudo! Tudo por amor e graciosamente. Não existem possuidores das coisas de Deus, pois Ele nos deu tudo! Nem de possuidores do Poder de Deus por portarem peças sagradas! Seremos, por merecimento, abençoados por Ele! Se vocês procuram tanto o Santo Graal, ou coisas que contenham poder, eu, Angus, vos revelo o Graal na sua forma mais pura: na forma das Virtudes: Fé, Esperança, Caridade, Justiça, Prudência, Temperança e Fortaleza. Nelas, na verdadeira e sincera busca das Virtudes que Deus nos ensina, poderemos não possuir um copo, ou cálice, mas compartilharemos a Sua Santa Presença em nossos corações! Tempos difíceis virão para os filhos de Deus e toda a cristandade. Bebam da fonte mais preciosa. Direto da Fonte Divina que é o Amor de Deus, mantendo a guarda de Seus mandamentos e a busca sincera, de alma das Virtudes de Deus: Fé, Esperança, Caridade, Justiça, Prudência, Temperança e Fortaleza!"

Assim, Angus encerrou seu discurso. Foi de um impacto profundo. Em todos nós que estávamos presentes. O guerreiro não perdera sua força. Esta não esmaeceu com a idade. Ao contrário, aumentou e ele pareceu ser um guerreiro ainda maior, ainda mais luminoso. E seus olhos continham brasa acesa. Ele ajoelhou-se, fez o sinal-da-cruz com humildade e deu as palavras finais ao abade de Lindisfarne.

Nos despedimos. Nossas almas despediram-se. Owein segurou-o nos ombros por um longo tempo... Angus era um homem protegido por Deus e por Sua benevolência. Nunca vou entender esse tipo de providência divina. Angus pediu-nos que um dia conhecêssemos seu clã e sua família. Eu já estava havia anos fora de casa, tempo demais, e me sentia cansada; cansada como nunca. Queria rever minha linda cidade, estava aflita para lá chegar e descansar. Rezei para que retornasse sem padecimento. Rezei também a Deus que acompanhasse Angus e à sua família por gerações. Que permanecessem a defender a fé e a justiça.

Eu e Owein voltamos à estrada em direção ao nosso amado e distante principado. Na primeira parada para pernoite, próximo a Narham, senti uma dor em minha alma que não poderia explicar. Era como uma despedida de tudo: de Owain, de Angus, de meus filhos e netos e do mundo. Receando não terminar meu testamento e não chegar à minha amada terra, abençôo a todos que me amaram e que tanto amo. Dedico ao meu marido Owain minhas últimas palavras: "Eu te amo por toda a eternidade, meu amor." Deixo minha espada para minha neta Rhiannon e peço a Owein que a treine como guerreira e defensora de Gwent. Que ela em sua maioridade procure o clã dos MacLachlan na Escócia e termine seu treinamento para liderar nosso povo como uma Princesa e Guerreira, como fomos eu e Gwyneth. Como uma "Senhora da Guerra".

Ano de Nosso Senhor de 922, com humildade, que Deus nos abençoe.

Gwenora Sewyn.

AGRADECIMENTOS ESPECIAIS:

Sérgio Machado, Luciana Villas-Boas, Ana Paula Costa, Magda Tebet, Flávio Izhaki, Bruno Zolotar, Valéria Martins, Francinete Zerbetto e Evandro de Souza.

Amanda Höelzel, Luciana Dizioli de Macedo, Wagner Wei, Guilherme Schultz, Marcio Weiler, Sérgio Di Nardo, Daniel e Tamara Modelis, Patrícia Arima e Daniel Jorge Cartano, Ana Carolina Zugaib, Luiz Angelotti, Luca Sálvia, Kiko Coelho, John Milton, Lucas Shirahata, Takao Shirahata, Marcelo Ramos, Vitório, Joilson, Raimundo, Antonio, Vitor, Lucí, Pedro, Lázaro, Ailton e Wanderlei.

Este livro foi composto na
tipologia Mrs. Eaves em corpo 13/16,7
e impresso em papel off-white 80g/m²
no Sistema Cameron da Divisão Gráfica
da Distribuidora Record